kotori5
illust.
kodamazon
金眼の精霊術師
KINGAN NO
SEIREI JUTSUSHI
kotori5 presents.
Illustration by kodamazon

「精霊術〈氷精の大檻〉」
Spiritus aquae magnus glacies
シラユキ
金眼の精霊術師、
戦場を凍らせる

スイ
グレイズラッド
アイ
一瞬で、世界は静寂と化した。
雨音、風音、剣戟、咆哮、悲鳴。
ありとあらゆる音が瞬く間に消え失せた。
戦場だったはずのそこで、動くものはいない。
目を細めた僕の視界に映るは一面の白。
杖を構え、魔術を使おうとしていた男が
目を見開いたまま固まっている。
精霊術により一瞬で低下した気温が
細氷を生み、雨粒が固まり、
砕けて雪の如く舞った。

精霊とのはじめまして
アリシア王女
「精霊、面白い。来てよかった」
アリシアが首を傾げていると、
彼女たちは自身の緑と青の光を操りだした。
緑と青の線が宙に描かれていく。
そこに書かれていたのは、
なんとこの国の言語である王国語だった。
「スイとアイというのね」
アリシアの言葉に呼応して、
今度はアリシアの周囲を
二人は回りだす。
小さな光の少女たちと戯れる王女。
なんとも、絵になる光景である。

金眼の精霊術師《きんがんのせいれいじゅつし》

kotori5

illust. kodamazon

KINGAN NO SEIREI JUTSUSHI

kotori5 presents.
Illustration by kodamazon

本文・口絵イラスト：kodamazon
デザイン：ＡＦＴＥＲＧＬＯＷ

CONTENTS

KINGAN NO
SEIREI JUTSUSHI

第一話　転生と前世の記憶《きおく》

意識がまどろむ。

まるでぬるま湯に浸《つ》かったような温かな場所に僕《ぼく》はいた。

瞼《まぶた》は開かなかった。真っ暗な世界だけが、視界を埋《う》め尽《つ》くしている。自身がどうなっているのか、僕にはわからなかった。だが、ここは安全である。そんな不思議な確信が僕にはあった。

「――」

声を出そうとして、僕は気が付いた。声が出ないことに。僕はまったく息をしていなかった。でも不思議と息苦しくなることはなかった。

記憶の中にあるのは、どこにでもいる平凡《へいぼん》な男の人生だと思う。

一般《いっぱん》家庭に生まれ、年を取り、勉強をし、大学に入り、地元の会社に勤めて、そして……。

あれ、どうしたんだったか。

思い出せない。記憶を呼び覚まそうと、僕は体を動かした。すると、壁《かべ》にぶつかった。壁と言っても硬《かた》くはない。柔《やわ》らかな弾力《だんりょく》が跳《は》ね返ってきた。どうやら、思ったよりここは狭《せま》いらしい。

結局僕はどうなったんだっけ？　どうやってここに来た？

ずきり、と。頭が痛んだ。思い出せない。靄《もや》がかかったように、頭がはっきりとしない。

その時だった。周りの壁が騒《さわ》がしいほどに蠢《うごめ》き始めた。体を締《し》め付け揺《ゆ》れて、僕の体が少しずつ。

少しずつ移動していくのがわかった。

恐《おそ》ろしくなった。この世界が終わる。そんな予感がした。

恐怖《きょうふ》に耐《た》えながら、幾《いく》ばくかの時間が経《た》ったのだろう。意識が遠のいては戻《もど》り、そんな永劫《えいごう》ともいえる時間が過ぎ去ったとき。まばゆいほどの光が視界を埋め尽くした。

同時に先ほどまでには感じなかった息苦しさが僕を襲《おそ》った。

苦しい！

息を止めたときの特有の切迫感《せっぱくかん》。息をしなければ。息を……っ。

「おんぎゃあああああああああ！」


前世の記憶がある。もしもそんなことを言う人がいたら、僕は一笑《いっしょう》に付していただろう。

一昔前。そう、たとえば——前世の自分だったとしたら。

「…………」

荒唐無稽《こうとうむけい》だ。あまりにも。

しかし、現実だった。

苦しみの中でつかみ取った生の先に見たのは、金髪《きんぱつ》の美しい女性だった。

ただ嬉《うれ》しそうに涙《なみだ》を浮《う》かべた彼女《かのじょ》が、どうやら母親らしいと気づくのはそう遅《おそ》くはなかった。

天井《てんじょう》を見つめる自分はいまだ寝返《ねがえ》りすら打てない。僕の近くには常にメイドのような格好をした女性がいて、時折僕のことを覗《のぞ》きにきた。

「＊＊＊、＊＊＊＊」

聞きなれない言葉だった。日本語はもちろん、他の言語とは似ても似つかない。そのことが認識《にんしき》できるということは、やはり僕は生まれ変わったということで良いのだろうか？

わからない。思考が定まらなくなってくる。ひどく眠《ねむ》くなってきた。赤子の体で考えすぎたからだろうか。思考の渦《うず》にとらわれていた僕の意識は、瞬《また》く間に睡魔《すいま》に引きずられていった。


赤子とは暇《ひま》なものだ。

寝て起きて、母の乳を吸い。また寝て。そしてたまにおしめを替《か》えてもらう。

成人男性の意識が残る僕としては、下の世話への抵抗《ていこう》はこの上なかったが、じきに慣れた。むしろ、あまりにも若い母の乳を吸うことへの抵抗の方が強いくらいだった。

おそらく母は二十歳《はたち》にすら至っていないだろう。母ながら美しい女性ではあったが、その顔のあどけなさはまだ女性を名乗るには幼すぎた。

日本でも一昔前は十代で結婚《けっこん》し、子供を産んでいたとは聞くが、ここでも同様なのだろうか？

「＊＊＊＊＊、＊＊＊＊」

聞きなじんだ声が耳朶《じだ》を打った。これは、母の声だ。侍女《メイド》に促《うなが》された母は僕を抱《だ》きかかえた。相変わらず言葉はわからないが、愛されてはいるのだろう。こんな精神状態故《ゆえ》に、あまり笑うことができなかった僕を不気味がらずにいてくれるのだからよかった。

今は意識して笑顔《えがお》を見せるようにしている。引きつってないかどうかだけが、心配だった。

「グレイ、グレイ」

言葉はわからないが、自分の名前はわかった。母も侍女《メイド》も僕に声をかけるたびに「グレイ」と言う。

名前を呼ばれた僕はにこりと微笑《ほほえ》んだ。声を出すのは慣れなくて、いつも無言になってしまう。

「＊＊＊！　＊＊＊＊＊！」

微笑んだ僕を見た母は侍女《メイド》に何やら興奮気味に話しかけていた。その意味はわからない。相変わらず、言葉は一向にわかる気がしなかった。

母はこちらを向くと、今度はにこにことしながら人差し指をピンと上に立てた。そして。

「＊＊＊＊＊。＊＊＊」

母が何事か諳《そら》んじた。その瞬間《しゅんかん》だった。

指の先から光が灯《とも》る。

光だ。何もないところから光が生まれ、そして徐々《じょじょ》に上昇《じょうしょう》していく。そして、花火のように弾《はじ》けた。光の残滓《ざんし》はキラキラと部屋に降り注ぐ。そしてほどなくして、光は消えた。

母はどうだった？　とばかりに僕を覗き込《こ》んできた。

対する僕はというと、唖然《あぜん》としていた。赤子としては可愛《かわい》くない顔をしていただろう。

だが、それほどに衝撃《しょうげき》だった。何もない指の先から花火が出た。端的《たんてき》に今起こった現象を問われれば、こう答えるだろう。なんだったんだ、あれは。

知りたい。

退屈《たいくつ》な赤子の世界に一筋の光が灯った気がした。

気が付けば僕は声に出して、母にねだっていた。無論言葉なんてわからないから、「あーあー」みたいな感じだったけど。ほとんどしゃべらず、泣かない僕が感情をあらわにしたことに母は少し驚《おどろ》いたようだった。それでも、母は何度も花火を見せてくれた。

僕は食い入るようにそれをみた。どうやってやってるんだろう。僕にもできるだろうか。

その日の夜はなかなか眠れなかった。赤子でも興奮すると眠れなくなるんだなと思った。

この世界は日本にあらず、もしかしたら地球でもないのかもしれない。地球にない未知の技術、あるいは力がある。

それは僕が生まれてから三か月ほど経った夜のこと。

僕がこの世界に魔法《まほう》があることを知った瞬間であった。

◇◇◇

相も変わらず、寝て起きて、乳を吸って、おしめを替えてもらう生活。そんな生活のなかにも少しずつ変化が訪《おとず》れていた。

寝返りを打てるようになった僕は、そのままハイハイ歩きに挑《いど》んだ。しばらくは難しかったが、じきにできるようになった。この頃《ころ》になるとなんとなく、母や侍女《メイド》の話すことがわかるようになってきていた。といっても簡単な言葉しかわからないけど。

微妙《びみよう》な変化。だけど以前から明確に変わったことがある。

「グレイ」

聞き慣れた母の声だ。

母が僕を抱いた。金色の髪《かみ》が肌《はだ》を撫《な》でて、少しくすぐったかった。

精神的にある程度成熟したはずなのに、この幼げな母親に抱かれ、彼女の匂《にお》いに包まれるととても安心する。それがなんとはなしに恥《は》ずかしかった。

そんな心うちの葛藤《かっとう》をよそに、僕は母にねだるのだ。いつかの夜から始まった習慣である。

「あー、うー」

「グレイは本当にこれが好きね」

呆《あき》れたように、されど慈《いつく》しむように微笑んだ彼女はいつものごとく人差し指を天に向ける。

「＊＊＊＊、＊＊＊」

すると、小さな花火が部屋を灯すのだ。

僕はそれを食い入るように見つめる。花火は輝《かがや》き、そしてこの世界に溶《と》けるように消えていく。僕は母の手を掴《つか》んで彼女をみた。温かく、細い手。されど、今の僕よりずっと大きな安心する手だ。

「うー、うー」

「ふふ、しょうがないわね」

母が微笑んで、もう一度指を天に掲《かか》げた。

その時だった。ピリッと体を電流が走ったような気がした。思わず瞬いたその瞬間。

――母の体を真っ白な光が包んだ。白色の光は母の体を伝って、彼女の指の先へと集まっていく。

「＊＊＊＊、＊＊＊」

母の言葉に呼応して、光が大きく膨《ふく》れた。白色の光が、指先で円形に広がり、幾何学模様《きかがく》を象《かたど》っていく。それはまるで、魔法の陣《じん》のようで――。

花火が上がった。小さな小さな、僕の見慣れた花火。だけど、明らかに今までとは違《ちが》うものが見えた。今の真っ白な光は、幾何学模様は、何だったのだろう。

呆然《ぼうぜん》としている僕に母が不思議そうな顔をした。

その後、何度かやってもらったけど、同じような光と幾何学模様は消えることがなかった。

この時を境に。僕の目には不思議な光が映るようになった。


生まれてから一年は過ぎただろうか。僕は立って歩くことができるようになっていた。

今は昼時。太陽の光が差し込む自室で、僕は天井を見上げていた。目に映るのはあの夜から見えるようになった光の塊《かたまり》たち。僕はそれらを視線で追っていた。

光は明滅《めいめつ》しながら、部屋の窓を通り、外へと消えていく。すると今度は、天井から、床《ゆか》から、新たな光が生まれ、ふわふわと宙を舞《ま》いだした。

光の色は様々だった。白い光、緑の光、青の光……。

白と緑の光が多かった。様々な色の光はとても綺麗《きれい》で、思わず見とれた。

これはなんなのだろう?

あの夜、母に魔法を見せてもらった日から。僕の目には常に色とりどりの光が映るようになった。

光は日に日にその数を増し、よりはっきりと大きく見えるようになっていった。

僕は母とそのお付きの侍女《メイド》に、光のことを赤子なりに伝えてはみたのだが、彼女たちの反応は芳《かんば》しくなかった。どうやら彼女たちに光が見えていないと悟《さと》った僕は、光のことを口に出すのをやめた。

そんな風にぼーっとしながら、光たちを見ていた時。窓を揺らすほどの風が部屋に入ってきた。

風は緑の光を大量に連れて、部屋中が緑一色になるほどだった。

「……わぁ」

思わず声が出た。部屋にいた侍女《メイド》が風に驚いて窓を閉めたその時。

いつになく大きな緑光がするりと部屋に入ってきた。これまで見ていた塊がリンゴくらいだとして、今見えているものは大人一人分ほどの大きさがある。それほどに大きさの差があった。

――なんだあれ！

恐れよりも好奇心《こうきしん》が勝《まさ》った。僕はそれをより観察するために近づき、目を凝《こ》らした。

その直後だった。

両目に激痛が走った。それはまるで、鋭利《えいり》な刃物《はもの》で目を串刺《くしざ》しにされたような。あるいは、万力で目を押《お》し潰《つぶ》されたような。あるいは無理矢理両目をくりぬかれたような。そんな痛み。

「あああああああっっっ！」

突然《とつぜん》目を押さえて大声を出した僕に、侍女《メイド》がぎょっとしたようにこちらを向いた。

だけど、それどころではなかった。尋常《じんじょう》ではない痛みに耐えかねて、僕はうずくまった。

――痛い痛い痛い痛い痛い痛い痛い痛い痛い！

あまりの痛みに、意識が遠のいていく。

何が起こったのか理解できない。ただ、切羽《せっぱ》詰まった顔をした侍女《メイド》と心配そうに僕を見つめる緑の光を最後に、僕は意識を手放したのだった。

目が覚めた僕の視界に映ったのは、金髪の美しい女性だった。その目は涙に濡《ぬ》れ、心配そうに僕を覗き込んでいる。

僕の母だ。一目見て、どれほど彼女に心配をかけてしまったかが、僕にはわかった。

「グレイ、わかる？　わたしよ」

安心感のある母の声。僕はコクリと頷《うなず》いた。

すでに目の痛みは引いていた。あれほどの激痛が嘘《うそ》だったかと思うくらいになんともない。むしろ、見える景色の繊細《せんさい》さが増したような気がするほどだった。

部屋を見渡《みわた》すと、ここは自室であることがわかった。自分を抱く母の姿の他に、いつも部屋で面倒《めんどう》をみてくれる侍女《メイド》のメイシア。そして知らない人影《ひとかげ》が二人いた。青のローブを着込んだ壮年《そうねん》の男性と、白い服を着た聖職者のような姿をした比較的《ひかくてき》若い女性がいた。そして変わらずに心配そうに僕を見る緑の光が宙を浮いている。

青のローブを着た男性と、白い服を着た聖職者のような女性が僕に近づいてきた。男性が僕に話しかける。

「失礼いたします、御曹司《おんぞうし》」

二人は杖《つえ》のようなものを取り出すと、母と同じように言葉を諳んじた。

「＊＊＊＊、＊＊＊＊、＊＊＊＊＊、＊＊＊＊＊」

「＊＊＊＊、＊＊＊＊、＊＊＊＊＊＊、＊＊＊＊＊」

知らない言葉の羅列《られつ》だが聞き覚えがある。母があの光を見せてくれる時に諳んじていたものに似ている。言葉を紡《つむ》ぐ二人に変化が訪れる。二人の体が光に包まれていく。男性の方は青く、女性は白く。それは母が見せてくれる魔法よりもより大きな光だった。

光は二人の杖の先へと収束し、顔程《ほど》もある大きな陣を象った。

「＊＊＊＊＊＊、＊＊＊＊＊＊」

長い詠唱《えいしょう》を終えた直後。より洗練された光の束が陣より出《い》でた。

「＊＊＊＊、＊＊＊＊＊＊」

青の光は僕を包み込むようにうねり、輝いた。白い光は僕の中、奥底《おくそこ》へと潜《もぐ》り込むように体の中へと消えていく。ぎょっとして、自分の体を見たが何も変化はなかった。痛みも何も感じない。

「……」

二人が杖を下ろした。どうやら魔法？　は終わったらしい。僕からしたら何の変化もないので、二人が何をしたのかよくわかってないのだけど。

僕が目を白黒させていると、男性が神妙《しんみょう》に口を開いた。

「御曹司、我々の顔は見えていますかな？」

僕はこくり、と頷いた。男性はふむ、と顎《あご》に手を置くと母の方を向いた。

「コルネリア様、御曹司の体に特に大きな問題はありませぬ。目も見えているようですし、現状私から行える治療《ちりょう》などはありませぬ」

男性がちらりと、白い聖職者の女性に目を向けた。女性が頷く。

「私もラーズ殿《どの》と同じく、ですわ。グレイズラッド様の精神体《アニマ》に大きな問題はありませんでした。私からも、現状行える治療はありません」

「問題は瞳の色ではありますが。視力に問題はないようですから。原因については、我々からはなんとも……」

ラーズと呼ばれた男性が、困ったように皺《しわ》を増やした。母は心配そうに僕の目を覗き込んでくる。

「御曹司、本当に目は見えているのですな?」

男性の言葉に僕は頷く。再三の質問。僕の目は、何かおかしくなってしまったのだろうか? 目に見える景色は意識を失う前と何ら変わらないけれど。

「しかし、それにしても……」

男性が、僕を見て目を細めた。

「かの、王女を見ているかのような明眸《めいぼう》ですな。その黄金《おうごん》色の瞳は実に美麗《びれい》だ。これが、生まれし時のものならば、なにも言うことは無いのだがのう……」

彼《かれ》の言葉がなぜだろう。いつまでも、僕の耳に残り続けたのだった。


二年ほどの歳月《さいげつ》が過ぎたと思う。前よりもずっと背が伸《の》びて、あたりを歩き回るのにも苦労しなくなってきた。わかる言葉も、話せる言葉も増えた。あれ以来、目が痛むことはなかった。むしろ前よりもより鮮明《せんめい》に、光が見えるようになった。今まで、辺縁《へんえん》がぼやけていたのが、よりはっきりと見えるようになったと言えばよいだろうか。

あの時に見えた大きな緑光は、今なお、僕の周りをふわふわと飛んでいた。あの日からずっとである。この緑の光は明らかに異質だった。それは普段《ふだん》周囲を舞う光や母、男性たちが出す光とは全く異なる特性——すなわち明確な意思があった。

緑光は寝ても覚めても、近くにいた。あまりにもいるものだから僕はこの光に名前をつけた。

その名もスイ。

緑とはつまり、翠《すい》色。だからスイと名付けた。なんとも安直だが、これ以上の名前を僕は思い付かなかった。僕が名付けをしたとき、たぶんこの子は喜んでいたと思う。いつもよりもより激しく動いていたから、おそらく。たぶん。きっと。

結局この光はなんなんだろうなぁ？

相変わらず、わからないことは多い。母に魔法？　のことを教えてもらおうとしても、まだ早いと断られてしまった。どうも、ある一定の年齢《ねんれい》にならないと魔法を教えてはいけない決まりになっているらしい。僕に許されていたのは、幼児用の英雄譚《えいゆうたん》、童話、おもちゃくらいしかなかった。

正直なところ、成人の意識を宿す僕にとって、この暇な時間はあまりにも苦痛である。それならば本でも読もうかと思うものの。僕はこの国の文字をまだ全《すべ》て理解していなかった。いつも僕の世話をしてくれる侍女《メイド》のメイシアや母に読み聞かせてもらわなければ、僕は物語すら満足に読めない。メイシアは忙《いそが》しそうで、とても今は話しかけられそうになかった。

仕方なく、僕は目の前をふわふわと浮いている緑光に目を向けた。

「スイ、君はなんなんだい？」

僕が小さな声で緑光に話しかけると、彼（？）は嬉しそうに僕のそばにすり寄ってきた。スイに触《ふ》れると、手のひらが温かくなる。スイから流れ出た緑の光が、僕の体を伝った。魔法を使うときの母もこんな感じで、身体《からだ》中に光が溢《あふ》れていた。これを収束させれば僕にも魔法が使えるのかな？

ふとそんなことを思った僕は、ふんと踏《ふ》ん張ってみる。だがなにも起こらない。表面を流れる緑の光は触れることはできても動かすことはできなかった。スイが離《はな》れると程なくして、光は消えてしまった。スイが楽しそうに僕の周囲をくるくると回り出す。

僕は小さく息をつく。あまりにも、あまりにも、暇だ。

僕は自分の用具入れに手を伸ばした。中には、母からもらった英雄の物語がある。

僕は本を開いた。まだ読めない字も多いけど、この物語の内容はある程度覚えている。

一つ一つの文字の理解に悩《なや》みながら僕は読み進め始めた。


英雄譚。

それは、過去が紡ぎ、今へ伝わる希望の物語。

かつて、世界は「災厄《さいやく》」に溢れていた。

強大な魔物に追われ、人々は生きる希望を失いかけていた。

魔物とは魔を操《あやつ》る物。それはおぞましく、見るものを狂気《きようき》へと誘《いざな》う化け物であった。そんな人ならざる怪物《かいぶつ》は、「魔」を現界させる力を持った。

「魔」とは何か。それはこの世の全てを象るものだ。

大地も水も、空も、生物も、もちろん――人も。

「魔」はありとあらゆるものの「要素」であり「源」であった。

なればこそ、「魔」を操ることができる「魔物」の恐ろしさがわかるだろう。

ある時は巨大《きよだい》な業火《ごうか》を以《もつ》て。ある時は天に昇《のぼ》るほどの海嘯《かいしよう》を以て。ある時は大地の怒《いか》りを以て。

ある時は終焉《しゆうえん》を思わせる颶風《ぐふう》を以て。

魔物は一息に街を破壊《はかい》し、人を殺し尽くした。

「魔」を操る術《すべ》を持たぬ人族は瞬く間に追い込まれていった。

しかし、人々は希望を捨てなかった。偉大《いだい》なる神に祈《いの》り、知恵《ちえ》を絞《しぼ》り、死力を尽くした。

数々の種族がその手を取り合い、ついに救世主が生まれた。

救世主は七色の力を用いて「災厄」に立ち向かった。

その煌々《こうこう》たる双眸《そうぼう》が見据《みす》えていたのは、希望の光か。あるいはその遠く未来か。

彼女は「災厄」を討《う》ち滅《ほろ》ぼした。

そして、全ての魔物はこの世を去った。

救世の聖女――アンリエット・ルーデシア
彼女の功績を後世に伝えん。

著・キールデイ・アナハイム

僕は「救世の聖女」と題された本を閉じた。

僕はこのおとぎ話を信じていなかった。本によれば、この話は遠く千年以上前のお話だという。そんな昔の話が正確に伝わっているはずがないのだから。

英雄《アンリエット》の功績により、人々は「魔物」の脅威《きょうい》から解き放たれ、ここまで繁栄《はんえい》してきた。彼女のお陰《かげ》で、人はかねてより苦しめられてきた「魔」というものを操る術を得て、巨大な力へ対抗《たいこう》できるようになった。ただ一人の人間によりそのようなことができるのか、甚《はなは》だ疑問ではあるが、それが事実ということになっている。

胡散臭《うさんくさ》い話だなと、思う。でも、物語なんてそんなものだろう。

僕は本を用具入れにしまった。メイシアが近づいてくる。

「グレイズラッド様、お食事の時間です」

言われて、自分が空腹であることに気づいた。暇と言っていた割に、思っていたよりも英雄譚に熱中してしまっていたらしい。僕は頷くと、彼女に連れられて食事どころへと向かうのだった。

——アンリエットはいつもどこかを見ていた。その双眸が捉《とら》えていたのは、魔物でも人でもなかった。彼女が見ていたものはなんだったのだろうか。希望か、絶望か、あるいは未来か。あるいは過去か。

「救世の聖女」終章．三六七頁《ページ》より抜粋《ばっすい》。

◇　◇　◇

生まれてから六年ほどの月日が流れた。

僕は自室の椅子《いす》で本を手に取っていた。この国の言語の教科書である。僕はぼーっとしながらページをぱらぱらとめくっていた。

四歳《さい》頃から、僕には家庭教師がつけられるようになった。

今更《いまさら》ではあるが、どうやら僕はなかなかに裕福《ゆうふく》な家に生まれていたらしい。

家には何人もの侍女《メイド》がいるし、家もすごく大きい。今もたまに迷子になるくらい広いのだ。加えて、家の外にも広大な庭が広がっている。高い石垣《いしがき》に囲まれていて、僕は真の意味で家の外に出たことがなかった。

また、僕は自分の名前をグレイだと思っていたが、正式な名前はグレイズラッド・ノルザンディというらしかった。なんともまあご立派な名前である。

どうやら裕福な家の子供らしい僕に、四歳という幼い時期から教育係をつけるのは常識のようなものなのだろう。もっぱら教わるのは、算術や語学、歴史、貴族のマナーといった内容だった。特に貴族の風習に関しては厳しく教え込まれた。こちとら四歳なのだから、もう少し手心を加えてほしいと切に思ったが。

この国の歴史や、貴族のマナーなど目新しいものもあれば、算術のように僕が学ぶにはあまりにも簡単なものがある。四歳児に高校の内容を教えることがないように、僕が教わる算術はとても易《やさ》しいものだった。母は僕を天才だと褒《ほ》めちぎったが、精神的には三十歳を超《こ》えている僕はズルをしているに等しく、全く喜べない。中身は凡夫《ぼんぷ》なのでいつか失望されるかもしれないと考えると、悲しくなった。もちろん母には迷惑《めいわく》をかけたくないし、失望もされたくないから、努力は厭《いと》わないつもりではあるけれども。

さて、凡夫とはいえ中身は大の大人である僕は、この年齢で履修《りしゅう》するような知識はほとんど修めてしまっていた。家庭教師はというと、仕事は済んだとばかりに早々に来なくなった。今は母が次の家庭教師を探している最中らしい。

だからとても暇だ。僕は勝手に外に出ることを許されていないため、外出もできない。興味のある魔法の勉強も僕にはまだ許されていなかったし。

「……いつになったら魔法を教えてくれるのかなぁ」

赤子の時から僕の魔法への知識は全く変わらない。使い方も、その性状も、何もかもがわからないまま。無為《むい》に過ぎていったこの六年間が実にもどかしかった。

なぜここまで厳格に魔法の勉強を禁じられているのか。それには理由があった。

なんでも、あまりにも早い段階で魔法を使うと、「魔力」の放出に障害をきたすらしいのである。「魔力」とは魔法を使うのに必要となるエネルギーのことらしい。確証はないが、たびたび見てきた光はこの「魔力」なのではないかと僕は考えている。

「魔力」が放出できないと、「魔力」を用いることができなくなる。つまり、「魔法」が使えなくなる。いち早く魔法を使いたい僕も、そう言われてしまうと何も言えなくなってしまうのだった。魔法が使えなくなるのは嫌《いや》だったからだ。

「……待つしかないか。ね、スイ」

僕がそう言うと、視界を回っていた緑光《スイ》が嬉しそうに僕にすり寄った。

スイは出会った頃よりも随分《ずいぶん》と鮮明に見えるようになった。それに感じる圧も大きくなったように思う。大きさは相変わらず変わらないが、なんと言えば良いか。色濃《いろこ》くなった、あるいは密度が上がったように感じる。

スイに触れると、緑の光がすーっと僕の肌を伝う。僕はこの光をどうにか動かそうと色々と試《ため》していた。だけどあまりうまくいかない。なんとなく触れている感覚はあるのだけれど、一向に動く気配がないのである。

僕はふぅっと、息を吐《は》く。ちょうどその時、パタンと僕の部屋の扉《とびら》が開いた。

ドアを開いたのは金色の髪の美しい女性——母ことコルネリア・レラ・ノルザンディだった。コルネリアの隣には僕の肩《かた》ほどしかない小さな少女がいた。

コルネリアそっくりの金色の髪を下ろした彼女は、僕の姿を認めると一目散に駆《か》けてきた。

「にいに！」

満面の笑みで僕をそう呼ぶ彼女は、何を隠《かく》そう、僕の妹である。名前はフェリシア・ノルザンディ。母の面影《おもかげ》を強く感じる彼女は、将来間違いなく美人になる素質を秘《ひ》めていた。

フェリシアは僕が三歳頃の冬に生まれた子だ。

僕に抱き着いてきたフェリシアはそのクリっとした碧眼《へきがん》で僕を見上げた。その様が可愛くて、僕はフェリシアの絹糸のような金髪に手を伸ばした。彼女の頭を撫でると、フェリシアは気持ちよさそうに眼《め》を細めた。

あぁ～、可愛すぎる。思わず、頬《ほお》が緩《ゆる》んでしまう。人形のようにかわいい妹、そんな子が僕に懐《なつ》いてくれているのだ。可愛くないわけがない。

「グレイ、話があるの」

僕がフェリシアの可愛さにニヨニヨしていると、母が話しかけてきた。その声はいつもの優《やさ》しい声音ではなく、どこか硬さを感じる。真面目《まじめ》な話なのかと、僕が母を見上げた。

母は躊躇《ためら》うように目を伏《ふ》せると意を決したように口を開く。

その内容は僕を驚愕《きょうがく》させるに十分な内容だった。

「アーノルド・ドライ・フォン・ノルザンディ――グレイのお父さんにこれから会いに行くわ」

それは、生まれてから一度も会ったことがなかった僕の父親の話であった。

生まれてからずっと不思議に思っていたことがあった。

母がいて侍女《メイド》がいる。外には出られないけど、それなりに順風満帆《じゅんぷうまんぱん》な生活。

今では妹のフェリシアもいて、家は賑《にぎ》やかになった。だけど、ずっと足りないものがあった。

それは父親の存在だ。

僕は生まれてから一度も父親に会ったことがない。そして、母も父親の話をしようとしなかった。

最初、父は亡《な》くなってしまったのかと思った。病や事故など死の危険は多数ある。だけど、フェリシアが生まれたことでその説は否定された。

なぜ会ってくれないのか？　この国では父親は子供に関《かか》わらないのが常識なのか？

そんな疑問を抱《かか》えていた僕は、これから父と会うことになるらしい。

正直、父親といえど六年間放置されてきていた。だから、肉親の情なんてものはなく、知らない男に会いに行くという感覚が強い。だけど、親に変わりはないし、これから話せるようになったらいいかな、なんて。そんなことを僕は考えていた。考えていた――けれど。

「……やはり悪魔付き、か」

書斎《しょさい》に響《ひび》く低い声が僕の耳朶を打った。目の前にいたのは人相の悪い大柄《おおがら》な男。歳《とし》の頃は四十代ほどに見える。これでコルネリアと結婚したのかと考えると、かなり犯罪的だな、と僕は思った。そして父親の放った第一声を聞いて、「あ、こいつとは仲良くなれない」と直感的に悟ってしまった。

悪魔だなんて、六年越《ご》しに会った息子《むすこ》にかける言葉ではない。思わず、こいつ何言ってるんだ？という顔をしてしまった。僕の顔を見て、アーノルドが蔑《さげす》むように僕を見た。

「悪魔、と呼ばれたのが不服か？」

「……理由がわかりません」

悪魔と呼ばれる理由に心当たりはない。

「神童、と聞いていたのだがな」

アーノルドはそう言うと、失望したように背を向けた。もう話すことはない、とでも言うように。

納得《なっとく》ができず、僕はその背に向かって声をかける。

「どういうことでしょうか？」

「……その目に問いかけてみるがいい」

それっきり、アーノルドは黙《だま》り込んだ。こうして、人生史上最悪の父親との初対面は終わった。


「なんなんやあいつは！」

僕は憤《いきどお》っていた。それはもう怒《おこ》っていた。

思わずかつての言語——日本語が飛び出てしまうくらいにはイライラしていた。

初めて会った息子に対して悪魔と呼ぶ。そう呼ぶ理由すらまともに教えない。

何が「その目に問いかけてみるがいい」だ。意味深なこと言って適当にはぐらかしやがって。

廊下《ろうか》を進みながら、僕はあの髭面親父《ひげづらおやじ》に心の中で悪態をついた。

ある程度心の中でクソ親父をボコボコにした僕は、少し冷静になった。冷静になっても状況《じょうきょう》は なにも変わらないけど。どうして、アーノルドは僕を拒絶《きょぜつ》したんだ？

僕はふわふわと浮かぶスイに目をやりながら、ため息をついた。考えても、愚問《ぐもん》は解決しないのだから。とりあえず、家に帰ろう。

今僕がいるのは、ノルザンディ家の本家である。ノルザンディ家は王国の東に位置する辺境伯《へんきょうはく》家である。所謂《いわゆる》地方貴族の長《おさ》とでもいうべき家柄《いえがら》で、その格はかなり高い。ノルザンディ家の本家は東の最大都市であるノルンにある。権威《けんい》を見せるため故か、その敷地《しきち》と家の大きさは言い表せないほどだった。

僕が住んでいた家も大概《たいがい》大きいと思ったけど、この家を見た後だと随分と小さく感じた。

ちなみに僕の生まれ育った街はノルンのさらに東に位置する、イースタンノルンという街である。ノルンほどではないが東の第二都市と呼ばれるくらいには栄えている街だ。

帰りは来客室に戻ればよかったはず。僕は初めに通された来客室までの道を頭の中で思い浮かべる。そして先ほど言われた悪魔という言葉を反芻《はんすう》していた。そんな風に、少し上の空で歩いていたからか。僕は前から歩いてくる人影に気づかなかった。

「おい、お前」

急に声をかけられて僕はぎょっとした。声のするほうに僕が目を向けると、そこにはやたらと上質な身なりをした金髪の男の子が立っていた。僕よりもひとまわり背が高い。目つきの悪い碧眼が僕を見下ろしていた。

「えっと？　どうかしましたか？」

そんなことを言いながら、僕は首を傾《かし》げた。見たこともない金髪の男の子。しかし、その面影は誰《だれ》かに似ている。そう、まるであのクソッタレな父親のような……。

男の子は僕を見ると、気味が悪そうに顔を顰《しか》めた。そして、不機嫌《ふきげん》そうに曲がった口を開いた。

「お前が忌《い》み子のグレイズラッドか。ノルザンディ家の恥晒《はじさら》しめ」

……。

…………。

「……？」

忌み子、恥さらし。唐突《とうとつ》に言われた言葉に対して僕の胸中を占《し》めたのは困惑《こんわく》であり、呆れだった。立て続けの悪口に少しはムッとするが、子供に反論するほど僕の精神は幼稚《ようち》ではない。

「そうらしいですね。……では」

僕がいけしゃあしゃあとそう言って、彼の横を通り過ぎようとする。しかし、そうはさせないと男の子は僕の前に立ちはだかった。向こうの方が一回り大きく、僕は彼を素通《すどお》りすることができない。僕は仕方なく立ち止まると、彼を見上げた。

「えっと、何の用でしょうか？　……というか、あなた……誰ですか？」

「お、おま！　っ！　このっ！」

僕の言葉に金髪の彼の顔が真っ赤になった。あまりの怒《いか》りに声も出ないといった様子。

そこまで彼の様子を見て、僕は思い出した。確か、本家には幾つか年の離れた兄がいると母から聞いていた気がする。母の子ではなく、クソ親父の本妻の子がいる、と。

「……えっと、確かエーデノルドだったたっけ？」

「エーデノルド様と呼べ！　不敬だぞ！」

地団駄《じだんだ》を踏みながらそう言う彼は、つまるところ僕の異母兄にあたる存在だったようだ。

「……はぁ。それで、エーデノルドお兄様は僕にいったい何の用なんですか？」

「忌み子に兄と呼ばれる筋合いはない！」

話にならないとはこのことだろう。なんでこいつ僕に絡《から》んできたんだ？

エーデノルドはコホンと咳払《せきばら》いをすると、冷たい目で僕を見下ろしてくる。

「お前は一目見ておく必要があった」

「はぁ」

「その金眼。どうやら本物らしいな」

「……金眼？」

僕が反応すると、エーデノルドは憐憫《れんびん》の眼差《まなざ》しを向けてきた。

「なんだ？　知らなかったのか？」

エーデノルドが僕を指さす。

「お前の持つ金眼は人ならざるものが持つ目だ。故にお前は忌み子であり、悪魔の子なんだ」

「……」

知らなかった。

「……まあ、いい。そのうちにお前は処分する。そのために顔を見にきたのだが……」

――現実を知らぬ道化《どうけ》か、要《い》らぬ関心だった。

そんなことを言いながらエーデノルドは去っていった。

……結局何がしたかったんだ、あいつ。わざわざお前を殺す、って言いにきたのか？

僕は首を傾げながら、スイと一緒《いっしょ》に来客室の方に戻るのだった。

本家で最悪の出会いを果たした数日後のこと。僕は窓辺に腰掛《こしか》け、頬杖《ほおづえ》をつきながら外を眺《なが》めていた。視界を緑の光がかけていく。今日は風がそれなりに強い。風の強い日は、世界が緑に染まる。

僕は思い返していた。自身の父と異母兄の言葉を。

彼らによれば、金眼を持つ僕は忌み子であり、悪魔付きであると。それが僕――グレイズラッド・ノルザンディの今の立場であると。

僕は思い返す。生まれてから、この目になり、そしてここまで生きてきた日々を。

そして気が付いたのだ。彼らの言葉も、あながち間違いではなさそうだということに。

「…………」

思えば、確かにそんな兆候はあったように思う。

あの事件、僕の眼に変化が訪れたあの日以降。僕はメイシア以外の侍女《メイド》との関わりがほとんどなくなっていた。もとより他の侍女《メイド》との関わりは薄《うす》かったが、それでもそれなりに構ってくれていたように思う。それが、あの日以降ぱったりとなくなった。

外出できないというのも考えてみれば不思議な話だった。貴族なんてこんなものかと僕は思っていたけれど、それでも六年間街に出ないのは今思えば異常だ。

魔法のことばかり考えていたから、気にしていなかったけれど……。

「……ふぅ」

湧《わ》き出でる寂寥感《せきりようかん》に蓋《ふた》をするように、息を吐いた。

「スイ」

僕の言葉に反応した緑光が僕の方に飛んできた。目の前でふわりと浮いたスイは、楽しそうにくるくると僕のまわりを回りだす。僕が手を伸ばすと、スイは自身の体を僕の手にくっつける。まばゆい輝きののち、スイはまたしてもくるくると僕のまわりを回った。そしてぴょいと窓の外へと飛んで行った。スイは手を振《ふ》るかのように明滅して、どこかへ飛んで行った。

その様子を見て、僕の寂寥感は幾ばくか落ち着いた。

スイは、うん。なんか、変わらなそうだ。

その後もしばらくぼーっと外を眺めていると。

コンコン。ノックの音が響く。同時に扉が開いた。

僕が振り向いた先には、小さな金髪の少女。僕の愛《いと》しい妹君がそこにいた。

彼女は僕の姿を目にとめると、ぱあっと顔を明るくして僕のもとに駆けてくる。

「フェリシア？」

「にぃに！」

突撃《とつげき》してきた妹を僕は優しく受け止めた。にここと僕をみるフェリシアには全くの邪念《じゃねん》も懸念《けねん》もない。純粋《じゅんすい》で無垢《むく》な笑顔が僕には向けられていた。僕はよしよしとフェリシアの頭を撫でた。絹糸のように滑《なめ》らかな彼女の髪を優しく梳《す》く。フェリシアが気持ちよさそうに目を細めた。

「フェリシアはお兄ちゃんが本当に好きね」

声に弾《はじ》かれたように顔を上げると、そこにはコルネリアの姿があった。少し苦笑したような顔をしている。どうやらフェリシアを追いかけてこちらに来たようだ。

コルネリアの僕を見る目は穏《おだ》やかだった。

だが、感傷に浸《ひた》っていた僕にはわかってしまった。彼女の顔からは憂《うれ》いの気配を感じる。

「母様？」

「わたしはいつまでもグレイの味方よ」

コルネリアはそれだけ言って、僕を抱きしめた。僕の腕《うで》の中にはフェリシアがいたので、彼女が僕と母のサンドイッチのような状態になる。むぎゅっと言って、少し苦しそうに身じろぎした。そのさまが少しおかしくって、僕は笑ってしまった。

「母様、ありがとう」

僕は六歳に至るまで、家の外の人とほとんど話したことがない。家の外に出ることを許されていなかったからだ。それはおそらく、五年ほど前に僕の眼が変化してしまったから。僕を守るために、母がそうしたのか、あるいはクソ親父の指示によるものなのか。そのあたりはわからないけど。

「にぃに？」

上目遣《うわめづか》いで僕を見つめるフェリシア。その目は純粋で穢《けが》れがない。母を見上げると、彼女もまた微笑んだ。大人の精神を持ったはずの僕の肩が、微《かす》かに震《ふる》える。

『その黄金色の瞳は実に美麗だ。これが、生まれし時のものならば、なにも言うことは無いのだがのう……』

かつて赤子の時に聞いたその言葉が、脳裏《のうり》から離れなかった。

◇　◇　◇

降臨の儀《ぎ》というものがある。それは七歳になった男女に対して行われる儀式である。

降臨の儀を行うことで、この国の男女は魔術の勉強をすることを許される。七歳になった僕は、その降臨の儀を取り仕切る、街の教会にいた。

僕が座《すわ》っている椅子から遠く離れた壇上《だんじょう》で神父がご高説を垂れている。神がどうのとか、救世主がどうのとか、そんな話だ。彼の前にはたくさんの子供たちが座っていて、そのお話を聞いていた。

僕はあくびが出そうになるのを堪《こら》えながら事の顛末《てんまつ》を思い出していた。


「降臨の儀をする、ついて来い」

そう言って僕の目の前に現れたのはいつかのクソ親父だった。

なぜ忌み子である僕をわざわざ迎《むか》えにきたのか。その理由はわからなかった。

考えてみれば僕という存在はノルザンディ家にとって大きなマイナスとなるはずである。それなのになぜか僕は殺されていない。母の嘆願《たんがん》などがあったのかな、とも思うけど、どうにも理由としては弱い気がする。おそらく、殺せない別の理由があるのだ。それが宗教的なものなのか、あるいはこの国の法によるものなのか、別の要因があるのか。その辺りはわからないけれど。

ということで、僕はイースタンノルンの街の中央に位置する大きな教会にやってきていた。もっとも、フードは目《ま》ぶかに被《かぶ》り、顔は見えないようにだが。隣《となり》にはアーノルドがいて、その周囲は甲冑《かっちゅう》を着た騎士《きし》のような人たちが取り囲んでいた。領主であるアーノルドの護衛なんだろう。

僕は教会の最後列から、周囲を見渡していた。

あれから僕の見る景色は殊更《ことさら》に鮮《あざ》やかになった。僕の目には色とりどりの光が見える。その範囲《はんい》が更に増えた。一年ほど前から、僕は人の体内の光の色が見えるようになっていた。

僕は隣にいるアーノルドに目を向けた。彼の体からは赤と茶の光が見える。それも非常に強く輝いている。僕は壇上で話をする神父に目をやった。彼の体からは青い光が溢れ出ているのがわかる。

だけど、その輝きは父親には及《およ》ばない。

人によって光の色は異なり、そしてその輝きも違う。もっとも。

(スイほどの輝きはみんなないけどね)

人の輝きがスイを超えたことはない。相変わらず、スイはいつも僕のそばにいる。飽《あ》きたりしないのか疑問だけど、そばにいてくれるなら嬉しい限りだった。

僕は自身が忌み子であると知ってから、周囲のことをあまり信用できなくなっていた。コルネリアやフェリシア、メイシアはまだしも、他の人たちが僕の目に対してどんな反応をするのかが僕は怖《こわ》かった。それに今はよくても、母や妹も心変わりしてしまう時がくるかもしれない。ありえない、とは思っていても、人である以上ないとも言い切れないのが怖い。彼女らの心変わりを考えるだけで、僕の心は冷たくなっていくのだ。

その点、スイは違った。この子は僕が忌み子とか関係なく一緒にいてくれている。僕は、そんなスイの存在がただ嬉しかった。

気が付けば神父が壇上から降りていた。長い話が終わったらしい。これから本格的に降臨の儀が始まるようだ。

魔術の始まりの儀式であるこの儀式は貴族、平民問わずに参加が義務付けられている。君主制であるこの国にとってかなり変わった風習だった。貴族と平民にはそれだけの地位の差があり、同じ地に並ぶことなど普通はあり得ないのだから。

さて、降臨の儀には大きな役割が二つある。

まず一つは、その子供が持つ「魔術適性」を見ること。

魔術には大きく六つの属性があり、それぞれ「風」「地」「火」「水」「光」「闇《やみ》」に分類されている。その適性と強さを見るのが、降臨の儀の最大の目的である。

次に、重要なのは「登用」である。

魔術の適性を持つ者は希少である。そのため、貴族はもとより、平民でも魔術の素養のある者は国に歓迎《かんげい》される。代々、魔術の血を受け継《つ》いできた貴族は優秀《ゆうしゅう》な魔術師を生む場合が多いが、平民にもごく稀《まれ》に優秀な素養を持つ者が生まれるのだ。そういった者は中央に召《め》されて、魔術師として養育されるそうだ。要は優秀な人材の確保の側面があるのだ。君主制であり、封建《ほうけん》制度を取り入れるこの国においてよくもまあ、ここまで柔軟《じゅうなん》な文化ができていることか。

教会の奥、壇の上に大きな透明《とうめい》な水晶《すいしょう》が運ばれてくる。あれは魔力を選定するための装置らしい。

水晶の設置が終わると、参列した子供の名前が一人ずつ呼ばれていった。ここは東の辺境伯の土地だから、王国の東部で土地を管理する貴族の子女子息もいることだろう。僕は名前を呼ばれた人たちに目線を向けた。

ほとんどの人は弱々しい光しか出していない。多くの人は青や白、あるいは緑の光を弱々しく発しており、彼らが水晶に触れると同様の光が水晶からは発せられた。

どうやら、人から出る光と、水晶から出る光は一緒らしかった。

と、一際《ひときわ》光り輝く少女が壇に上がって、僕は少しだけ身を乗り出した。

赤と緑の二色の光が彼女からは出ている。アーノルドを除けば、この子供たちの中で唯一《ゆいいつ》、二色の光を放っている子供だった。彼女が水晶に手を触れると、水晶は今までにないくらいに光り輝いた。その光は彼女の発する色と同じ赤緑の色彩《しきさい》であった。

教会内をどよめきが覆《おお》った。少女は唖然として水晶を眺めていたが、次第《しだい》に落ち着き、その顔に喜びの色を宿した。

「……お前は」

気づけば、アーノルドが訝《いぶか》しげに僕を見ていた。しかし、僕が反応するよりも早く、彼は視線を水晶の方へと向けた。

一体なんなんだ。僕は心の中で舌を出しながら、水晶に触れていく子供たちの様子を見ていった。

貴族の子女、子息のような出で立ちの子供が、複数人水晶を光らせて、ついでに平民っぽい子たちの何人かも水晶を光らせた。が、あの少女ほどの輝きを起こした人は他にいなかった。

そうして降臨の儀は終わり、子供たちは解散。教会に残ったのは、教会の神父やシスター、そして僕たちだけとなった。

「……行くぞ」

「……はい」

正直、僕はこの展開を予想していた。

だって僕って忌み子だもの。僕の存在そのものがノルザンディ家の悪評に繋《つな》がるのだ。わざわざ他の貴族や平民の前に姿を現す利点はない。故に、僕はみんながいなくなった後に極秘《ごくひ》に降臨の儀をやるってわけですか。

僕はアーノルドについて行った。僕の目の前には、先ほど講説を垂れ流していた神父がいた。周りのシスターが僕に向ける目は好意的とは言えないものだった。この目に対する反応はきっとこれが普通なのだろう。しかし、神父の目から感じるのは憐憫のみで、悪感情は見受けられなかった。僕は首を傾げる。

「不思議ですかな、ご子息――いえ、グレイズラッド様」

そう言った神父の顔を見て、僕は思い出す。そして、気づいた。目の前の神父が、昔僕の目が変化した時に診《み》てくれた男性だということに。老人は神妙に僕に語りかけてきた。

「その目は人ならざるものの目であると同時に、英雄の目であります故」

「英雄の、目？」

「ええ。しかし、あなたは王家に連なるものではない。加えて、今代にはすでに英雄の目を持つ者がおりますから」

「……」

老人はスッと、アーノルドに目を向けた。

「生まれ落つ時代故の業でありますな、アーノルド殿」

「……ああ」

小さくそう言ったアーノルドは僕に目で促した。早く降臨の儀を終えよという意味だろう。英雄の目というのは気になるが、今は仕方ないか。僕はかぶりを振って、水晶に手を近づけた。

さて、他人の光が見える僕は、無論のこと僕自身の光についても見えるようになっていた。自身の肌を伝う光。これこそが僕の光の特性なのだろうと。

しかし、その光はどこか異質だった。他の色が赤や青、緑、白、と。色鮮やかなのに対して。

僕の光は無色透明だったのだから。

「……こ、これはっ⁉」

教会がざわめく。僕が触れた水晶は光り輝いた。眩《まばゆ》いほどに光る僕の魔力は、水晶をも眩《まぶ》しく染め上げたはずだった。だが、僕の目には燦然《さんぜん》と輝くそれは、どうやら他の人にとってはそうでなかったらしい。

「全く、光らないということがあるのか？」

「……いえ、初めて見ましたね」

アーノルドの言葉に神父が驚いたように返答した。

「魔力なし、ということか？」

「まさか！　今までの記録でそのような者は一人もいませんでしたよ！」

ざわめきは収まらない。僕に対して徐々に懐疑《かいぎ》的な視線が増えていく。不気味そうに僕を見つめる目が多数だ。嫌な目である。

（うーん、これ、まずいかなあ……）

騒然《そうぜん》とする教会内で僕はどうしようか考える。まさか、僕の魔力の色を他の人が認識できないとは露《つゆ》ほども思っていなかったから、内心では軽いパニックである。こんなところで自分の異常性を認識することになるとは思っていなかった。

そんな僕の内心などいざ知らず、目の前でアーノルドと神父が話を続けている。

「魔力がないならば、これに説明がつくと思うが」

「それは、そうなのですが……」

困ったように首を傾げる神父。その話から僕は自分の現状を分析《ぶんせき》する。

どうやら僕は魔力がないと思われているようだ。魔力がない、というのがどれくらい異常なのかはよくわからないが、彼らの常識からはあまりにかけ離れているだろうことは、周囲の態度から容易に想像がついた。

さて、どうしよう。せめて、他の人と同じように水晶を光らせはできないだろうか。他人との明確な差異は僕をさらに忌み子たらしめそうである。それは避《さ》けたい。

そんなことを考えて、僕は上を見上げた。そこには楽しそうにクルクルと回る緑光の姿がある。相も変わらず、スイは鮮やかな翡翠《ひすい》色に光り輝いていた。

そこで僕は思いついた。スイに手伝ってもらえないかな、と。

それはなんとなくだった。ただやってみようかなという好奇心。ただそれだけだった。スイは僕の視線に気づくとスッと僕との距離《きょり》を縮めた。「遊んでくれるの？」みたいなそんな様子で。そして、ピッタリと僕の腕にくっつく。緑の塊からは手のような光の帯が流れ出て、僕の無色透明な光と混じり合った。

瞬間――教会を緑の光が埋め尽くした。

それは水晶から発せられる光。父親の光も、あの少女の光すら霞《かす》むほどの眩い光。

数秒ののちに光は消え失《う》せた。スイが楽しげに浮上《ふじょう》して、水晶のまわりをクルクルと踊《おど》った。

そして、後に残ったのは呆然と僕を見る神父とクソ親父、そしてシスターや騎士たち。反応から見るに、明らかにこれもまた、彼らの普通からは逸脱《いつだつ》してそうだ。

静寂《せいじゃく》を背に僕は思う。

……とりあえず、クソ親父の間抜《まぬ》け顔を引き出せたからよしとしよう、と。

そもそもの話、なぜ僕は忌み子扱《あつか》いなのか。

神父の話では、僕の金の眼は英雄の目でもあるらしい。この国の主教である英雄教において、金の眼は本来祝福されうる目のはずなのだ。ならばなぜ、僕はここまで嫌《きら》われているのだろうか？

そんな疑問を持った僕は、降臨の儀の後にアーノルドに聞いてみたのだ。金眼にまつわる話を。僕としてはダメ元だったのだが、彼は意外にも教えてくれた。すごく嫌そうな顔で。

話によれば、やはりこの国では生まれつきの金眼はむしろ良いことと考えられているらしい。それはかつてこの世界を救った聖女が金色の眼を有していたから。故にあの神父は僕の目を、英雄の目と呼んだのだ。しかし、英雄の目として認知されるには大まかに二つ条件がある。

一つは、王家に連なる者でなければならないこと。この点を僕はクリアしていない。その時点で、英雄ではない謎《なぞ》の存在となってしまう。

とはいえ、この条件はそこまで重要ではないらしい。過去には王家の血筋じゃなくとも、金色の目の子供が英雄として祭り上げられたこともあるみたいである。ただ、条件として挙げられている以上、王家の血筋であるに越《こ》したことはないのだろう。

重要なのは次の条件だ。それは、金色の目が生まれつきでなければならないことである。

僕の目は、元は母に似た碧眼だったらしい。しかし、あの日を境に金色に変化した。これがどうにもまずいらしかった。

元々金色の目というのは、人ならざる脅威——魔物などの眼の色と同じである。僕は魔物を見たことがないから実際の瞳の色はわからないけど、父が言うならそうなんだろう。そして金色の目が嫌われる理由の根幹はここにある。魔物は人に害を為《な》す存在だ。人間は古代より、魔物と熾烈《しれつ》な生存競争をしてきた。その瞳と同じ色、それは忌むべきものと捉えられてもおかしくない。

ならばかつて世界を救った聖女はどうなのか。魔物と同じ目を持つ彼女はどう扱うべきなのか。そこで線引きを設けたのだ。彼女は生まれつき英雄の目を持っていた。英雄は生まれながらに英雄である、と。それを条件にしようと。

どうにも適当な感じがするが、英雄の定義なんてそんなものなのだろう。

僕の場合は後天的に金色の目になったから、この条件にも抵触《ていしょく》する。それに、後から変化したという事実は忌み子たらしめる理由付けにも最適である。

すなわち、後天的な眼の色の変化は悪魔に魅入《みい》られた故であると。

……まぁ。理屈《りくつ》はわからないでもない。もともと普通だった人の見た目が変化したら何事かと思うだろう。それが人々に害を与《あた》える魔物と同じ特徴《とくちょう》ともなればなおさらである。

そして最後に、これらの条件に加えて、最も大きな問題がある。

それは、今世にはすでに金色の眼を持つ王族が存在するということである。この国の第三王女。歳の頃は七歳。つまり、僕と同い年の女の子が、僕と同じ金色の眼を持っているそうだ。

――曰《いわ》く、彼女は英雄の生まれ変わりである、と。

金眼の所有者が同一の世代で被った時代は今までにないらしい。であれば、片方は本物、もう片方は偽物《にせもの》、そう考えられてしまうのも仕方がないかもしれない。

加えて王女は二つの条件を満たし、僕はどちらも満たしていない。

故に、同世代でかつ後天的に金色の目を得た僕の立場は非常に危《あや》うい。英雄を騙《かた》る者か、あるいは悪魔に魅入られた忌み子か。正直なところ今、僕が生きているのも奇跡《きせき》のような状況だ。そしてそれはひとえに、教会のとある教えがある故でもある。

それは、子供はいかなる者でも殺してはならない、という教えの存在である。

この教えは英雄教の中でも特に強く言い含《ふく》められた教義であった。

前世ではこれといって縁がなかった宗教だったが、今世ではこの宗教に感謝した。流石《さすが》に、新たな人生が生まれた瞬間にゲームオーバーでは死んでも死にきれない。

さておき、僕が忌み子と認定されるにはこういった経緯《けいい》があったらしい。

ちなみに、あの場で緑の光を発したこともちょっと問題になった。

ノルザンディ家は火と地の魔術を受け継いできた家系らしく、今までの直系で緑の光――すなわち風の属性を発現させた者はいなかったらしい。これによってコルネリアの不貞《ふてい》まで疑われて、ちょっとばかりの騒ぎになった。確かに僕は父親に似てないし、髪の色もちょっと黒っぽい青って感じの色である。両親金髪のはずが、あまりにもおかしい。なんかもう僕の存在そのものが色々とおかしい気がしてきた。

闇の魔術である嘘発見器魔術みたいなのを受けて、母の疑念は晴らされたようだ。迷惑をかけてしまってひどく申し訳なかった。

「……とりあえず。降臨の儀は終わったから、ついに魔術の勉強ができるのかな？」

忌み子とか言われてはいるけど、とりあえず現時点で殺されることはないみたいだし。

僕はまだ見ぬ知識に期待に胸を膨らませていた。――はずだったのだけど。

「おう、坊《ぼっ》ちゃん。姿勢がよくないな。この体勢を維持《いじ》して――よし素振りをしてみてくれ」

僕はやつれた顔で屋敷の一角にいた。手には七歳児には少し大きな木剣《ぼっけん》。おそらく、僕はかなり死んだ目をしていることだろう。

魔術の勉強と意気込んでみれば、持たされたのは木の棒である。

目に映るのは暑苦しい筋骨隆々《きんこつりゅうりゅう》の男たち。銀色の鎧《よろい》を着込んで、一心に剣を振るっている。

どう見ても体育会系の巣窟《そうくつ》。読書を日々の喜びとする僕とはあまりにも住む世界が違う。なんで、こんなことに。

「ん？　坊ちゃん？　どうかしたか？」

「……聞こえていますよ」

先ほどから隣で話しかけてくる髭面のおじさんに返事をしながら、僕は言われた通り素振りを再開した。振るう剣は木製といえど、七歳児にとっては重く、非常に振りづらい。

「お！　いいな！　坊ちゃんは剣士の才能があるかもしれないな」

うんうんとしたり顔で頷く彼は、ノルザンディ家の第三近衛《このえ》軍の隊長――バルザーク・イエンだった。その言葉に僕はうんざりする。剣士なんて重労働は僕には向いてない。本を読んでいる方が性《しょう》に合っているのだ。だけど、やらないわけにもいかない。

どうやら貴族にとって剣とは嗜《たしな》み。加えて、東の辺境伯は武勇に秀《ひい》でた家柄らしく、その子息は漏《も》れなく近衛軍による扱《しご》きを受けるとのこと。それは、忌み子である僕とて変わらないらしい。

「おお、坊ちゃん頑張《がんば》るねぇ！」

「いいぞー御曹司！」

「ひょろひょろだが意外と根性あるな！」

外野から暑苦しい声が聞こえてくる。それは僕と同じように剣を振っている近衛軍の兵士たちのものだった。その言葉にはこれといった不快な感情は込められていない。

初め、コルネリアにここに連れられてきた時は、自身に向かう感情がどうなるのか不安だった。自分では忘れそうになるが、僕は忌み子である。この金色の眼は周囲にあまり好かれる眼ではない。しかし、近衛軍の兵士たちは違ったようだ。命のやりとりをする彼らにとって重要なのは、同じ飯を食って共に戦える仲間かどうか。それだけだ。風習や歴史に踊らされるのは平民と妙に賢《さか》しい貴族たちだけであって、命を預け合う兵士たちにとっては二の次のことなのかもしれない。

(魔物って金色の眼をしてると思うんだけどなぁ)

そんな疑問も浮かぶが、僕は正直安堵《あんど》していた。自分を受け入れてくれる人たちは多ければ多いほどいいのだから。

「お前ら！　自分の修練に集中しろ！」

バルザークの怒号《どごう》が響いて、兵士たちはさっと顔を逸《そ》らした。素知らぬ顔で素振りを再開する。

呆れたようにバルザークが鼻を鳴らす。僕は彼らの様子を見ながら剣を振るう。正直言ってむさ苦しい男たちばかり見ていたくない。だが心の声は叶《かな》わず、ただ地獄《じごく》の訓練は続いていくのだった。

◇　◇　◇

降臨の儀から一年ほど経った。僕は忙しい日々を過ごしていた。

朝は剣術、午後は魔術。そのほかにも、貴族の礼節、算術、などなど。

武芸だけでなく、貴族としての勉強もたたき込まれていた。そもそも忌み子である僕にこのような教育が必要なのかは、はなはだ疑問ではあったが……。

本来なら僕に教育なんて、親父はしたくないと思う。ならばなぜ僕は教育を受けられているのか。結論から言えば、それは母のおかげであった。彼女が手を尽くして僕に教育の場を提供してくれているのだ。

だから僕は張りきった。家庭教師の教え方はかなり投げやりだったけど、それでも教えてくれるだけよかった。与えられた課題は前世の力を総動員して達成していった。向こうも早く全ての教育内容を教え切りたいのだろう。どんどんと課題を増やしてきた。そうして膨れ上がった僕の勉強量、タスクの量は、それはもう膨大《ぼうだい》であった。それは八歳児が行うには到底《とうてい》考えられない教育量だった。僕はなんとかそれをこなせてしまっていた。故に僕はコルネリアからは相当な天才だと思われているみたいだ。

僕のことを好ましく思ってない人たちもそれには同意しているらしい。一方で、その異常性が、彼女たちにとっての僕を一層不気味に映しているようだったが。悪魔の子と揶揄《やゆ》されながらも、麒麟《きりん》児《じ》であるというなんとも矛盾《むじゅん》したような扱いが今の僕だった。

この国における教会の教えは根深く、子供である僕は殺されずにすんでいた。まあそもそもの話、忌み子と呼ばれようと、今の僕は他者に害を与えられないただの子供である。そんな子供一人殺して罪を被るくらいならば、軟禁《なんきん》のような状態で飼い殺し、大人になったあとに殺せばいい。本家の人間たちはきっとそう考えているのだと思う。

もちろん僕は死にたくない。だからどうにかならないかと思っていた。

要はこの金色の目さえどうにかすればいいのだ。身体的な特徴を変えるのは難しいが、前世では不可能ではなかった。何よりもこの世界には魔術という人知を超えた力がある。だから初め、僕は少しだけ楽観視していた。魔術を使えばどうにかなるのではないか、と。

だが現実はそう甘《あま》くはなかった。

魔術の勉強を始めて一年ほど。僕は——魔術を使えていなかった。

魔術で目をどうにかしようという甘い空想は瞬く間に打ち砕《くだ》かれた。さらに生まれて間もない頃からずっと僕の興味をひいてやまなかった魔術。それが使えないことへの失望が僕を苛《さいな》んでいた。

そもそも、教えによれば魔術を発動させること自体は非常に簡単なことのはずなのだ。

なぜなら、基本的に魔術は、詠唱さえできれば発動できるからである。

魔術の基本は魔力の操作である。決まった魔力操作を行うことで、魔術は発動される。しかしながら魔術を覚えたての人がそんなあやふやなことを言われてもよくわからないと思う。

その魔力操作を明確に補助するのが詠唱である。詠唱は魔術ごとに定められた魔力操作の道しるべとなる。もちろん強力な魔術は、より繊細な魔力操作、集中力を必要とするから、その限りではないけれど。最も低位の魔術——第一位階の魔術に関しては、詠唱さえすれば、ほとんどの場合、容易に発動できるのである。

しかしながら、詠唱をしても、僕は風の魔術を発動できなかった。

この時点で発動できなかった理由は単純だった。僕の魔力は無色透明。本来は風の属性ではない。属性が異なる魔力では、魔術を発動できない。それはこの世界における常識だったから。

なるほど。ならば、と。僕はスイに手伝ってもらって、風の魔術を発動させてみた。

今度は詠唱と同時に、僕の手に緑色の幾何学模様が現れた。かつて母たちが使っていた魔術の兆候。今度こそ発動できるか、そう思ったのも束《つか》の間。その模様が瞬く間に壊《こわ》れてしまったのである。

無論、魔術は発動しなかった。僕は何度も魔術を行使しようとしたが、そのたびに幾何学模様がいくつも壊れていった。

魔術は上手《うま》くいかず。わからないことは増えるばかりである。そもそも詠唱と同時に現れるこの幾何学模様がなんなのかもよくわかっていなかった。

魔術の先生が魔術を使うときも、必ず幾何学模様が現れる。そこに魔力が伝うと、幾何学模様は光り輝き、魔術として顕現《けんげん》する。おそらく魔術を発動する上で必要なものなのだろう。そして、この魔術の陣のようなものが出せている以上、僕は発動の入り口に立っているはずなのだ。でも、なぜか壊れてしまう。そして、その原因はわからなかった。この模様は僕にしか見えていないから、先生に原因を聞くこともできなかったし。

完全な手詰《てづ》まりだった。僕は魔術を発動できないまま一年の時が経ってしまった。

僕の魔術の才は完全に見切りを付けられている。それでも諦《あきら》めきれないから、風属性だけじゃなくて、いろんな魔術を勉強しては試している。だけど、結果は芳しくなかった。

「なんで使えないのかなぁ？」

思わずため息が出てしまう。

魔術ができると思って生きてきたのに、その道を才能の壁に阻《はば》まれてしまったような感じだ。

「ねぇ、スイ……ってあれ、今日はいないのか」

僕はいつものように緑光の友達に声をかけようとして、彼（？）がいないことに気づいた。

最近、スイはよく僕の目の前から姿を消す。スイは前よりもより活動的になった。寝る前くらいには大体戻ってくるけど、一日のうちにほとんど見ないみたいな日も増えてきた。

特に、剣を振っている午前中なんかはほとんど見ない。

(飽きられたとか、嫌われちゃったのかな……)

魔術が上手くいってないのもあって、最近はネガティブな思考が増えてきた。

逆にあまり好きじゃない剣は順調に上達していて、それがなんとなく腹立たしい。

「もう！　どこ行ったのスイ！」

思わず、大声で窓の外に声を張り上げた。

その瞬間、突風が僕の髪を揺らした。部屋に大量の緑の光が溢れる。

そして、人一人分の大きさを誇《ほこ》る――スイが中に入ってくる。スイは僕の周りをクルクルと回る。

そして、窓の外に魔力の塊を花火のように放出した。それはまるで、注意を促すように。

「？　まぁ、いいや。なんだ、スイいるじゃない……？」

ともかくも安堵した僕は、その後に現れた存在に目を見開いた。

それは青い光だ。いや、青い光なんていくらでも見てきた。問題なのはその大きさである。

スイと同じくらいの大きさ、圧を感じる青い光だ。

青い光はおずおずと、恥ずかしそうに僕の目の前に現れる。スイがまるで見て見てとでもいうように、青い光の周りをクルクルと回った。

青い光はスイに比べると大人しい。スイが縦横無尽《じゅうおうむじん》にいろんなところを飛び回っているのに対して、青い光は僕のすぐ一歩後ろに佇《たたず》んでいる。光の中にも性格みたいなのがあるのだろうか。

正直スイのこともよくわからないのだ。なんか意識のある魔力？　みたいな認識だけど合っているのだろうか。

ともかくとして。その日から、青い光は僕の側《そば》に居つくようになった。

そこで僕はスイと同じように、青い光にも名前をつけた。

名前はアイ。

青から藍色《あいいろ》を連想して、そのままアイと名付けた。実に安直だけど、ネーミングセンスを僕に期待しないでほしい。

「アイはどこからきたの？」

僕がそう聞くと、アイは光を一つの方向に伸ばした。イースタンノルンから北東の方角だった。そっちの方には確か……。

「ノルン大森林がある方角か？」

僕がそう言うと、アイはコクコクと頷いた、ように見えた。

ノルン大森林は、東辺境伯の首都であるノルンと、僕が住むイースタンノルンの北から東にかけて位置する大森林である。

ノルン大森林は非常に大きく、北の辺境伯の領地にまたがってさらに北へと伸びているらしい。その北方には山脈が連なっていて、そこには竜《りゅう》が住んでいるという噂《うわさ》もある。

竜だなんて御伽噺《おとぎばなし》の世界の話だと思うんだけど、どうやら本当にいるらしい。ドラゴンは容易に国を滅ぼせる力を持つらしく、非常に危険だそうだ。正直、見てみたいけど、遭遇《であ》いたくはない。そんな存在である。

さて、僕にとってノルン大森林は魔物の住処《すみか》という印象が強い。聞き伝手《づて》ではあるが、森林内にはそれなりの数の魔物が生息しているらしく、ノルザンディ家の私兵が逐一討伐《ちくいちとうばつ》しているんだとか。

ノルンとイースタンノルンの間にはノルン大森林の様子を監視《かんし》できる前線基地があり、そこに東辺境伯——つまりはクソ親父の所有する軍が一定数駐屯《ちゆうとん》しているらしい。

僕が毎日扱きを受けているここの近衛軍の人たちも、定期的に駐屯地に派遣《はけん》されているのを伝え聞いていた。

魔物だけじゃなくて、変な光もいるんだなあ、とか考えながら僕はアイの様子を見ていた。暴れまわるように部屋中を駆け巡《めぐ》るスイとは対照的に、アイはあまり動かない。

「アイは大人しいんだね」

アイはクルクルと飛び回るスイを見ると、やれやれとでも言うように青い光を霧散《むさん》させた。表情とかないんだけど、なんとなくアイの気持ちがわかるというか。不思議な感じだ。

アイはスッと僕に近づくと、青い光を僕へと伸ばした。僕の魔力と混じって、体が青く輝いた。

スイがずるい！　とでも言うように飛んできて、僕の体は緑と青の光に包まれた。

なんだかよくわからないけど、この光たちはやたらと僕にくっ付きたがる。魔力が混じるのが好きなのかな。僕もあったかい感じがして嫌いではないんだけど。

いつもの昼下がり。そろそろ魔術の授業が始まる時間である。

第二話　幼少期編　出会いと精霊術《せいれいじゅつ》

アイがうちに来てから暫《しばら》く経《た》ったころ。

「……奴隷《どれい》ですか？」

「そうよー、グレイ」

首を傾《かし》げる僕《ぼく》の目の前でそう言ったのは、母のコルネリアだった。

八歳児《さいじ》の僕を産んでいるとは思えないほどの若々しさ。たぶん二十代後半にも至ってないと思う。

これで二児の経産婦ってこの世界はどうかしてるんじゃないかな。

ちなみに、彼女《かのじょ》のお腹《なか》はちょっとぽっこりしている。つまり、三人目がお腹にいるのだ。

あのクソ父親は年齢《ねんれい》考えろと思うけど、たぶんこれが貴族の普通《ふつう》なのだろう。

僕が生まれた後も、なんというか父親はコルネリアのことを気に入っているような節がある。まあ、確かに。母様、めちゃくちゃ美人だし。

結局あいつも男か。あんなに威厳《いげん》たっぷりなのに母が好きでしょうがないなんて。案外可愛《かわい》い……、いや気持ち悪いな。なんだか気分も悪いし、イライラしてきた。

……考えないようにしよう。一回深呼吸して、冷静になって。僕は母に向き直った。母は忙《せわ》しない僕の様子を不思議そうに見ながら、説明を続けた。

「グレイももう八歳だからね。側仕《そばづか》えの子が一人いた方がいいと思うのよ」

母はそう言って僕の頭を撫《な》でてくる。流石《さすが》に恥《は》ずかしい年齢になってきたけど、僕は母には逆らえない。甘《あま》んじて撫でられることにする。

さて、貴族の側仕えというのは何か。それは生涯《しょうがい》を通じて貴族の世話をする存在である。基本的に側仕えは幼少期に付けられる場合が多い。例えば、母の側仕えはメイシアである。母は北の辺境《へんきょう》伯《はく》家の令嬢《れいじょう》らしく、彼女も母が幼い頃《ころ》から仕えていたようだ。

側仕えの選定は非常に重要である。ある意味では人生のパートナーを決めるくらいには慎重《しんちょう》に決めなくてはならない。なにせ側仕えは貴族が腹を割って話せる生涯の友となりうるのだから。

「それって奴隷以外じゃだめなんですか？」

「うーん、奴隷じゃなくてもいいんだけど……。というか、本当は奴隷じゃない場合の方が多いんだけど……」

母は困ったように微笑《ほほえ》んだ。それだけで僕はなんとなく察した。

うん。僕が忌《い》み子、悪魔《あくま》付きだからですね、間違《まちが》いなく。

大体は妾《めかけ》の子供とか、側仕えの子が代々受け継ぐとか、そういう人選だと思うのだけど。

僕の場合はそもそも子供を預けてくれるような人がいなかったらしい。

「メイシアの子はまだ生まれて二年くらいしか経《た》ってないから、フェリシアかお腹の子の側仕えになるだろうし……」

うーん。難儀《なんぎ》だなあ。人生中々うまくいかないものだ。魔術の勉強も相変わらず進展がないし。

「側仕えの人選は大事だから。グレイが自分で決めるといいわ」

「わかりました」

僕はニッコリと笑う。コルネリアが僕を抱《だ》きしめる。

安心する匂《にお》いに包まれながら、僕は気づいた。母の肩《かた》が若干震《じゃっかんふる》えていることに。僕は抱きしめる力を強くする。だけど僕にできることなんてほとんどない。強《し》いて言えば、生まれてきてしまったことが唯一《ゆいいつ》の間違いなのだから。だから僕は大丈夫《だいじょうぶ》と、彼女に伝えることしかできないのであった。

この国において、奴隷というのは合法である。しかしながらその扱《あつか》いに関する法はほとんどなく、その所有者に一任される。つまり、この国における奴隷とはまさしく奴隷そのものなのだ。

奴隷を無闇《むやみ》に殺すことは法に問われるが、貴族ほどになると、奴隷の扱いに対して物を言われることは少ない。いわゆる暗黙《あんもく》の了解《りょうかい》のようなものが、そこにはある。

故《ゆえ》に僕は憂鬱《ゆううつ》なのだ。貴族に買われることを良しとする奴隷は少なく、むしろ敵意を持つ者の方が多いだろう。その中から、僕の側仕えを選ぶなんて、なんて難しい目標なのだろうと。

「坊《ぼっ》ちゃん、イースタンノルンの街はどれくらい知ってるんだい？」

「あんまり知らないですね。街に出るのも数回くらいしかないんで」

目《ま》ぶかに被《かぶ》ったフードの位置を調整しながら、僕は隣《となり》を歩くバルザークに返答した。

彼《かれ》は軍の鎧《よろい》姿ではなく、一般人《いっぱんじん》のような格好《かっこう》をしている。その腰《こし》には大きな剣《けん》を携《たずさ》えているが。

あくまでお忍《しの》びの購入《こうにゅう》なのだ。特に僕の場合は市民にあまりバレてはいけない理由――つまり目のこと――がある。目立つような格好で出歩けない。

とはいえバルザークみたいな筋骨隆々《きんこつりゅうりゅう》の男はそんなにいないから今も十分目立っているけど。

「あー、そうか。うん、そうだったなあ」

バツが悪そうに首を掻《か》くバルザークを見て僕は苦笑《くしょう》した。

賑《にぎ》やかな商店街を歩きながら、フード越《ご》しに空を眺《なが》める。天気は快晴。街は活気に満ちている。イースタンノルンは東の都市の中では二番目に大きい。ノルンよりも国境に近いためか、商人の出入りも激しかった。故に商業の都市としてはかなり栄えていた。

スイとアイも楽しそうに僕の周りを回りながら、出店を物色するように飛んでいる。

たぶん、いつもと変わらない光景。僕は普段窓からしか知らない商店街の景色。

少しばかりの寂寥《せきりょう》感と、高揚《こうよう》する気分。そんな感情とともに、商店街を巡《めぐ》っていたその時だった。

奇妙《きみょう》な感覚が僕を包んだ。

それはまるで世界から隔絶《かくぜつ》されたような違和感《いわかん》。周りの喧騒《けんそう》が、一気に遠くなっていく。

だけどそれすらも忘れて、僕はソレに釘付《くぎづ》けになった。

(何、あれ)

膨大《ぼうだい》な光たちを引き連れる人物。それは群衆の中、一際目《ひときわ》を惹《ひ》く存在であった。

その人物はあまりにも美しかった。肩を流れる艶《つや》やかな金色はまるで夜月のよう。快活そうな瞳《ひとみ》、すっきりと通った鼻筋。そして人間とは異なる長い耳。

露出《ろしゅつ》の多い衣装《いしょう》から覗《のぞ》く真っ白な肢体《したい》とその成熟した身体《からだ》は幾多《いくた》もの男たちを虜《とりこ》にするだろう。

きっと誰《だれ》もが思わず振《ふ》り向いてしまうであろう美貌《びぼう》を持った少女がそこにはいた。

雑踏《ざっとう》の中、ただ一人あまりにも異質な存在。そのはずなのに、誰もその人物に目を向けようとしない。まるで、彼女が存在しないかのように。自然と、彼女を避《さ》ける如《ごと》く、民衆が通り過ぎる。

なぜ、誰も気づかない？　なぜあの群衆の中に溶《と》け込《こ》んでいる？

僕が呆然《ぼうぜん》としていると。彼女は静かに僕に近づいてきた。周りの誰も、バルザークも気づいていない。スーッと近づいてきた彼女は僕の耳元に口を近づけた。

「面白《おもしろ》いね、君」

脳を震わすような美声に軽い酩酊感《めいていかん》が襲《おそ》う。

そして気が付けば、彼女の姿はなくなっていた。

「坊ちゃん？　どうかしたのか？」

バルザークが心配そうに声をかけてくるが、僕は返事をすることができなかった。

ただ、僕の脳裏《のうり》に焼き付いて離《はな》れないのだ。彼女の、あの黄金の明眸が。


結局僕は奴隷を買ってくることができなかった。

あの謎《なぞ》の存在に出会ってから精根尽《つ》き果てたというかなんというか。

結局その日は、修練も何もかもおやすみになった。心配したコルネリアに、休むようにと必死な様子で言われたのである。僕は母に逆らえない。僕は甘んじてその日一日を休むことにしたのである。

今は自室のベッドの上。夜月の光が部屋を照らす、宵闇《よいやみ》の頃。

僕はぼーっとして天井《てんじょう》を眺めていた。頭に浮《う》かぶは今日のお昼の出来事だった。

誰にも気づかれず、しかし確かにそこに存在した不思議な人物。

月の光が僕を照らして、その黄金《おうごん》色の光と彼女の瞳が重なって見えるような気がした。

「何者なんだろう？」

ふと、そんなことを口に出した。部屋には僕一人であり、返答を望んだものではない。だけど。

「ふふ、気になるかい？」

「っ⁉」

意に反して、応《こた》える声があった。脳を蕩《とろ》かすような声が耳朶《じだ》を打つ。それはまさしく、僕が昼に聞いた美しい声音《こわね》だった。

声のしたほうに目を向ける。そこにはいつの間にか、昼に見たあの少女がいた。

少女は窓に腰掛《こしか》けていた。彼女の黄金色の髪《かみ》を月光が照らして煌《きら》めく。周りには多種多様な光たちが輝《かがや》きを放っていて、その眩《まぶ》しさに僕は思わず目を細めた。

スイとアイが困惑《こんわく》気味に少女を見ては、僕の後ろへと身を寄せた。なんか、警戒《けいかい》してるみたいだ。

「えっと、あなたは、一体？」

「ふーん。すごいね、君。こんなに精霊に好かれてる人間、中々見ないよ」

僕の質問に少女は答えなかった。長い耳がピクリと動いて、彼女は笑みを浮《う》かべた。その黄金色の瞳に映るのは興味という感情の色。

僕はちょっと怖《こわ》くなってきた。考えてみれば、相手は貴族の家に立ち入ってきた侵入者《しんにゅうしゃ》である。それも、門番などをすり抜《ぬ》けて僕の元までやってきた。

金色の目は人ならざるモノの目である。それはこの世界の常識だ。ならば目の前の少女はなんだ？僕と同じ、人ならざる目をもつ少女は。

「あは。そんなに警戒しないでよ。僕は敵じゃないよー」

往々にして敵が言いそうなことを少女は言う。

うん。怪《あや》しすぎるよね。

「……どうやってここに入った？」

「うーん？　普通に？　宵闇の頃は影《かげ》に潜《ひそ》みやすいからね。相手の精神に干渉《かんしょう》することもできるし、自分を偽《いつわ》ることだって容易だよ」

——もっとも、君には効かないみたいだけどね。

そう言って、少女は笑う。その容貌の美しさに思わず毒気が抜けてしまう。僕は諦《あきら》めたようにため息をついた。もとよりここまで侵入を許した以上、僕にはどうすることもできない。

魔術も満足に使えない八歳の子供が僕だ。彼女が刺客《しかく》であれば、僕を殺すことは容易だろう。

「それで、あなたは？　なんのためにここにきた？」

「ふふ。そうはやらないでよ。ぼくは別に君に害を与《あた》えにきたわけじゃないんだからさあ」

そう言って、少女は頬《ほお》を緩《ゆる》ませると。ビシっと人差し指を立てた。

「じゃあ、一つ目の質問ね。ぼくはルディって名前なんだ。君の名前は？」

「……グレイズラッド。グレイズラッド・ノルザンディ」

「ふーん。じゃあグーくんだね」

ニコニコと笑いながら少女——ルディはうんうんと頷《うなず》いている。

「じゃあ、二つ目の質問ね。なんのためにここに来たかってことね？」

僕は小さく頷く。最悪の場合を想定して、自分の木剣《ぼっけん》の位置を確認《かくにん》する。相手が害意を持っていたとしても、タダでやられるつもりはなかった。僕は緊張《きんちょう》にゴクリ、と唾《つば》を飲み込んだ。

しかし、続く少女の言葉で僕の心配は杞憂《きゆう》に終わる。

「君と——遊びに来ました！」

「……」

ビシッと僕を指さすルディ。言葉の意味を咀嚼《そしゃく》するまで時間がかかる。何言ってんのこの子。

「は？」

「だーかーらー！　グーくんと遊びにきたの！」

「いやいやいやいや。え？　どういうこと？」

意味がわからない。ルディさんとは今日が初対面。遊ぶような仲でもない。なんなら、街中ですれ違っただけだぞ？　思わず脱力《だつりょく》した僕に、ルディがキラキラとした目を向けてくる。

「ねね、何して遊ぶ？　こんなに精霊に好かれてる人間初めて見たからさあ。昼に会った時からずっと遊びたいなあって思ってたんだぁ！」

無邪気《むじゃき》な子供のような言葉である。もっともそれを言ってる少女の体は、子供というには成熟し過ぎであるが。ふと、目についた大きなお胸から目を逸《そ》らしながら、僕は首をかしげた。

何か引っかかりを感じる。そう、先ほどから彼女が言っている言葉。聞き覚えのない単語に。

「……精霊ってなんだ？」

僕の呟《つぶや》きにルディが不思議そうな顔をした。

「精霊、知らないの？」

「うん。初めて聞いたよ」

ルディが周りを見渡《みわた》して、首をかしげる。

「この子たちが見えてないの？」

「この子たちって……、この光のこと？」

僕はルディの周囲に漂《ただよ》う大量の光たちに目を向ける。

「そうそう！　見えてるじゃん！　精霊！」

「えっと……この光が、精霊なの？」

「そうだよー。人間で見えるのって珍《めずら》しいんだよ！　ほら、ぼくみたいな目を持ってなきゃいけないからさ」

そう言って、ルディは自分の目を指さす。英雄の目、あるいは悪魔の目。黄金色の目が月明かりに照らされて光った。

と、唐突《とうとつ》にルディがずいっと、僕との距離《きょり》を詰《つ》める。僕の顔を覗き込むように、美しい顔が現れて、ドキッとした。温かな少女の香《かお》りが鼻腔《びくう》をくすぐる。

「人間でこの目をもつ人は久しぶりに見たなあ。そういえば、君はぼくの目を怖がらないんだね？」

「そりゃ、自分の目と同じだからね」

「人間も難儀だよねえ。目の色が違くたって何にも変わらないのになあ」

やれやれと手を振るルディ。

それにしても。さっきから、人間人間って、まるで自分が人間じゃないみたいな言い方をする。まあ、耳の形が人間と違うから、別の種族なのは間違いないんだけど。

「えっと、ルディさん？」

「あ、ルディでいいよ！」

「……じゃあ、ルディ。君は人間ではないの？」

僕の質問にルディはうんうんと頷いてみせた。一々リアクションがオーバーな子である。

ルディは自身の耳を指差しながら僕に告げる。

「そだねえ。ぼくはねアールヴって種族なんだ」

アールヴ。聞いたことがない種族だ。

「人間の中ではねえ。エンシェントエルフとか、ハイエルフとか呼ばれてるよ！」

「エンシェントエルフ、ハイエルフ……」

「そそ。これでも結構すごい種族なんだよ！」

この世界には人間以外の多数の種族がいる。それは家庭教師から習った事柄《ことがら》だ。

魔物もそうだし、それ以外にも獣人《じゅうじん》族やエルフ族、ドワーフ族とか。いろんな種がいるのだ。そして、その中に、伝説上の種族というのがいる。始まりの種族と呼ばれる種族だ。その中に、エンシェントエルフという存在がいたのを僕は思い出す。

「伝説の存在ってやつ？」

「あははは！　伝説なのかなあ？　でもぼくはここにいるしなあ」

陽気に笑うルディはどこからどう見ても普通の女の子にしか見えない。これが本当に伝説の種族であるエンシェントエルフもといアールヴなのだろうか？

……なんか、難しく考えるのも馬鹿《ばか》らしくなってきた。

「それで、えっと。遊ぶんだっけ？」

「うんうん。何してあそぼっか。精霊術とかやってみる？　ここにはいっぱい精霊がいるからね！」

また、聞き慣れない言葉が出てきた。

「精霊術って何？　魔術とは違うの？」

「あはは、魔術とは全然違うよ！」

ルディは僕の顔を見ると、ニコニコしながら空中に浮かぶ光に声をかけた。

「ねね、光の精霊さん。ちょっとお手伝いしてよ」

ルディの言葉に、白い光たちが反応して近づいてくる。ルディがその光たちに触《ふ》れると、彼女の体が眩《まばゆ》く光った。

直後に彼女の手元に複雑怪奇《ふくざつかいき》な紋様《もんよう》が浮かび上がった。僕の知る魔術の発動の際に現れるものとは全く異なる紋様だった。

そして、目の前の景色が真っ白に輝く。瞬《まばた》きの後に映ったのは先ほどのルディの姿。だけど、何やら体全体が先ほどの紋様で埋《う》め尽くされていて――。

「わ！」

「っ!?」

後ろからかけられた声に大声を出しそうになった。気づけばルディは僕の背後にいた。抱きつくように僕に体重を預けている。人肌の温かさが、彼女が本物であることを物語っている。

しかし、僕の目の前には彼女そっくりの何かがいるのだ。

背中に押《お》しつけられる柔《やわ》らかな感触《かんしょく》を気にしないようにしながら、僕は彼女に声をかけた。

「えっと、あれは？」

「ふふ、あれはね幻影《げんえい》だよ。光の精霊術。まあ、魔術でもできなくはないけど、多分もうちょっと雑なんじゃないかな？」

使った魔力の量と質が違いすぎるからねえ、とルディが笑った。

「魔術に使う魔力ってさ。人間の魔力だから、質がよくないんだ」

「質？」

「簡単にいえば魔力の濃《こ》さっていえばいいのかな？　人間の魔力の濃度《のうど》って薄《うす》いんだ。だから、それを増幅《ぞうふく》させたり、威力《いりょく》を増す術が組んであったりするの」

ルディは話を続ける。

「ぼくとか君みたいに魔力が濃いとさ。魔術の陣《じん》を壊《こわ》しちゃうんだぁ。君も魔術使えてないんじゃない？」

「……うん」

ルディに言われて僕は頷いた。

何度魔術を使おうとしても陣が壊れたのは、そういう理由があったのか。僕に才能がないのかと思っていた。いや、ある意味魔術の才能はないんだけども……。

僕が何とも言えない顔をしていると、ルディはハッと何かを思いついたかのように手を打った。

「ねね、じゃあさ。ぼくが精霊術を教えてあげようか？」

「え？」

「ふふ、君は随分《ずいぶん》と精霊に好かれているしね。なんならなぜだか、ぼくも君に惹かれているし。なんでなんだろうね。君の側はすごく居心地《いごこち》がいい」

ちょっと照れくさそうなルディ。傾国《けいこく》の美少女にこんなことを言われて僕自身も恥ずかしくなってくる。頬が熱くなるのを感じた。

「なんでだろうねぇ。君の魔力の特性なのかな。正直無色透明《とうめい》ってかなり珍しいから、あんまりぼくも知らないんだよねえ」

「えっと、そうなの？」

「うん！　珍しいよ！　ぼくも長いこと生きてきたけど、ほとんど見たことがないよ」

僕は自分の体を覆《おお》う魔力に目をやる。無色透明なのに僕の目は、この魔力を捉《とら》えている。この魔力はいったいなんなんだろう？

「まぁまぁ、いいじゃん。とりあえず、ぼくが精霊術教えてあげるよ！　君は高位精霊にも随分好かれてるみたいだし、すぐにできるようになると思うよ！」

満面の笑みでそう言うルディ。僕は少し考えて――頷いた。

魔術が使えないなら、別の方法で。どんな方法であっても、僕は魔法のような力を使いたい。

「わかった。よろしくね。ルディ」

「ふふ。よろしく！　グーくん！」

差し出された手を握《にぎ》り返す。まだまだ子供である僕の手より大きな手。だけど、大人にしては小さなその手を、僕はしっかりと握ったのだった。

「精霊術は求められる魔力の質が高いんだよね。もっと具体的に言うとね。いわゆる根源に近い魔力が求められるんだ」

「……根源に、近い魔力？」

「うん。そうそう！　しらない？」

「……まったくわかりません」

「ええ！　人間ってやっぱり遅《おく》れてるのかなあ。魔力に関しての知識がなってないよ！」

ルディはそう言って頬を膨《ふく》らませる。

「魔力の質は根源への近さで決まるの。根源に近いほど、魔力は濃く、質も良くなる。反対に遠いと、薄く、質が悪くなっていく。人間は根源から程遠《ほどとお》いから、精霊術は使えないの。魔術はそんな人間たちがどうにかして、自分たちの魔力を使うために生み出したものなんだよ」

「……つまり、魔術は質の悪い魔力で、精霊術に似た力を使うための技術ってことか」

「そゆこと！　だから威力も低いし、余計な陣を多く使うの。だから、効率もそこまでよくない」

捲《まく》し立てるように説明する彼女の言葉は、僕の中の魔術の常識を壊すような内容だった。

「グー君は属性の問題もあるんだけど、魔力の質がぼくとか精霊に近いんだよね。だから、魔術の陣がグー君の魔力に耐《た》えられずに自壊《じかい》しちゃうの」

「……レギュラーとハイオクみたいなものか」

「はいおく？　なにそれ？」

「いや、なんでもない」

コホン、と僕は咳払《せきばら》いする。

「んで。根源っていうのは？」

「んーと。根源はねえ。ぼくもよくわからないんだけどねえ」

うーんとルディが唸《うな》る。困り顔も可愛いんだから、美少女っていうのは本当に得だなと思う。

「全《すべ》ての魔力の本《もと》、って言えばいいのかなあ？　精霊は根源にとても近い存在なんだ。ぼくみたいなアールヴも人間に比べればずーっと根源に近いの」

「うーむ、よくわからないけど、わかったような、なんというか……」

「あはははは！　ぼくも感覚的なものなんだよねえ。たぶん龍《りゅう》とかも根源に近い存在なんだと思う」

「うーん、じゃあエルフとかは？」

彼女の見た目に似ているとされるエルフも根源に近い存在なのだろうか？

しかし、僕の疑問にルディは首を振った。

「エルフは人に近い存在だからねえ。根源からは程遠い存在だよ。たまに精霊術が使える子もいるみたいだけど、すっごく稀《まれ》だね！」

「ふーん？　てっきり、親戚《しんせき》みたいなものなのかなって思ってたけど」

「うーん。存在としてはかなり遠いと思うよ？　それに、正直ぼく、エルフ苦手なんだよねえ。やたらとぼくらを神聖視してくるし、偏屈《へんくつ》だしー」

ルディはうへえっと嫌《いや》そうな顔をする。なにか嫌なことでもあったのだろうか。

「まあ、話を戻《もど》すとね。グー君はなぜか人間なのにぼくらに近い魔力の質を持っているから、精霊術との相性《あいしょう》はいいと思うの。でもグー君の属性がわからないから、とりあえず精霊の力を借りてやってみよう！」

ワクワクしながら手を突《つ》き出すルディ。それに釣《つ》られて「おー」と僕も手を突き上げた。

「えっと、精霊の力、だよね？」

「うん。この辺りにいる光たちが精霊だよ。君の近くにいる大きい子たちも精霊！」

「じゃあ、スイ、アイ。力を貸してくれる？」

僕がそう言うと、二人がもちろん！　とでも言うように明滅《めいめつ》した。

「じゃあ、僕はこの子たちの力を借りるから……って、ルディ？　どうかした？」

なぜかルディが唖然《あぜん》とした顔をしている。何か驚《おどろ》くことでもあったのだろうか。

「ルディ？」

「……！　あ、ごめ。えっと、そのスイとアイって？」

「ん？　この子たちの名前、だけど？」

僕の言葉にスイとアイがくるくると僕の周りを回る。そうだよーとでも言ってるのだろうか？

呆然としたルディは、ハッとなったように首を振る。そして、少し真剣な表情になった。

「グー君。精霊の名付けがどれほど大変なことかわかる？」

「？　えっと……大変なことなの？」

「うん……。まあ、精霊の存在も知らなかったならわかるわけないよね……」

呆《あき》れたようにルディはそう言う。

「えっとね。精霊の名付けって命に関《かか》わるのよ」

「え」

「名付けによって精霊は魔力を得るの。でね、その魔力は名付けた存在から供給されるんだ」

「ん？　えっと、つまり？」

「精霊の名付けに使う魔力は人間の魔力量では到底《とうてい》補えない」

だから、とルディは続けた。

「普通は人間が精霊に名付けすると、存在が消し飛ぶのよ」

…………ん？

「……えっと？　僕は生きてるけど？」

「だからグー君はおかしいの！　面白い人間だなあって思ってたけど……グー君本当に人間なの？」

「正真正銘《しょうめい》の人間だよ！」

訝《いぶか》しげな視線を向けてくるルディに僕は反論する。

そもそも、人間が名前つけるだけで消し飛ぶ、とか言われても現実味がなくてよくわからない。僕自身もこうして生きているわけだし。

「本来なら、精霊の名付けなんて龍とか大精霊とか、根源に近い存在の中でも特に力のある者が行えるはずなんだけどなあ。ぼくでも結構慎重にやるんだよ？　名付けって」

「そ、そうなんだ？」

と言われましても。やってなんともないなら問題ないのでは、と思わなくはない。なんとなく自分の手を開いたり閉じたりしてみる。でも、これといった不調もなにもない。実感がないものをすごいと言われてもいまいちよくわからない。

「うーん……？　不思議だなあ、グー君は」

右往左往しながら僕を覗き見るルディ。でもすぐに飽《あ》きたのか「まぁいいか！」と肩をすくめた。

いいのか。よくわからないけど。ルディがいいなら、いいか……。

「精霊術もね。発動方法はほとんど魔術と一緒《いっしょ》なんだ。違うのは精霊の魔力を借りるか、あるいはそれに近い魔力を使う必要があるってところなの」

ルディは僕、そしてスイ、アイに目を向ける。

「グー君の仲良しの子は水と風の精霊だから、今回は風の精霊術を見せてあげるね」

そう言いながら、ルディは虚空《こくう》に向かって声をかけた。

「――エアル、ちょっと力を貸してほしいな」

ルディの言葉が終わるのと同時、突如《とつじょ》突風が部屋の中に吹《ふ》き荒《あ》れた。

闇夜の風の音が一層大きくなる。風に煽《あお》られて屋敷《やしき》全体が揺《ゆ》れるのを感じた。

感じるのは巨大《きょだい》な重圧。息苦しくなるほどの圧力が、部屋の中を満たした。

そして僕は見た。小さな緑の小人のような存在を。迸《ほとばし》る光の強さは月をも凌駕《りょうが》して、その圧に体が震えるのを感じた。

「じゃあ、見ててね」

そんな中、ルディは重圧をものともせずに軽くそう言うと。

【Inquam. Magnum affer nobis ventum originem.】

聞いたこともない言語が彼女の口から流れた。

【Ventus, ventus, ventus a fonte.】

それはまるで歌うように。僕には単なる音の羅列《られつ》にしか聞こえない。されどその言葉には確かな意味がある。

ハッとして外を見れば、はるか空の彼方《かなた》に。月を覆い尽くすかのような巨大な光の束が見える。

それは魔術を使う際に現れるあの幾何学《きかがく》模様に似ていた。

しかし、その大きさと描《えが》かれた模様の複雑さは、かの陣とは比べ物にならない。

【Ventus qui regit caelum】

陣から発せられる緑色の光はその強さを増していく。それは臨界点に達するが如く眩く光り輝く。

そして僕は気づいた。月の光が消えたことに。

いつの間にか空を巨大な雲が覆っていた。月も星々も、その全てが暗雲へと呑《の》み込まれる。

ただ奇っ怪に輝く緑の光だけが、世界を照らし。そして。

【Habeo omnes potestates in manibus meis──Ventus spiritus, rege tempestatem!】

ルディの歌うような美声と共に──全ての雲が消し飛んだ。

真っ暗な世界が月に照らされて元に戻る。星々の煌めきは先ほどよりも強い。

「どう？　精霊術ってすごいでしょ？」

楽しそうにそう言うルディに対して僕は反応できなかった。ただ呆然と、空を眺めて。

それは母に初めて魔法を見せてもらったあの時以上の衝撃《しょうげき》だった。

スイが楽しそうに部屋中を駆《か》け巡る。風の精霊術に呼応したかのように、今までにないくらいにはしゃぎまわっていた。それを横目に僕は思ったのだった。

精霊術、やばくない、と。


ルディとの衝撃的な出会いから数日。僕は再び街に繰《く》り出していた。フードを目ぶかに被っていても日の光が目に毒だった。僕は寝《ね》ぼけまなこを擦《こす》って、欠伸《あくび》をする。

「坊ちゃん？　寝不足かなんかか？」

「あー、はい。そんな感じです」

声をかけてきたのは髭面《ひげづら》のおっさん、バルザークである。街に出かけるのに、貴族の子息が護衛なしというのはありえない。もっとも、悪魔付き扱いされてる僕も同じ扱いでいいのかはよくわからないんだけど。大方、過保護なコルネリアの指示なんだろうなと思う。

「坊ちゃん、睡眠《すいみん》は重要だ。しっかりとな」

「うー、気をつけます」

バルザークの小言に生返事をする。

仕方ないじゃないか。だって、あれからルディは毎晩来るんだから。

自分で言うのもなんだが、僕はかなり忙《いそが》しい。朝早くから近衛《このえ》軍に交じって訓練をして、午後は魔術に教養の勉強である。日中に暇《ひま》な時間はない。となれば、ルディとの時間はいつになるか。

それは夜である。連日の睡眠不足は、このルディとの精霊術の訓練によるものだった。

「坊ちゃん、あそこだ」

雑踏を進む僕は、バルザークの言葉に顔を上げた。彼の指が差していたのは一際立派な建物である。高級感漂うお店。それを見て僕は自身の目的を思い返した。

僕は今日、奴隷を買いに来たのだ。


「いらっしゃいませ、グレイズラッド・ノルザンディ様」

出迎《でむか》えたのは中年の男だった。身なりはしっかりとしているが、ふくよかなお腹の出っ張りは隠《かく》せていない。第一印象は胡散臭《うさんくさ》い男、あるいは悪そうな男という感じである。

「お出迎えありがとうございます」

「これはこれは、ご丁寧《ていねい》に。私はドーベルド・フランケンと申します。気軽にドーベルドとお呼びください」

胡散臭い笑みを浮かべながら、ドーベルドが手揉《ても》みをする。

すごい。なんだか悪徳商人って感じだ。この国では奴隷は合法だから悪徳というわけではないのだろうけど。

「辺境伯夫人より、お話は伺《うかが》っております。同年代の側仕えを御所望《ごしょもう》だとか」

「そうですね」

「他ならぬノルザンディ家からのご依頼《いらい》ですから、当商会の総力を以《もっ》てご用意致《いた》しました。存分にお選びいただければ幸いです」

「……」

ここにきて、僕は疑問に思った。この男は僕の目が気にならないのだろうか？

自分でも忘れそうになるが、僕は忌み子あるいは悪魔付きと呼ばれる存在だ。金色の目の伝承は平民にも広く伝わっていると聞く。商人である彼がその話を知らないはずがないのだ。僕はフードを被ったまま、彼に目線を向ける。彼はにこりと口端《こうたん》を吊《つ》り上げると。

「目のことをお気にされてるのでしたら、大丈夫、とだけ言っておきましょう」

「……そうですか」

どうやら、目のことは問題ないらしい。偏見《へんけん》がないのか。あるいは、商売となれば関係ないのか。その真意はわからない。

だが、気にしないというなら、僕も気にするのをやめよう。僕はフードを外した。

「では参りましょうか」

ドーベルドに商会の奥《おく》へと連れられる。一際大きな扉《とびら》を開けた先には何人もの人間がいた。その全てが僕と同年代くらいの男女だった。首には無骨なデザインの首輪が取り付けられており、まさしく奴隷のような風貌である。唯一想像と違ったのは彼らの身なりは非常に綺麗《きれい》なことだろうか。前世での奴隷に対する印象が先行していたため、少しばかり面食《めんく》らう。

「如何《いかが》でしょうか？　算術や武術、マナーなど。あらゆる教養を教え込んだ逸品揃《いっぴんぞろ》いの奴隷たちでございます」

ドーベルドの言葉を聞きながら、僕は彼らに目を向けた。

確かに、身なりはよく、上品な印象を受ける。奴隷にとっては顔も重要だ。男、女問わず、顔立ちにも気品があった。一目見たならば、とても彼らは奴隷には見えない。

いいところの坊ちゃん、あるいはお嬢様に見えるだろう。

だけど。ああ、なるほど。彼らはやはり奴隷なのだ。彼らの目、そこにはなんの光もない。汚泥《おでい》のような澱《よど》んだ目だ。そこから読み取れる感情は諦観《ていかん》、ただそれのみ。

……奴隷、という言葉を甘く見ていた。彼らは人として扱われない。どんなに身なりよく着飾《きかざ》ろうと、彼らは平民にすら劣《おと》る存在として扱われるのだ。

「……」

この世界において奴隷は当たり前の存在だ。だから、今の僕の心に湧《わ》き上がるこの感情は前世の記憶《きおく》による弊害《へいがい》だ。奴隷という存在に対する嫌悪《けんお》。前世の常識を今世に持ち出すのはどうかと思うが、感じてしまうものは致し方ないことだと思う。だが、力ない子供の僕にとって、この感情はただの我儘《わがまま》だ。僕は思考をやめて彼らを見渡した。僕の目に射貫《いぬ》かれて、彼らはわかりやすくも動揺《どうよう》した。それは恐《おそ》れだ。怯《おび》えたように、彼らは一様に僕の目を見る。

母の側仕え以外のメイドたちも僕を見ると似たような反応を示す。忘れがちであるが、やはり僕の目は嫌悪と恐れの対象なのだろう。

彼らから発せられる灯火のような光を見ながら、僕は肩を竦《すく》めた。

彼らへの興味はとうに失《う》せてしまった。自身に向けられる感情の変化によって、心持ちは簡単に変わるものだ。僕の心はそう高尚《こうしょう》なものではない。

「……お気に召《め》しませんかな？」

ドーベルドが僕の様子を見て声をかけてきた。僕は「そうですね」と返事をしようとして、口籠《くちご》もった。

例の如く空を飛んでいたスイとアイがやけに騒《さわ》がしかったからだ。

僕の方に近づいてきては、何やら床《ゆか》の方に光を差している。

（地下に何かあるのだろうか？）

ドーベルドの方を見ると驚いたように目を見開いていた。

どうやら心の声が表に出ていたらしい。そして反応的に地下に何かあるのは確定のようだ。

ドーベルドは仕方ないとでもいうように肩を竦めた。

「ふむ、やはり金眼の所持者は何かと数奇な運命を辿《たど》るのかもしれませんな」

案内します、そう言ったドーベルドの顔を見て僕は思った。なんか厄介《やっかい》ごとの予感がする、と。

案内されたのはやはり地下だった。先ほどの階と違ってどこか湿《しめ》っぽい空気だ。かといって汚《きたな》いというわけでもなく、一通り清潔にしているのは見てわかった。

異質に思ったのはそのセキュリティの強固さだろうか。南京錠《なんきんじよう》のような見た目をした巨大な金属の鍵《かぎ》がついた扉が二つ。それを通り抜けた先では、さらに武器を持った門番までも地下の警備を行っていた。あまりにも物々しい。奴隷の逃亡《とうぼう》を防ぐための設備なのだろうか？

「ここは少しばかり曰《いわ》く付きの奴隷を扱う場所です」

「曰く付きの」

「ええ。扱いに困る奴隷というのも中にはいるんですよ」

ドーベルドの言葉に促《うなが》された僕は、鉄格子《てつごうし》の先にいる存在を見て目を見開いた。

そこにいたのは純白の幼い少女だった。彼女は鉄格子の部屋の隅《すみ》で蹲《うずくま》るように座《すわ》っていた。

先ほど見た奴隷とは異なり、服はボロボロで、顔は煤《すす》けている。とても綺麗とは言い難《がた》い様相である。しかし、それを差し引いても、彼女は美しかった。幼さの残る大きな瞳は、職人が丁寧に作り上げた銀細工のよう。汚《よご》れてなお気品のある顔立ちは土中に隠れた原石と言っていい。きっと将来はルディに比肩《ひけん》する美女になるに違いない。だが、僕の目線は彼女の顔の上、そこに固定されていた。なぜなら、彼女の美しさに勝《まさ》るとも劣らない衝撃的なものがそこにあったからだ。

それは――獣《けもの》の耳であった。ツンと尖《とが》った真っ白な獣の耳。形を鑑《かんが》みるに、おそらく犬か狐《きつね》に属する耳だと思う。よく見れば、彼女のスカートのような衣類からは、真っ白な尻尾《しっぽ》が飛び出ていた。

「獣人族……？」

この世界には、人間以外の種族が数多く存在する。

その中には、半分が獣、半分が人間、という種族も存在した。それが、獣人族である。獣人族は王国の近辺にはほとんどいないが、他の大陸には獣人族の国もあるらしいと僕は聞いていた。

目の前の少女はかなり人間に近い獣人族のようである。世界が世界ならば、獣耳《けものみみ》のコスプレと言われても仕方のない姿だった。ドーベルドは彼女を見て、なんとも痛ましそうな顔をした。

「彼女は獣人族です。それも、白い毛の一族であるなら、おそらく獣人族の中でも名のある血族に連なる者だと思われます」

「……」

「彼女はとある犯罪組織から救い出された子です。年齢故か、あるいは他の理由があったのかはわかりませんが、彼女は丁寧に扱われていたようで、体に傷などはありません。ただ……」

僕は息を呑む。目に光はなく、毒に侵《おか》された銀皿のように澱んでいる。しかし、そこには確かな感情が見えた。それは絞《しぼ》り出すような憎悪《ぞうお》の気配。銀色の瞳はこの世の全てを恨《うら》む、怨嗟《えんさ》の炎《ほのお》に燃えていた。

どんな経験をすればこのような目をすることになるのか。僕には全くの見当も付かなかった。

「……この国は獣人族との国交がないため、返還《へんかん》することも難しい。かと言って、人間種に比べて獣人族は軽《かろ》んじられるため、下手に手放すこともできない。一商人には手に余る存在なのです」

「……だから、僕に――いやノルザンディ家に引き取ってもらいたい、と?」

「ええ。どうも、あなたは他の貴族とは違うようですしね」

ドーベルドの言葉に僕は眉《まゆ》を顰《ひそ》めた。そこまで自分が買われるようなことをした記憶はない。

「それで、どうでしょうか？　この子は？」

僕の視線に、しかしドーベルドは素知らぬ顔で問いかけてきた。

どうでしょうか、と言われても、というのが正直な感想である。

僕は彼女に向き直った。相変わらず彼女からは明確な敵意を感じる。

今も睥睨《へいげい》するように僕とドーベルド、そしてバルザークを睨《にら》みつけていた。

流石にここまで明確な敵意を向けられると怖気《おじけ》づく。奴隷とはいえ、主人を害さないとも限らない。ならばもっと従順な奴隷を購入する方がよほどいいだろう。

この子は僕の手に余る、そう言おうとしたとき。スイとアイがそーっと彼女に近づいていった。青と緑の大きな光が彼女の近くにいくと、獣人族の少女が訝しげにスイとアイに目線を向けた。

まさか。

「見えているのか?」

思わず問いかけた僕に、少女がこちらを向いた。しかし、すぐに、スイとアイの方向へと目を向ける。その所作は明らかに二人(?)を認識しているように見える。

「……気が変わった」

僕はドーベルドに話しかけた。

「僕を檻《おり》に入れてくれませんか?」

その言葉にドーベルドはひどく驚いたらしい。焦《あせ》るように僕に忠告をしてくる。

「危険ですよ。この子は小さいとはいえ、獣人族です。人の子よりよっぽど力があります」

「大丈夫です。同世代の女の子に負けるほどやわな鍛《きた》え方をしていません」

僕はバルザークに視線を向ける。彼は察したように小さくため息をつくと、腕《うで》を組んで壁《かべ》に寄りかかった。好きにしろ、ということらしい。

「……しかし!」

「大丈夫です」

言っても詮無《せんな》いと悟《さと》ったドーベルドは、「知りませんからね」と言いながら静かに檻を開いた。僕が中に入ると、再び檻を閉じる。

僕が少女に近づくと彼女はひどく困惑した顔をした。そして静かに口を開いた。

「……あなたは、なに、ですか？」

少し舌っ足らずではあったが、想像よりもずっと丁寧な言葉が発せられて、僕は少し驚いた。どうやら、育ちがいいのは本当らしい。

「僕はグレイズラッドっていうんだ。君の名前は？」

「……」

しかし、彼女の返答は言葉ではなかった。獣人族の少女は睨みつけるように僕を見ると。瞬時《しゅんじ》に僕との距離を詰めてきた。詰め寄る速さは子供とは思えないほどに早い。獣人族ゆえの身体能力の高さ、それが為《な》せる業《わざ》だろう。だけど、あまりにも――直線的すぎる。

「っ！」

少女が驚きに目を見開くのを僕は見た。彼女の体が宙を舞《ま》う。

何をしたか。端的《たんてき》に言えば、僕は迫《せま》る少女を半身で受け流して、そのまま足を払《はら》ったのである。

二年もの間、近衛の兵士たち相手に培《つちか》ってきた体の動きである。いいとこのお嬢様だと思われる少女に、僕が負ける道理はない。

バランスを崩《くず》した彼女は背後から倒《たお》れそうになる。僕は彼女が怪我《けが》をしないように優《やさ》しく抱き止めると、獣人族の少女が目を白黒させた。背中にかかるはずの衝撃が無くて動揺したらしい。

「……えっと、大丈夫？」

「……」

少し躊躇《ためら》いながら僕が聞くも、彼女からの返答はなかった。不機嫌《ふきげん》そうにそっぽを向くあたり、年相応な感じがして苦笑する。

彼女は抵抗《ていこう》するのを諦めたらしい。先ほどのように攻撃《こうげき》してくるそぶりを見せない。僕はゆっくりと彼女を地面に下ろしてやった。改めて近くで彼女を見ると本当に綺麗な子だな、と思った。しばらくの間、体を清めていないからか、少し獣のような臭《にお》いがするが、それはご愛嬌《あいきょう》だ。なんなら一部のマニアには喜ばれるまである。

スイとアイが纏《まと》わりつくように彼女の周りをクルクルと回る。どうやらこの二人はこの少女のことが気に入ったようだった。少女は居心地悪そうにしている。

やはり、この少女にはスイとアイの存在が認識できているらしい。

（それに、彼女には素質がある）

僕は彼女の体内から発せられる眩いほどの白色の光を見ながら、僕はドーベルドに話しかけた。

「ドーベルドさん、この子にします」


奴隷商会を後にした僕は自分の屋敷に戻ってきていた。

獣人の少女を連れて帰ってきたときは、屋敷の人たちが大層驚いていた。侍女《メイド》たちの多くは嫌悪と侮蔑《ぶべつ》を以て少女を出迎えた。コルネリアでさえも、僕が彼女を連れてきた時はかなり取り乱していた。それほどにこの国では、獣人族というのは珍しく、そして軽んじられる存在なのだろう。

今彼女は自身の汚れを落とすべく、湯浴《ゆあ》みをしている。

おそらくメイシアが彼女の身支度《みじたく》を整えていると思う。コルネリアがとても寛容《かんよう》故か、彼女の側仕えであるメイシアは嫌な顔一つせずに彼女を引き受けてくれた。

僕は部屋で精霊術の勉強をしながら、帰り際のドーベルドの言葉を思い出していた。

『獣人族を奴隷にする意味、そしてそれによる弊害を理解していますかな？』

この国は基本的に人族しか存在しない国だ。他の種族は絶対的に地位が下がる。奴隷という立場に身をやつす他種族が多いのも原因の一つだろう。

しかし、この価値観はもちろん国によって異なる。獣人族の地位が人と変わらない国だっておそらく他に存在するのだ。ここで大きな問題になるのが、彼女の出自だ。彼女はドーベルドの話によれば、名のある血筋の娘《むすめ》である。そんな娘を奴隷として扱うことのリスクは大きい。

ドーベルドの言葉はそのリスクを暗に示唆《しさ》していたんだと思う。

まあ、そんな彼女を薦《すす》めてきたのは他ならぬドーベルドだから、どの口が言うんだとも思うのだけど。そんな折。コンコン、と扉を叩《たた》く音がした。

「どうぞ」

「……しつれい、します」

部屋に入ってきたのは、僕が買ってきた獣人族の少女だった。薄汚《うすよご》れた体は綺麗に清められて、子供用に仕立てたメイド服に身を包んでいた。首につけられた無骨な奴隷の首輪がやけに生々《なまなま》しい。

スイとアイが喜び勇んで少女の元へと向かった。

少女は何やら違和感を覚えているのか、しきりに周囲を見渡している。

彼女を買ってから僕は気づいたのだが、どうやらこの少女はスイとアイが見えている訳ではないらしい。たぶん、認識はできていると思うのだけど。見えると思っていたのは、どうやら僕の早とちりだったみたいだ。

奴隷商会では敵意が見え隠れしていた少女だったが、買われた後はやけに大人しかった。

僕に敵《かな》わないと思ったのかあるいは寝首を掻こうという算段なのか。真意はわからないけれど。

そんなことを考えながら、僕は彼女に声をかける。

「そういえば、ちゃんと自己紹介《しょうかい》してなかったね。僕はグレイズラッド・ノルザンディ。ルーフレイム王国の東辺境伯の次男だよ」

僕の言葉に、少女は胡乱《うろん》げな目を向けるだけで特別反応はしない。

「それで、君の名前は？」

「……」

彼女は無言で僕を見ている。うん、やっぱり無視かー。

顔が引き攣《つ》りそうになるのを堪《こら》える。大人しくなろうとも、彼女の目には暗い炎が垣間《かいま》見《み》えている。諦念に隠れた刃《やいば》が彼女の中にはあるのだ。話してくれる道理もないのかもしれない。

返事がないなら仕方がないと、僕は一方的に彼女に話しかけた。

「……それじゃあ、君のことはシラユキって呼ぶけどそれでいい？」

名前がないというのは流石に不便だ。僕が即席《そくせき》で考えついた名前を彼女に告げると、少女は小さく頷いた。それでいいらしい。

ちなみに名前の由来は白くて雪みたいだから、白雪。つまりシラユキである。実に安直だった。

さて、獣人の少女改めシラユキが僕の部屋に来たのには理由がある。それは僕が話をしたくて呼んだからだ。流石に人間を憎《にく》む奴隷をなにも考えずにそばに置きたいとは思わない。だから僕はシラユキを呼んだ。その敵意の正体を知るために。

「シラユキ、どうして君は奴隷になったの？」

「……っ」

僕の言葉に、彼女の表情が歪《ゆが》んだ。この世の憎悪を溜《た》め込んだような敵意と共に、ある種の諦観が混じった眼《め》で僕を睨んでくる。だが口を開くことはない。どうやら質問に答える気はないらしい。

（まあ、それもそうか）

初対面の人間に心のうちを明かす道理はない。ましてや、僕は彼女の嫌《きら》う人間であり、自身を奴隷として扱う主人である。彼女が語らないのは自然なことだろう。

ならば、別の糸口から言葉を重ねるしかない。僕は小さく息を吐《は》く。

「それじゃあ、シラユキ。君、奴隷やめたい？」

僕の言葉に、シラユキが顔を上げる。その目に映ったのは困惑の色だった。

「……どういう、ことですか？」

今まで言葉を発さなかったシラユキが返答をした。舌ったらずな幼い声音だ。

「そのまんまの意味だよ」

僕は笑いながらそう言った。

「正直ね。僕は側仕えなんていらないんだ。母様に言われたから、仕方なく買ってきただけ。自立したら側仕えは解雇《かいこ》するつもりなんだ」

「……どうして、ですか？」

「……僕はこんな目だからね」

そう言って、僕はシラユキを見つめる。金色の目は英雄の目であると同時に忌避《きひ》される目でもある。僕の場合は忌避される方の目だ。

「……きんいろのめ」

「うん。僕の国ではね。この目は忌み子の目なんだ。だから、僕は基本的にあぶれ者だし、父や他の兄弟からも嫌われている。この屋敷は慣れてる人たちが多いから、そこまで不自由はしてないけど、一歩外に出れば話は変わる。僕は街中も満足に歩くことができないんだ」

ある意味では君と同じようにね、と心の中で僕は付け足す。

「……」

「だから、側仕えもいらないんだ。この目がある限り、近くに人を置くのはリスクになるから」

人の心はわからない。人が心の中で何を思っているのかを読み取ることなんてできない。

忘れてはいけないのだ。この目は恐怖《きょうふ》の象徴《しょうちょう》であるということを。

愛情や信頼《しんらい》を築くなんて到底無理な話なんだ。この獣人の少女にとって、僕の目がどういうものなのかはわからないけれど。僕らにとって、互《たが》いの存在は間違いなく足枷《あしかせ》である。

だからこの危険な目を持った少女を手懐《てなず》ける方法を僕は考えた。いつ寝首を掻かれないとも限らない。悪魔の子と謗《そし》られようとも、僕はこの人生をそう易々《やすやす》と手放す気はなかった。

人を憎む少女と共に歩むために必要なものは何か。愛や絆《きずな》なんて不確かなものは当てにできない。

相手に利がなければいけない。だから、必要なのは利害の一致《いっち》だ。故に僕は少女にこう告げる。

「君には復讐《ふくしゅう》の機会をあげよう」

「！」

人間を憎悪するに至った経緯《けいい》は僕にはわからない。僕と同年代の彼女が抱《かか》える憎悪がどれほどのものなのか僕はわからない。だけど少なからず、復讐の心は持ち合わせているはずだ。彼女の心に傷を与えたのは僕じゃない。だから、その悪意を別の人間に移し替《か》える。

僕は言葉を選びながら、シラユキに語りかけた。

「今の君は弱い子供でしかない。今君が人間を殺したところで、すぐに捕《つか》まってしまうだろう」

獣人族は身体能力が高い。だが、所詮は子供の力。獣人族といえど、大人に勝つのはそう簡単ではない。故にそれを利用する。

「君はこの家で成長し、強くなるといい。そして僕が君を手放す時、君は君の成したいことを成せばいい」

——悪くない提案だろう？

僕の言葉はシラユキに届いたのだろうか？　思案する彼女はしかし、小さく頷いたのだった。

◇◇◇

「ごしゅじんさま、ちゅうしょくのじかんです」

「うん、ありがとうシラユキ」

シラユキがうちに来てから一か月の月日が経った。

まだ舌ったらずではあったが、子供用のメイド服が段々と様になってきている。

シラユキは頭がいい。与えられた仕事やマナーは悉《ことごと》く吸収していく。子供の柔軟性《じゅうなんせい》故のものなのか、彼女が天才的な素質を持っているからなのかは定《さだ》かではないが、僕はなんとなく後者なのかなと思っていた。

僕は食事に手をつけながら、そんなことを考える。シラユキは僕の一歩後ろの壁際に控《ひか》えて、僕の様子を見守っていた。側仕えの侍女《メイド》は主人の身の回りの全てを行う。水が無くなれば手ずから入れて、食事が終われば食器を下げる。その訓練の一環《いっかん》なのだろう。

（それにしても、一人の食事ってのは味気ないな……）

今日はコルネリアとフェリシアが本家に呼ばれているため、僕一人で食事を取っている。広い食堂には僕とシラユキしかいない。時折、この家の侍女《メイド》が出入りするが、僕に対しては目を向けようともしない。

成長し、体が大きくなるにつれて、この家の侍女《メイド》はより一層僕に寄り付かなくなってきた。

物心つかない幼子よりも、ある程度成長した子供の方がより不気味に見えるのだろうか？

最近では家族以外で僕に声をかけてくれるのは、メイシアや近衛軍の兵士たちくらいである。近衛軍の兵士たちも、入れ替わりや新人の入隊による人の出入りで、全員が全員、僕に対等に接してくれる訳ではなくなった。一年前よりも、僕の家は僕にとって居心地が悪くなってきている。

獣人族であるシラユキも、この家の侍女《メイド》から厄介者として扱われていた。母の側仕えであるメイシアが主に教育を行っているため、表面上は受け入れられているが、その実情は異なる。

主人とその侍女《メイド》共々、この家に嫌われていると思うと悲しくなってくるな。

「……ごちそうさまでした」

僕が手を合わせて挨拶《あいさつ》をすると、シラユキが食器を片付け始める。ここで下手に手伝うと、シラユキが怒《おこ》られてしまうので僕は手を出さない。

ただ一言「ありがとう」とだけ言って、僕は部屋に戻った。


午後の魔術の授業も終わり、陽《ひ》の位置がだいぶ低くなって来た頃。

この時間帯の僕は夕食の時間まで基本的に暇である。近衛軍の訓練も、勉強の予定もない。いままでは、この時間は家族との団欒《だんらん》や、自分の時間として使ってきていた。だが、シラユキがうちに来てからは少しだけ変わった。

「……相変わらず身体能力は高いね」

「っはぁ、はぁ……きょうしゅくです」

薄汚れた侍女《メイド》服に身を包んだシラユキが、肩で息をしながらそう言った。

彼女の手には、刃渡《はわた》り二十センチほどの木のナイフが添《そ》えられていた。

僕とシラユキがやっていたのは一対一の摸擬《もぎ》戦である。

この摸擬戦は、僕とシラユキのコミュニケーションの一環として始めたものだった。そのうち手放す存在ではあるシラユキではあるが、向こう何年かは一緒にいるのは確実である。最低限の信頼関係は築いておくに越《こ》したことはない。

そこで、メイシアに頼《たの》んで、僕はシラユキとの時間を確保してもらったのである。

シラユキが来てから彼女に課せられたノルマは非常に多い。侍女《メイド》としての教育だけでなく、社交のマナーといった教養。はては兵士としての訓練まで彼女は行っていた。明らかに側仕えの教育としては過剰《かじよう》なものではあったが、シラユキは獣人族の身体能力故か、全てをこなしてみせていた。

メイシア曰く、側仕えの侍女《メイド》は生半可なものではいけないらしい。侍女《メイド》としてのスキルは当たり前であり、その他に教養を身につけ、そしていざというときに主人を守れる武力を有する存在でなければいけないとのことである。

……メイシアにとってメイドっていうのは超人《ちようじん》か何かなのだろうか？

ともかくとして、お互いに忙しい僕らが共有できる時間が今のこの夕刻の時間だったのである。

最初は会話をしようと躍起《やつき》になっていたのだが、会話は続かないし、シラユキはあまり話したがらないしで、かなり気まずい時間が続いた。シラユキとの時間はそれなりに長く確保されていたため、最初は非常に困った。しかし、そのうちにそれぞれの戦闘《せんとう》訓練の成果を試《ため》す場所へとなっていった。その甲斐《かい》もあって、最近は随分と会話が続くようになってきていた。

「……えっと、シラユキ？　大丈夫？」

「だいじょうぶです。もういちどおねがいします」

僕の言葉にシラユキが頷く。彼女は、再び木のナイフを構えた。

「……無理はするなよ」

それだけ言うと、僕は自分の木の剣を構えた。

魔術はてんでダメな僕ではあるが、こと剣に関してはそれなりの実力がある。バルザークによれば僕は目が非常に良いんだと。それは剣士にとって大きな武器になるものなのだという。

迫ってくるシラユキは同年代の少女とは思えないほどに速い。

だけど。僕には彼女の動きの全てが手にとるようにわかる。

彼女の腕の振り上げ、足の踏《ふ》み込み、手の動き、視線の向き、体勢。それらに目を向ければ、自《おの》ずと彼女の動きが見えてくるのだ。人間の予備動作が事細かに見える僕にとって、シラユキの次の行動を予測するのは難しいことではない。

振りかぶられたナイフの軌道《きどう》に対して、僕は正確に木剣の腹を当てた。自分が耐えられる衝撃で受け流せる角度。鈍《にぶ》い木の音と共に、ナイフが剣の腹を滑《すべ》る。軌道が逸《そ》らされたシラユキのナイフはそのまま空を切った。だけど、本命は別。僕の目は彼女の予備動作をしっかりと認識していた。

受け流された勢いのままに彼女が足を踏み込む。

僕に迫るのはシラユキの右手だった。左手のナイフは囮《おとり》だ。だけど知っていれば対処は容易《たやす》い。

僕は彼女の渾身《こんしん》の一撃を最小限の振り払いで受け流すと、膝《ひざ》を一気に曲げ伸《の》ばした。怪我をさせないように、脛《すね》から外れた位置を掬《すく》い上げるように蹴《け》り上げる。体勢を崩したシラユキは、しかし持ち前の身体能力を生かして前方宙返りを決めると、そのまま僕の後方へと着地した。

再び両者の間には距離ができる。

僕は注意深くシラユキを見ながら、再び木剣を構えた。それは攻撃の構えではなく受けの構え。その構えを見てシラユキも体を低くした。

僕の剣は基本的には受けの剣だ。目の良さを生かして相手の動きを見切り、切り返す剣。攻撃的な剣術は苦手だった。

対するシラユキは、持ち前の身体能力を生かした体術でこちらを翻弄《ほんろう》してくる。膂力《りょりょく》でも、敏捷《びんしょう》性《せい》でも僕はシラユキに劣る。彼女は、動体視力も良い上に、呑み込みが非常に早い。こと、近接戦闘においては天才的な素質を秘めていると言えるだろう。

（追い抜かれるのも時間の問題かな……）

再び迫る、シラユキを見ながら僕はそんなことを思っていた。


シラユキには才能がある。それは戦闘技能のみならず、侍女《メイド》としての技能、勉学やそのほかのありとあらゆる事柄について。彼女は短時間で吸収し、その全てを自身の糧《かて》とする。

そんな彼女の才能が及《およ》ぶ事柄は——魔術も例外ではなかった。

「ごしゅじんさま、こう、でしょうか？」

摸擬戦の後。そう言いながら、懸命《けんめい》に白い光を操《あやつ》っているのはシラユキである。蠢《うごめ》く光は幾何学模様の陣を象《かたど》っては消え、象っては消えを繰り返す。しかし、その陣は明らかにその鮮明《せんめい》さを増している。朧気《おぼろげ》だった陣はよりはっきりとした輪郭《りんかく》を浮かべている。そして幾何学模様が一層強く発光すると同時に、シラユキの手の上には光り輝く球体が出現した。

第一位階魔術〈光球《ライト》〉それが、この魔術の名である。

「よくできてると思うよ！」

「きょうしゅく、です」

僕はシラユキを褒《ほ》めながら、内心舌を巻いていた。

シラユキには魔術の才能がある。それは、僕が彼女に出会った日からわかっていたことだ。

彼女の体からは眩いばかりの白い光が発されている。魔術の尺度でいうところの「光」の属性。その輝きはクソ親父《おやじ》を超《こ》える。とはいえ、光の強さは潜在《せんざい》能力の高さにしかならない。魔術の発動にはそれとは違った才能《センス》が必要である。だが、どうやらシラユキにはその才能もあったようだ。なにせ彼女は魔術を教え始めて、一週間も経たずに無詠唱《むえいしょう》を成功させたのだから。

　魔術の家庭教師によれば、簡単な無詠唱であっても通常五年以上の月日を要する上、生涯できるようにならない人もいるそうだ。そう聞くと、シラユキの凄《すご》さがより際立つのがわかるだろう。

　シラユキは完全に〈光球《ライト》〉のコツを掴《つか》んだようで、同じ魔術を何度となく繰り返している。無論のことながら無詠唱で。

「ごしゅじんさま、ありがとうございます」

　シラユキが感謝の言葉を述べてくるが、僕は内心苦笑してしまう。というのも、僕は魔術を使えない上に、光の魔術についてもあまり詳《くわ》しくないからだ。僕がやったことといえば、教材として貰《もら》った本を彼女に渡《わた》して、魔力を動かす感覚をなんとなく教えただけ。僕が教えたというのもおこがましいものである。とはいえそんな内心は露《つゆ》ほども出さず、僕はうんうんと頷く。

「その調子で色んな魔術を覚えてこう」

「はい」

　来たばかりの時は硬《かた》い表情が多かった彼女も、今は少しばかり柔らかくなった。声のとげとげしさが少ない。毎日シラユキとの時間を作るにつれて、少しずつ、少しずつ、僕と彼女の間には言葉が増えてきていた。相変わらず、僕が話しかけることの方が多い。だけど、最初の頃の一方的に話しかける状態からはだいぶ改善した。今では、彼女の側からも僕に話しかけたり、返事を返してくれるようになった。僕は着実にシラユキとの距離が縮まっているのを感じていた。そこで、僕は兼《か》ねてよりシラユキに教えたかった魔術を、教えることにしたのである。

僕はシラユキに魔術的な素養があることは知っていた。しかしながら、奴隷という身分である彼女は専門家に魔術を教えてもらえる環境《かんきょう》にない。メイシアも魔術は使えないため、侍女《メイド》にも彼女に魔術を教えられる人材はいない。となると、僕が教えるしかないというわけである。

「ふぅ」

息を吐いて、僕は空を見上げた。気温は良好。適度な温度だ。ここは四季の影響《えいきょう》が非常に少ない。一年を通して過ごしやすい気候だ。おおよそ夏や冬といえる気候がないのである。実際、僕はここに生まれ落ちてから、一度も雪を見たことがなかったし、夏の暑さで寝苦しさを感じたこともなかった。遠目に赤い球体が水平線に沈《しず》んでいく。赤みがかった空が、だんだんと薄暗くなっていった。

日が沈む少し前には夕食の時間となる。貴族である僕の家は魔術的な光源、あるいは物理的な光源があるから、庶民《しょみん》に比べると夕食の時間が遅《おそ》い傾向《けいこう》にある。とはいえ、夜は活動するのにコストがかかるので、貴族といえどそこまで夜遅くまでは活動しない。日が昇《のぼ》るころに活動を始め、日が沈むころには寝静まる。それがこの世界の常識だ。

「ごしゅじんさま？」

舌っ足らずな声に我に返る。空を見上げたまま、少しぼーっとしていたらしい。

シラユキが不思議そうに僕を見ていた。僕は何でもない、と手を振った。

「今日はこれで終わりにしようか」

「はい、ありがとうございました」

こうして、今日のシラユキとの日課は終わった。

◇　◇　◇

事件というものはいつも思わぬ時に起こるものだ。

それはシラユキがうちに来てから半年ほど経った時のこと。空は雨模様で世界には青い光が普段よりもたくさん浮かんでいた。心なしかアイも楽しそうに空を飛んでいる。そんな日のことだった。

僕は久しぶりに街に出ていた。もちろん、目のことがバレると大騒ぎになるのでフードを被って目は見えないようにしている。先導するのは近衛軍の隊長であるバルザークで、僕の一歩後ろには同じようにフードを被ったシラユキが控えていた。獣人族もこの街では奇異の眼で見られる。目立つ彼女を衆目に晒《さら》す必要はない。向かう先は、僕がシラユキを手に入れた奴隷商会だった。

理由は単純。シラユキのルーツを辿るためだった。

彼女の出自はどこなのか。なぜ、奴隷に身をやつすことになったのか。人攫《ひとさら》いの類、だとして、その首謀者《しゅぼうしゃ》は誰なのか。シラユキが語ってくれない以上、別の経路から情報を得るしかない。

僕が街に出たのは、シラユキに復讐の機会を与えるという約束を考えてのことだった。言葉を交《か》わすようになって、それなりに距離が近づいたとはいえ、僕らの関係の前提はあの夜の約束だ。主人として仕える価値なしと判断されれば、その刃が向くのは僕の方になるかもしれない。それだけは避けたかった。故に彼女の復讐のお膳立《ぜんだ》てくらいはすべきだと思ったのである。

（こんなに気を使うなら、買わなきゃよかったのかな）

ふと、そんなことを思う。あの時は、スイとアイに反応した上に、二人が随分とシラユキを気に入っていたから買ってみたんだけど。とはいえ、コルネリアに言われたら側仕えを買わないわけにもいかない。他に選択肢《せんたくし》はあの時にはなかった。僕が、そう自分に言い聞かせた瞬間だった。

周囲を飛んでいた光たちがざわめいた。僕だけにわかる違和感。右肩《みぎかた》、いや右上から、這《は》いずるような何かが来る。僕が右手に振り向いた刹那《せつな》――突風が駆け抜けた。

咄嗟《とっさ》に掴もうとしたフードが捲り上げられて、僕はすぐさま顔を地面に向けた。

こんな場所で目を見られたらどうなるかわからない。僕は冷や汗《あせ》をかきながら、フードを被り直して――固まった。僕のすぐ後ろ。そこにいるはずの人物がいなかったからだ。

シラユキがいない。

僕が頭上を見上げると、スイとアイが慌《あわ》ただしく僕の方に向かってきた。そして、先導するように路地裏の方へと飛んでいく。目が異常なほどに良い僕はその姿を捉えた。

何者かに連れ去られるシラユキの姿を。

「っ！」

突然の風に騒然《そうぜん》としていた衆人をくぐり抜けて、僕は走った。

(こんな真っ昼間に人攫いってどういうことだよ！)

彼女の過去が関係するのか、なんなのかはわからない。だが、あの風といい、この手際の良さといい、どうにも普通の相手ではないのは確からしい。

路地裏に入ると、数人の男たちが僕の行く手を阻《はば》むように現れた。どうやら下手人の手の者らしい。

シラユキを連れ去った人物は路地裏の奥へと走っていく。

この人数の相手をしていたら、やつに逃《に》げられる！

「スイ！」

僕が叫《さけ》ぶと、スイが僕の元へ一瞬で飛び込んでくる。

スイの緑の魔力と僕の魔力が混じりあって、翡翠《ひすい》の色に輝いた。僕の足元に奇怪な陣が現れる。路地裏ならば、そう目立つことはない。迫る男たちよりも、僕の精霊術の方が早かった。

「んなっ」

男たちの叫びは僕の下から聞こえてくる。あの一瞬で男たちの頭上へと跳躍《ちょうやく》できるほどの力。これが、僕がルディに教わった精霊術だった。

精霊術〈風精の跳躍（Spiritus ventus effer）〉。

僕が再び同じ精霊術を使うと、さらに僕の体が前へと加速した。

目線は下。空飛ぶアイが指し示す先には、シラユキを抱える存在がいる。

見れば、シラユキはどこかぐったりとした様子だ。抵抗しようと、もがいているようだが抜け出すことができていない。獣人族である彼女は大の大人に抵抗しうる力を持つ。その彼女が抵抗できないのは、下手人の持つ力ゆえか、あるいは魔術のような外的要因があるためか。

どちらにせよわかることは、彼らは獣人族を捕《と》らえる術《すべ》を心得ている存在だということだ。

「アイ」

僕の声に応えて、アイが僕へと光の帯を伸ばす。無色透明の僕の魔力が、淡《あわ》い碧《あお》へと変化した。

その魔力が緑に染まった魔力と混ざらないように慎重に扱いながら、僕は眼下の敵を見下ろした。

〈風精の跳躍（Spiritus ventus effer）〉の効果が切れないように、僕は静かに詠唱をする。

【――Inquam. Fontem aquae magnum afferens ad proprium nostrum】

言葉に促されるように、青い魔力がその圧力を増す。

【aquam. aquam. O aqua de radice】

歌うように告げられた、言葉と共に、眼下の男の周りに巨大な幾何学模様が出現する。

【Silentium quod mergit mundum. Frigida fies cavea, vultum muta et manifesta】

男が僕に気づいて上を見上げる。だが、もう遅い。詠唱を以て、ここに精霊術は完成した。

【氷精の檻（Spiritus aquaeglacies cavea）】

◇　◇　◇

組織の中でも腕利《うでき》きの男であったナインが任されたのは単純な仕事だった。

それは奪《うば》われた獣人族を取り返すこと。

単純明快な仕事だ。ノルザンディ家の私兵によって、奪われた組織の商品を奪い返す。ただそれだけだ。依頼主《いらいぬし》に対する誠意を見せるのはもとより、組織の面子《めんつ》にかけてやられっぱなしというのはあり得ない。故に彼が駆り出された。

例の獣人族が半年前から、東辺境伯の息子《むすこ》の一人であるグレイズラッドの手に渡ったのは調査によりわかっていた。しかし、獣人族はノルザンディ家からこの半年間出てくることはなかった。組織としては待ちぼうけを食った形だ。とはいえルーフレイム王国でも有数の戦力を持つノルザンディ家に正面から喧嘩《けんか》を売るわけにはいかない。

だからこそ。待った。千載一遇《せんざいいちぐう》のチャンスを。

そしてその時が来たのだ。グレイズラッド・ノルザンディと近衛軍のバルザーク、そして例の獣人族が街に出てきたのである。このチャンスを物にしないわけにはいかない。

バルザークは強敵だが、街中の戦いではナインに分がある。それに、ナインは彼に勝つ必要はないのだ。獣人族を無傷で確保し、逃げ切ればいいだけ。そしてナインにはそれができる自信があった。だが。その自信がたった一人の子供に砕《くだ》かれそうになっていた。

（どうなってやがる⁉）

情報では、グレイズラッドは魔術の使えない人間だったはずだ。魔術の教師による教えを実践《じっせん》してみせたことはなく、いつも魔術は不発に終わっている、と。最近では、魔術の授業すら受けていない、と。そのはずだったのに。

ナインは動かなくなった手足を見る。ナインの手足は透明で無骨な塊《かたまり》が覆っていた。

それは氷だった。だが、尋常《じんじょう》な氷ではなかった。ナインが鍛え上げた体を以てしても、氷はびくともしない。力も入らない。肌《はだ》をなぞる極寒《ごっかん》の風に、ナインは身震いをする。

この威力、最上位魔術に匹敵《ひってき》する。

（第八位階魔術も目じゃない！　なんなんだこいつは！）

ナインは目の前で、獣人族の女を横抱きにした少年に目をやった。

年は八歳と聞いていた。それに見合うだけの小さな体だ。フードを目ぶかに被っているが、これがグレイズラッドだということは仲間から伝え聞いていた。

ナインはグレイズラッドの人相を見ようと目を凝《こ》らして――固まった。

「シラユキを攫ったのは、どうして？」

幼い声は、ナインの耳を素通《すどお》りした。体の震えが増した。

目に映るものが信じられなかった。

なぜなら——凍《こご》えるような金色の目がナインを射貫いていたのだから。

「悪魔付き……！」

金色の目に対する、嫌悪の念は根深い。それは、グレイズラッドが想像するよりもはるかに因縁《いんねん》深いものだ。ナインをはじめとした人間にとって、金色の目は魔物の目であり、人ならざるものの目だ。彼らは一様にこの目を恐れ、迫害《はくがい》する。なぜなら、人間は幾度となく、この目を持つ者に虐《しいた》げられてきたのだから。

ナインの震える声が、耳に届いたのか。グレイズラッドが僅《わず》かに顔を顰《しか》めた。

「……あんたも、そう言うのか」

「……っ！」

ナインの体を覆う冷気が強くなる。手足の痛みは無感覚なものへと変化していく。

このまま、捕らえられるわけにはいかない。組織としての、ナインとしての矜持《きょうじ》を果たさなければならない。ナインは最後の力を振り絞って、グレイズラッドを睨みつけると。口に仕込んだ毒薬を噛《か》み砕いたのだった。

◇　◇　◇

「坊ちゃん、無事か!?　……って、寒いなおい！」

遅れてやってきた、バルザークを僕は一瞥《いちべつ》した。そして、目の前の男に目を向けた。

男はすでに死んでいた。色々と聞きたいことがあったのに、唐突に事切れたのである。

「こいつは、自殺したか」

バルザークが男を調べながら、そう言った。そして、僕へと目を向けてくる。

「坊ちゃん、どうやってこいつを倒したんだ？」

バルザークの目にはわかりやすい疑念があった。僕は少し考えて、返事をした。

「……親切な人が手助けしてくれました」

「……坊ちゃんがやったんじゃないのか？」

「僕に水の魔術は使えませんよ」

氷の魔術は水属性の魔術に分類される。一応、僕の魔術属性は風ということになっているから、この世界の常識的には僕が水の魔術を使えるのはおかしなことになる。

バルザークは納得《なっとく》がいかなそうだったが、僕が無言を決め込むと、諦めたように嘆息《たんそく》した。

「わかったよ、坊ちゃん。それじゃあ、憲兵を呼んでくる。おそらく、もうすでにこの辺には駆けつけてるだろ」

派手に大声出して住民に知らせたからな、とバルザークが言うと、通りの方へと駆けて行った。

小さくため息をついた僕は、ふと視線を感じて手元を見た。そこには先ほど助けたシラユキがいる。見るからに弱々しい、彼女は、僕を見上げて口を開いた。

「ごしゅじん、さま」

「ん？」

「なぜ、たすけたの、ですか？」

「なぜって、なんでそんなことを？」

「じゅうじんのどれいであるわたしを、きけんをおかしてまでたすける、りゆうはないはずです」

震える声でシラユキはそう言った。言われて、僕は助けた理由を考えた。

ただでさえ外部からの評価に問題のある僕は、獣人族であるシラユキを側仕えとして選んだことで、その評価はさらに下がっている。だけど少し考えて、僕は得心した。

「シラユキがいなくなると、困るからね」

「……え？」

シラユキがいなくなると、また新しい側仕えを探さなければいけなくなる。それは非常に面倒臭《めんどうくさ》い。困惑したような彼女の顔を見ながら、僕は話を続ける。

「それに、約束を破るのは性に合わない」

「やく、そく？」

「うん？」

不思議そうな顔をするシラユキに僕は首を傾げた。

「約束したろう？　君が強くなるまで面倒を見るって」

「……」

僕がそう言うと、シラユキはなんとも言えない顔をして押し黙《だま》った。僕は苦笑した。

「ま、嫌われ者同士、しばらくは仲良くしようよ」

自嘲《じちょう》気味にそう言って、僕はシラユキのフードを被り直させた。

そしてシラユキから目を逸らした。こんな言葉しかかけられないことに、僕は嫌気《いやけ》がさす。

大人の心が僕の感情を乱すんだ。こんな子供を見捨てるなんて寝覚めが悪い、と。だけど、純粋《じゅんすい》な厚意《こうい》なんて、きっと信用されない。僕は信頼される必要はないんだ。ただ、信用されればいい。

僕は遠目に衛兵を連れてくるバルザークを見て、空を仰《あお》いだ。

雨はいつの間にか、止《や》んでいた。


事の顛末《てんまつ》を語れば、襲撃者《しゅうげきしゃ》は全員死んでしまった。

首謀者の男はもちろんのこと、僕の足止めをしようとしていた人間たちも残らず死んでいたようだ。バルザークが手加減して、全員を戦闘不能にしたらしいのだが、負けを悟った瞬間に彼らは自身の命を絶ったのである。

結果として、彼らがシラユキを攫おうとした理由もわからずじまいであった。

人攫い未遂《みすい》が街中で起きたことにより、街の関所の警戒レベルは上がったようで、人の出入りには厳しくなったらしいが、それっきりである。事件の解決をした人間も行方不明ということにしてしまったので、早々に捜査《そうさ》は打ち切られたようである。ちょっとあっさりしすぎじゃないかなって思わなくもない。

僕は物憂《ものう》げに窓の外を眺める。街は静けさに満ちていた。太陽が沈み、生物が寝静まる時間帯。

街には点々と灯《あか》りが灯《とも》っていたが、直に闇に溶けるだろう。

最近の夜は静かだ。少し前まではこの時間にルディが来ていたけど、今はだいぶ頻度《ひんど》が減った。理由は単純で、精霊術の練習を夜中にしなくなったから。結局魔術を発動できなかった僕はとうとう見限られて、午後の魔術の授業が無くなってしまった。その空いた時間がルディとの時間となったわけである。まあ、たまに夜に遊びに来るんだけどね。

そんな風に外を眺めていると。コンコン、と。扉を叩く音が聞こえた。

「ごしゅじんさま、いま、おはなし、よろしいでしょうか」

遅れて、舌ったらずな女の子の声が聞こえてくる。シラユキの声だ。

僕はシラユキを部屋に呼んだ覚えがないため、少し疑問に思いながらも扉を開けた。そこには、侍女服《メイド》に身を包んだシラユキの姿があった。手には小さめのカンテラをもち、彼女の綺麗な相貌を照らしていた。

「こんばんは、シラユキ。どうかしたの？」

「おやすみのところ、もうしわけ、ありません、ごしゅじんさま」

部屋が真っ暗だったから、そう思ったのだろう。頭を下げるシラユキに対して、「寝てなかったし、大丈夫」と言うと、僕は部屋にシラユキを招いた。

カンテラを木机において、ソファに座るように促した。ソファは二人がけのものしかなかったから、隣《とな》り合うような格好だ。心なしかシラユキの顔は緊張しているように見えた。

なんとも言えない空気。無言のまま、時が流れる。だが、静寂《せいじゃく》はそう長くは続かなかった。

「……きょうは、ありがとうございました」

「……ん？　ああ、そんなこと？　気にしなくていいのに」

どんなことを言われるのかと、少し緊張していた僕は、彼女の口から出た言葉に拍子《ひょうし》抜《ぬ》けした。

シラユキが攫われたのは不可抗力であり、それを僕が助けることができたのもたまたまだ。

「ほんらいであれば、ごしゅじんさまをしゅごするべきわたしが、らちされるというしったいをするだけでなく。あまつさえ、ごしゅじんさまのおてをわずらわせてしまいました」

震える声で、そばづかえしっかくです、とシラユキが言った。

僕は肩を竦めて、彼女に優しく語り掛《か》けた。

「シラユキを責めるつもりはないよ。それに、君は側仕えではあるけど、側仕えの仕事なんてしなくていいし」

「それは、どういう……？」

「シラユキはシラユキの目的のために頑張《がんば》ればいい。僕の側仕えなんてついでいいんだよ」

困惑するシラユキに僕は捲し立てるようにそう言った。

シラユキと僕の関係は利害の一致が前提にある。幼少の頃に側仕えを手に入れなきゃいけない僕。そして、復讐のために心身共に成長する必要のあるシラユキ。この目的がたまたま都合よく合致しただけなのだ。故に僕は、シラユキに側仕えの仕事を強制する気はなかった。僕を守る必要もないし、責任を感じる必要もないのだ。

（……なんだか、捻《ひね》くれてきちゃったなあ）

こんな考え方をしてしまうことに、僕は苦笑した。中途半端《ちゅうとはんぱ》な大人の記憶が僕を客観視して、嫌になる。だけどそれは、紛《まぎ》れもなく大人の精神を持つはずの僕の心であった。それが尚《なお》さらに僕にとっては不快だった。そんな僕の言葉に、シラユキは目を伏《ふ》せた。

「わたしは、シラユキは、……ひつようありませんか？」

彼女の口から小さく言葉が漏《も》れ出る。

「えっと、今は必要だけど……？」

「……いまは、ですか？」

僕が独立するような年代になれば、母に側仕えの有無《うむ》を問われることはなくなる。その頃には、シラユキも成長して、独り立ちできる。その頃に、共にいる理由はない。

そのはずなんだけど……。僕の言葉に、シラユキが黙りこんで顔を俯《うつむ》かせた。

「えっと、その、シラユキ？」

「……わたしの、ほんとうのなまえは、カエデです。カエデ・ルーナリア・ブランクア」

「……」

突然のカミングアウトに、僕は咄嗟に反応できなかった。

シラユキが自身のことを口に出したことは今までなかった。この半年間で、ほぼ毎日顔を合わせていたが、僕から聞くこともしなかった。僕はそれがシラユキと接する上で重要だと思っていたし、彼女のプライベートに踏み込みすぎるのは彼女との関係を考えれば愚策《ぐさく》であると考えていたからだ。

だから困惑が勝った。このタイミングでシラユキが自分の本当の名前を告げた意味。その意図を僕は測りかねている。

「……それじゃあ、カエデ、と呼べばいいのか？」

「そのなまえはすでにすてました。いまのわたしは、ただのシラユキ、です」

その言葉に僕の混乱は増す。シラユキの顔を見れば、感情の見えない目で僕をじーっと見つめていた。……うん。わからない。

「じゃあ、シラユキ、とこれからも呼べばいいの？」

「はい。カエデはあのときに、もうしにました。いま、ここにいるのは、ただのシラユキです」

「そっか……」

シラユキの意図がわからずに困惑する僕を尻目《しりめ》に、彼女は立ち上がった。

「また、うかがいます。ごしゅじんさま」

それだけ言って、シラユキは部屋を出て行った。去り際に、彼女の尻尾が寂《さび》しげに揺れていた。


「グー君……。そりゃあ、ちょっとないんじゃないかなあ？」

「えっ、そうかな？」

昨日の夜のシラユキとの顛末をルディに話したら、ものすごく呆れた顔をされた。

彼女は精霊術の手を止めて僕に向き直った。

「そのシラユキちゃんって獣人の女の子なんでしょ？」

「うん、そうだよ」

「年はどれくらいなの？」

「うーん、獣人族が見た目通りの年齢なら、たぶん僕と同じか、それより幼いくらいじゃないかな？」

たぶん、七歳とか、八歳とか、それくらいだと思う。シラユキの姿を思い出しながらそう言うと、ルディは小さくため息をついた。そして僕に諭《さと》すように声をかけてくる。

「グー君、もうちょっと素直に考えてもいいんじゃないかなぁ？」

「……」

「グー君の境遇《きょうぐう》を考えれば、その気持ちはわからないでもないけどねえ」

ルディが顎《あご》に手を置く。僕が反応できずにいると、ルディが自身を指差しながら問いかけてきた。

「ねぇ。グー君はさ、ぼくのことはどう思ってるの？」

「どうって、うーん……」

急な質問に戸惑《とまど》いつつ、僕は考えた。ルディはアールヴの少女であり、僕と同じ金眼の持ち主だ。

僕にとっては、ルディは精霊術の師匠《ししょう》であり、なぜか僕と一緒にいてくれる不思議な存在である。

よく考えてみれば、ルディのことをほとんど何も知らなかった。

それなのに、僕がここまでルディに気を許しているのは……。

「同じ金色の目だから」

その言葉にドキッとした。

「同じ目だから、僕のこと悪く思ってないんじゃないかなあって」

図星だった。ニコニコと笑うルディに何も言い返せない。

「金色の目の存在はあぶれ者になる理由があるんだよ。だから、安易に信用しちゃダメだよ」

「……そう、か？」

「うん！　基本的にはぼくみたいに、すっごい力が使えたりするからね！　天災みたいな存在も多いんだよ！」

確かに、ルディの力は凄《すさ》まじい。天候すら容易に変えてしまうその力は、神の如き力と言っても相違《そうい》ないだろう。そんな存在がもし悪意を持って、僕に近づいてきていたとしたら……。

僕は思わず身震いをした。金色の目を持つが故に、僕は同じ目をした存在を無条件に信じていた。

それはあまりにも短絡的《たんらくてき》で、愚《おろ》かな思想だ。

金色の目とそれ以外の存在。そんなふうに、僕は無意識に区別していたんだ。

そんな僕をみて、ルディがさらに問いかけてきた。

「それじゃあ、グー君はシラユキちゃんのことをどう思ってるの？」

「シラユキを……？」

問われて僕は考えてみる。

シラユキは獣人の奴隷であり、人を敵視した女の子である。初対面では攻撃もされたし。その上で僕はシラユキに対してそこまで悪い感情を持っていなかった。他の人に厄介者扱いされている彼女は、僕と近い立場にいる。同類相憐《あいあわ》れむじゃないけど、彼女に対して親近感を得ているのは事実だ。今日に至るまでに毎日会話をして、親睦《しんぼく》を深めてきたのもあると思う。シラユキはすごく優秀《ゆうしゅう》で、僕の話も嫌な顔せずに聞いてくれて、それでいてとても可愛い。嫌いになれ、というほうが難しいだろう。

「……嫌いではない、かな」

むしろ気に入っている、という言葉を呑み込んで僕はそう口にした。

そんな僕の返答にルディは呆れたような顔をした。

「グー君は嫌いではない子にそんなぶっきらぼうな物言いをするの？」

「……」

言われて僕は黙《もく》した。そして、自身のシラユキに対する態度を思い返す。

確かに、僕はシラユキに対してどこか他人行儀《ぎょうぎ》な対応をしていたと思う。

だけど、それは彼女の人間嫌いに配慮《はいりょ》してそういう態度をとってきた。あくまでもビジネスライクな関係で、曖昧《あいまい》な信頼関係なんて無意味だって考えていたから。

だけど、もしもシラユキが僕と同じように考えていたとしたら？

閉口した僕にルディが諭すように続けた。

「シラユキちゃんは、まだ幼い獣人の女の子。それも奴隷として、グー君の屋敷に来た」

――シラユキちゃんにとって、それがどういうことなのか考えてみて。

「…………………」

……僕は全く、大人じゃないな。前世の記憶があるはずなのに、この体《てい》たらくである。

「ごめん。ありがとう、ルディ」

ルディは笑った。

「グー君は大人びてるけど、ぼくの方がずっとお姉さんだからね！　子供を導くのは大人の仕事だよ！」

ルディの言葉に苦笑する。実際のところ、ルディは何歳なんだろうな。前世と今の僕の年齢を足し合わせても、遠く及びそうにないのは確かなんだけど。

「ルディ、ちょっと行ってきます」

「うん！　行ってらっしゃいー！」

僕は屋敷の方に向けて走っていく。

それはもちろん。シラユキとちゃんと話をするために。

◇　◇　◇

シラユキは奴隷だ。

この国において、奴隷ではない獣人族は、まともな生活すら難しくなってしまう。だから、奴隷として誰かの庇護《ひご》下《か》に入った方がいい、と。あの太った商人はシラユキに言った。

シラユキは、侍女長《メイド》から与えられた仕事をこなしながら、あの商人の言葉を思い出していた。だけど、シラユキは今でも思っている。人間の世話になるなんてありえない、と。

シラユキの家族を殺し、シラユキの仲間たちを捕らえて、散々な目に遭《あ》わせた人間の世話になるなんて。親しい人たちの悲痛の叫びはまだ、シラユキの耳に残っていた。目を閉じれば、あの頃の光景が浮かんでくるのだ。シラユキを守るために命を賭《と》した彼らの最後の光景が。

気が付けば、手が震えていた。手に持った食器を落としそうになって、慌てて流し台に置いた。ほっと息をついた。

昔はこんなことをすることはなかった。元々、こういった仕事は、シラユキの侍女《メイド》がやっていたからだ。だけど、今のシラユキに侍女《メイド》はいない。元王族なんて称号《しょうごう》はここではなんの役にも立たないのだから。シラユキは深く呼吸をすると、再び仕事に取り掛かった。

シラユキは運が良かった。ここは人間族の国であり、獣人の地位は非常に低い。だが、ここでは特別ひどいことをされるわけでもない。仕事を与えられて、食事ももらえたから。

だが、この場所にシラユキの居場所はない。

「どうして、こうなったの、でしょうか」

小さくこぼした言葉は誰にも聞かれることはなかった。ここに来てから染《し》み付いた敬語が離れずに出てしまって、シラユキは殊更《ことさら》に悲しくなった。

思い出すのはシラユキの主人であるグレイズラッドのことだった。

グレイズラッドは変わった人間だった。他の誰もが、シラユキに対してよくない感情を向ける中で、グレイズラッドだけは違った。

シラユキは獣人族だ。五感に優《すぐ》れ、人の心の機微《きび》にも敏感《びんかん》である。故にわかるのである。メイシアやあの商人にさえあった、僅かな心の動揺がグレイズラッドには存在しなかったことを。

だから、シラユキは彼の元へ行くことをよしとした。

シラユキは一縷《いちる》の望みにかけて、グレイズラッドの奴隷となった。そして成長するまで、シラユキを保護するという、彼の言葉を信用したのだ。

屋敷で生活するうちに、シラユキはグレイズラッドがますます変わった人間であることを知った。

彼は人間でありながら、シラユキに分け隔《へだ》てなく接する。欠片《かけら》ほどの邪念《じゃねん》もなく、ただただ自然体で。グレイズラッドは他の人と違い、シラユキを一人の女の子として扱ってくれていた。

グレイズラッドはシラユキと同世代のはずなのに、非常に大人びていた。いつも難しそうな本を眺めては、時折シラユキに本の内容を語ってくれる。魔術の話や、政治の話。様々な知識をシラユキに教えてくれた。毎日、彼はシラユキとの時間を作った。時には体術の訓練をして、時には魔術の練習をしたときもあった。そんな日々が続いて。

いつしか、彼との時間がシラユキの心の多くを占《し》めるようになっていったのだ。

故に思ってしまった。グレイズラッドであればシラユキの居場所になってくれるのではないかと。それはシラユキが子供ゆえに思った希望だったのかもしれない。シラユキは八歳にも満たない子供だ。表には出さないが、心の奥底で感じている寂寥感は並大抵《なみたいてい》のものではない。親も兄弟も友とも離れ、さらには人間しかいない屋敷で奴隷として働く日々。それが幼いシラユキにもたらすストレスは計り知れない。だからだろう。日々のなかで、シラユキのグレイズラッドへの依存的《いぞんてき》な心象は膨れ上がっていった。

そしてそれが、昨日の出来事で決壊《けっかい》寸前にまで膨張《ぼうちょう》したのである。

本来であれば、助ける価値などない獣人の奴隷。そんなシラユキを、危険を顧《かえり》みずにグレイズラッドは救い出してくれたのだ。だから、シラユキは強く思ったのだ。彼が、シラユキの居場所になってくれると。彼ならばシラユキを受け入れてくれる、と。

だが、その思いは彼の言葉によって押し留《とど》められた。

『今は必要だけど？』

彼の言葉が反芻《はんすう》されて、シラユキは息が詰まるような感覚に陥《おちい》った。あの言葉の後、シラユキは必死に言葉を選んだ。グレイズラッドに嫌われたら、今度こそシラユキの居場所は無くなってしまう。だから、言葉を選んで、必死に伝えたのだ。自分はカエデではなく、シラユキなのだと。

「うぅ」

幸いにも、グレイズラッドはシラユキを忌避するようなことはなかった。だけど、親しみを覚え始めたグレイズラッドが、遠い人間になったような気がして、シラユキはえずいた。

いや、気がしたんじゃない。事実、彼は遠い存在だった。シラユキが勘違《かんちが》いしていただけ……。

拠《よ》り所のないシラユキの最後の砦《とりで》はグレイズラッドだった。それが、ただでさえ不安定だったシラユキの心を揺るがした。極限状態の糸が切れるように。シラユキの心は決壊した。

「うっ、うっ、うううっ」

一度溢《あふ》れ出した涙《なみだ》は、止まらなかった。大声で泣きそうになるのをシラユキは必死に堪えて、勝手場にへたり込んだ。他の侍女《メイド》に見られたら何を言われるかわからない。この屋敷に、シラユキの味方はいないのだ。だが、シラユキは泣くことを止めることができなかった。

「うううううっ」

無心で生きてきたシラユキの幼い心は、ボロボロの綱渡《つなわた》りの上を歩くかのように不安定だった。心うちを吐き出す場もなく、ただ耐えて、耐えて、耐えて、耐えて……。

どうすればいいの。何が悪かったの。嫌わないで。

様々な感情が濁流《だくりゅう》のように押し寄せてくる。心の圧迫《あっぱく》が、吐き気となってシラユキを襲ってきた。吐き気でうずくまったシラユキはその場から起き上がれない。ただ、諦観が彼女の全てを支配していた。こんなに辛《つら》いならば、もういっそのこと……。

そんな諦めと共に脱力したその時だった。今、聞こえるはずのない声が聞こえたのは。

「シラユキ！」

この半年で嫌というほど聞いた男の声だ。

シラユキが顔を上げる。

駆け寄ってきた男は、シラユキを抱き起こした。彼の匂い、雰囲気《ふんいき》、その全てを肌身に感じてシラユキは思う。この男の側は、本当に、居心地がいい。

涙でかすんだシラユキの視界は、心配そうに顔を顰めたグレイズラッドの顔を最後に、暗転した。

◇◇◇

僕が駆けつけた時には、シラユキは台所でうずくまっていた。

吐き出すような悲愴《ひそう》と、諦《し》めの感情。彼女の目は涙に濡《ぬ》れていた。その様相はスイとアイに連れられてやってきた僕の心を締め付けるには十分だった。そして僕は自分がどれだけ彼女を見ていなかったのかを反省した。

まだ幼いシラユキがどんな気持ちで、この屋敷にきたのか。それを全く考えていなかったのだ。辛《つら》くないわけがないのだ。大人の精神が心に居座る僕でさえ、僕を恐れる人の多いこの世界は居心地が悪い。いわんや、彼女はそれ以上に辛い思いをしていただろう。僕にはフェリシアや母様、メイシアやバルザークなど、自分を見てくれる人がいるけれど。シラユキには家族はおろか、他に誰もいないのだから。

僕はベッドで眠《ねむ》るシラユキを見る。心労で倒れたシラユキを、僕は自分の部屋のベッドで寝かせていた。彼女の部屋でもいいけど、質の高いベッドがある僕の部屋の方がいいと考えたのだ。

メイシアにはすでに言ってある。シラユキはしばらく借りるから、侍女《メイド》の仕事もお休みにしておいて、と。これでシラユキが怒られることはないだろう。

「……」

シラユキの寝顔は安らかだった。常にどこか緊張を孕《はら》んでいた彼女の唯一の安寧《あんねい》は睡眠だったのかもしれない。

と、シラユキの獣耳がピクリ、と動いた。その微細な揺れに呼応して、彼女の長いまつ毛が震えた。シラユキの眉間《みけん》が険しげに歪む。そして、瞼《まぶた》がゆっくりと開いた。銀色の双眸《そうぼう》が僕を射貫く。

「ごしゅじん、さま……？」

惚《ほう》けたようにそう言ったシラユキは、自身の状況《じょうきょう》を見ると。みるみると顔色を悪くしていった。

ベッドから飛び起きると、慌てて床に膝をつく。

「も、もうしわけ――」

「ごめん、シラユキ」

頭を下げようとするシラユキの言葉を僕は遮《さえぎ》った。そのまま、彼女の体を抱きしめる。

「あぅっ」

シラユキの体は温かかった。そして、とても小さかった。小さな背中と肩が震えている。

シラユキは僕を拒《こば》まなかった。だけど、困惑の色が見える。

「嫌だったら、嫌って言って」

「……いや、では……ない、です」

嫌じゃないなら、よかった。僕は静かにシラユキに話し出した。

「シラユキ、昨日はごめんね」

「……きの、う？」

「うん。僕はシラユキを傷つけた。僕にはシラユキが必要なのに、それを言葉にできなかった。だから、ごめん」

僕の言葉を聞いたシラユキは言葉を紡《つむ》がなかった。ただ、シラユキの体からは強張《こわば》りが消えていった。恐る恐る、と言った様子で彼女の手が僕の背に触れる。

僕は小さく息を吐いてから、彼女の顔を見た。彼女の顔は困惑と驚きに満ちていた。

僕は真正面からシラユキを見つめて、伝えるべき言葉を口にした。

「君が嫌になるまで、僕のそばにいて欲しい。僕にはシラユキが必要だ」

打算のない行動なんてない。現に僕の言葉も恣意的《しいてき》なものがないと言えば嘘《うそ》になる。

だけど、この言葉は紛れもない本心だった。僕と同じ、この国の嫌われ者であるシラユキ。

それは傷の舐《な》め合いのようなものなのかもしれない。一人よりは二人がいい。そんな、消極的な心の幻影なのかもしれない。だけど、僕には――シラユキが必要だった。

頬が熱くなるのを感じた。面と向かって、君が必要だ！　だなんて正直ちょっと、いや、かなり
恥ずかしい。シラユキは呆然とその言葉を聞いて、君が必要だ！　だなんて正直ちょっと、いや、かなり
翳《かげ》りのある顔に冷や汗が増す。嫌だった、のかな？

告白の返答を待っているような心地で僕が固まっていると、シラユキが小さく口を開いた。

「……シラユキは」

シラユキが顔を上げる。目元は濡れていた。

「シラユキは、ひつよう、ですか……？」

「うん。必要だ」

シラユキの頬が緩む。同時に涙が溢れ出た。

「うう、ううう」

「ちょ、ちょ、シラユキ⁉」

泣き出してしまったシラユキに驚いて、僕は慌てふためいた。

だけど、泣いた女の子を慰《なぐさ》める方法がわからない。そもそも、泣かせたのは僕な訳だし。

仕方ないので、僕は黙ってシラユキを抱きしめた。

さっき拒まれなかったし、たぶん、大丈夫。だと思う。背中を撫でてやって、僕はシラユキが泣き止むのを待った。ここまでずうっと溜めてきたものを解放するかのように、シラユキは泣いた。

僕は黙ってそれを受け入れた。

しばらくして、シラユキは泣くのをやめた。

「ごしゅじん、さま」

「うん」

「わたしは、あなたのそばにいて、よいのですか？」

「うん。むしろそうしてほしい」

「……そう、ですか」

噛み締めるようにシラユキはそう言うと、体を起こした。

僕とシラユキの目が合う。その目に映ったのは、諦めの色じゃない。

「ごしゅじんさま、シラユキをおそばにおいてください」

――これからも、ずっと。

僕はその時のシラユキの顔を生涯忘れないだろう。あの眩いほどのシラユキの笑顔を。

第三話　幼少期編　大精霊《だいせいれい》

「紹介《しょうかい》したいおば……人がいるから、シラユキちゃんと一緒《いっしょ》に森に来てね！」

いつものように暇《ひま》になった午後の時間。そんなルディの言葉に導かれて、僕《ぼく》たちはイースタンノルンの北東に位置する森――ノルン大森林に来ていた。イースタンノルンからノルン大森林までの距離《きょり》は遠く、普通《ふつう》ならとても子供二人だけで来られるような場所ではない。だが、精霊術を使えるようになった僕にとっては比較的容易《ひかくてきたやす》い距離であった。なぜなら、スイの力を借りれば、空を飛ぶことだってできるのだから。

僕らは獣道《けものみち》を進んでいた。この森は大樹が多い。根元まで光が伝わらないこともあり、昼間なのに薄暗《うすぐら》く、どこか不気味である。目に映る景色もずーっと同じだから、気を抜《ぬ》けば迷子になるだろう。だが、それは僕にはあまり関係のない心配事であった。それは精霊であるスイやアイがいるからである。森における精霊の力は大きい。彼《かれ》らは迷うことなく僕たちを導いてくれるのだ。今もスイたちは僕らの前をふわふわと浮《う》いては道案内をしてくれていた。シラユキはそれを知らない。だからだろう。悠々《ゆうゆう》と歩く僕とは対照的にシラユキは警戒《けいかい》するように周りを見渡《みわた》していた。

「ご主人さま、さすがに護衛もなくこんなところまでくるのは……」

「護衛ならシラユキがいるから大丈夫《だいじょうぶ》、大丈夫！」

すっかりこの国の言語に慣れたのか、かつてのたどたどしさが少なくなったシラユキに、僕は元気よく返答した。

「ご主人さま、この森には魔物《まもの》がいるときいています。さすがにルディさまのお言葉とはいえ、帰るべきではないでしょうか……？」

シラユキが不安そうに僕を諭《さと》してくる。心なしかいつもより僕との距離が近い。真っ白な狐耳《きつねみみ》が少しばかり垂れ下がっていた。

「魔物、ねえ。実はこの森は何回か来たことあるんだけど、一回も見たことがないんだよね」

「そう、なんですか？」

聞き返してくるシラユキに僕は頷《うなず》いた。

ノルン大森林には魔物がいる。それは、東辺境伯《へんきょうはく》の土地に住む人間にとっては常識である。実際に魔物の肉が市場に出回ることもあるようだし、おそらく存在はしているはずなのだが。なぜだろうか。僕は一度も見たことがないのである。

「魔物って本当にいるんだよね？」

「はい。わたしも、みたことが、あります」

「え？　そうなの？」

シラユキの言葉に僕は食いついた。考えてみれば、僕は魔物という存在は伝え聞いているけど、その全貌《ぜんぼう》をあまりよくわかっていない。僕らと同じ金色の眼《め》をしていて、時折人に害を為《な》す。そんな害獣《がいじゅう》のような存在である、ということくらいしか知らない。

「えっと、どういう感じの存在なの？」

何気なく僕が聞くと、シラユキは少しだけ顔を引きつらせて目を伏《ふ》せた。

僕はしまった、と思った。魔物を見る状況《じょうきょう》、それすなわちシラユキのトラウマを刺激《しげき》する内容だったかもしれないことを失念していた。

「その、シラユキが嫌《いや》であれば話さなくても――」

「だいじょうぶです」

弁明しようと口を開いた僕をシラユキは遮《さえぎ》った。そして、にこりと笑った。シラユキとの距離が一気に縮まった事件の日以降、彼女《かのじょ》は時折この笑顔《えがお》を見せてくれる。僕の心配をよそにシラユキは話し始めた。


魔物。それは金色の瞳《ひとみ》を持つ獣のような存在。餓狼《がろう》の姿、蛇《へび》の姿、鳥の姿、はてには竜《りゅう》のような姿。様々な姿の魔物が存在するらしい。

シラユキが魔物を目撃《もくげき》したのは、彼女が奴隷《どれい》に身をやつすことになる前のことだ。彼女が人を憎《にく》み、憎悪《ぞうお》するに至る過程の話だった。

「人間につかまったわたしは、あのとき森の中を移動していた、とおもいます」

家族は殺され、幾人《いくにん》かの使用人と共に捕《つか》まったシラユキは下手人の人間たちによって森の中を移動していたらしい。彼女が魔物を見たのはそのさなかのことだった。

人間をゆうに超《こ》えるほどの大きさの狼《おおかみ》が数匹《ひき》、人間とそしてシラユキたちを取り囲んだという。

「おおきな狼の魔物はすべて金色の眼をしていました」

シラユキはそう言うと僕の眼を見た。あまり目を見られることがない僕は少したじろぐ。シラユキは僕の眼を見て少し不思議そうに首を傾《かし》げる。だが、すぐに話を続けた。

「魔物はわたしたちに襲《おそ》いかかりました。わたしたちをとらえた人間をふくめて」

その時の恐《おそ》ろしさは今でも鮮明《せんめい》に思い出せるという。囚《とら》われの身であるシラユキは逃《に》げることもかなわないのだから。

魔物は強かった。武装した人間も一瞬《いっしゅん》で引き裂《さ》く力を持っていた。だが、人間たちは冷静だった。まるで、魔物に襲われることに慣れているかのように。魔物が人を襲うにも理由がある。彼らはそれを知っていたのである。そう。この狼たちはお腹《なか》が空《す》いていただけ。

だから人間たちは、その囮《エサ》となる獣人を――。

「もう、いいよシラユキ」

「っ！　しかし――」

気づけば震《ふる》えていたシラユキの口を僕は指で制した。顔をはね上げたシラユキの顔はわかりやすくこわばっている。もう聞かずともわかる。その人間たちはシラユキ以外の獣人族を囮にしたのだろう、と。まさしく人とは思えない所業だった。

「話してくれてありがとう、シラユキ」

「……きょうしゅく、です」

シラユキが身の上話をしてくれるのはこれが最初ではない。だが、彼女の話を聞くたびに僕は言いようもない感情に襲われる。悲しみ、怒《いか》り、諦念《ていねん》、そしてどうにもできないもどかしさ。その全《すべ》てがないまぜになるのだ。

歩を進める僕にシラユキがついてくる。どうにも気まずい空気にしてしまった。その空気を感じ取ったのか、先導していたアイが僕とシラユキの側《そば》までやってきた。シラユキの耳がぴくぴくと動く。視線はアイの方に、だが彼女は不思議そうに僕とアイの方向を交互《こうご》に見ていた。

「そこにアイがいるよ」

「アイさま、なのですね。わかりました」

シラユキは得心したように頷くと、警戒を解いたようだった。

僕はシラユキにスイとアイのことを教えていた。シラユキは目に見えずとも、彼らを感知することができる。近づくと今のように警戒してしまうため、僕は毎回スイとアイの存在をシラユキに教えていた。

「わたしにはみえないので、とても不思議なかんかくです。たしかにそこにいらっしゃるのはわかるのですが」

不思議そうにアイの方を向きながら、シラユキが言う。存在を感知できるだけでも、シラユキは稀有《けう》だと僕としては思うけど。

また、少し無言の時間が流れる。しかしながら、先ほどよりも空気は弛緩《しかん》していた。

少し安堵《あんど》した僕は、時折シラユキと雑談しながら歩みを進めていく。

光が届かない樹下は草木が育ちにくく、比較的歩きやすい。木の葉を踏《ふ》みしめる。土の香《かお》りが強い。そしてかすかな水の匂《にお》いが鼻腔《びくう》をくすぐった。

前方を進むスイは機嫌《きげん》がよさそうだ。いつの間にかスイに追随《ついずい》するようにふわふわと浮かんでいたアイもまた、心なしか楽しそうに見える。

精霊たちはこの森が好きみたいだ。奥《おく》に進めば進むほど、目に見える光の数は増していく。スイとアイもここに来るととても機嫌がよくなる。

目的地への到着《とうちゃく》を予感した、そんな折のことだった。

ふと、シラユキがひくひくと鼻先を動かした。そして、こんなことを口にする。

「この森は、にています」

真意を測りかねる言葉だった。シラユキは首を傾げながら周囲を見渡していた。

それってどういう、そう口にしかけた僕は——視界の隅《すみ》で光が瞬《またた》くのを感じた。

それは僕らの真下だった。黒い光が迸《ほとばし》り、瞬時に広がっていく。見覚えのある文字の羅列《られつ》。魔術ではない。これは——精霊術！

僕が気づいたときには、僕の視界は真っ黒に染め上がっていた。


一秒にも満たない刹那《せつな》のうちに、視界はクリアになった。

僕は自身の体を確認《かくにん》する。手と足を動かしてみるが、なにも異常はない。周りを見渡したが、そこは変わらずに大樹に覆《おお》われていた。ただ違《ちが》うのは。あれほどまでにたくさんいた光たちの姿がまったくないこと。唯一《ゆいいつ》いるのはスイとアイだけ。それがどうにも不気味だった。

「なんだったんだ？」

口に出しながら、僕は自分の迂闊《うかつ》さを呪《のろ》っていた。僕の眼は魔術、あるいは精霊が関《かか》わるものを見抜《みぬ》く力がある。だから注意深く見ていれば、先ほどの精霊術の陣《じん》も見抜くことができただろう。

とはいえ悔《く》やんでも仕方がないことではある。

後ろを振《ふ》り向くと、シラユキも同じように周りを見ていた。彼女も無事だったようだ。

「シラユキ、だいじょうぶ？」

「ご主人さま、だいじょうぶで――」

言いかけたシラユキの顔が急速にこわばると、僕の手を引いて前へと躍《おど》り出た。

唐突《とうとつ》なシラユキの動きに虚《きょ》を突《つ》かれて僕は転びかける。

「シラユキ、なにを――」

そう言って振り向いた僕は顔をひきつらせた。僕を守るように構えるシラユキの視線の先。

そこには――金色の眼が大量に浮かんでいた。

数えきれないほどの数の瞳。それが、僕らの視線の先にはいた。

瞳は僕たちを見つめていた。肌《はだ》が粟立《あわだ》つような感覚が僕を襲った。背筋に冷たい汗《あせ》が流れる。

金眼はゆっくりと移動し始めた。徐々《じょじょ》に徐々に僕らに近づいてくる。その容貌《ようぼう》は大樹の陰《かげ》に隠《かく》れ、よく見えない。いや、違う。暗いのではない。影《かげ》が不自然なほどに黒いのだ。

そして僕は気づく。この森全体が不自然なほど暗いことに。僕の眼は夜でも鮮明にものを映す。その僕が見えない暗闇《くらやみ》がここにはある。緊張《きんちょう》に息を吐《は》きながら、僕は相棒たちを呼ぶ。

「スイ、アイ」

僕の呼びかけに、しかしスイとアイは応《こた》えなかった。

「ちょ、スイ！　アイ！」

再びの呼びかけにも応えない。ただ、不思議そうに金色の眼の方へと彼らは近づいていく。

心うちにあったわずかな余裕《よゆう》が砕《くだ》けていく。魔力の色を持たない僕は、僕一人では精霊術を発動できない。精霊の協力が必要不可欠だ。

金色の眼を持つ者の正体はおそらく魔物。それが多数。この危機的な状況にもかかわらず、動かない二人に僕は怒《おこ》ったように声を張り上げた。

「スイ‼　アイ‼」

すると、声を聞きつけたアイが静かにこちらに来ては困惑《こんわく》気味に光を霧散《むさん》させた。目線の先の金眼たちは相変わらずゆらゆらと揺《ゆ》れてはこちらに徐々に近づいてくる。だが、いつまでたっても襲い掛《か》かってくる気配がない。様子がおかしい。僕が瞳に目を凝《こ》らした直後だった。

目の前にいたシラユキが唐突に視界から消える。

否《いな》。正確には、彼女がその場で高く飛んだのだ。見上げた僕の眼には大樹に飛び移ったシラユキの姿が捉《とら》えられていた。そして、大樹を蹴《け》った彼女は重力の力を借りながら突貫《とっかん》する。

僕の方へと。

「シラユキ⁉」

シラユキの銀色の瞳が捉えていたのはまさしく僕だった。

彼我《ひが》の距離はわずか。いつの間にか手にしていたナイフを僕めがけて振りかぶってくる。

「ご主人さまから離《はな》れなさい！」

その言葉と共に振り下ろされたナイフを僕は紙一重《かみひとえ》で回避《かいひ》した。左に倒《たお》れこむようにかがんだ僕に、流れるような所作でシラユキは追撃してくる。その予兆を視界の隅で捉えた僕は、自身の左手を起点に飛びのいた。僕のいた場所を彼女の横蹴りが空を切る。

急な展開に混乱する頭を、しかしシラユキは待ってくれない。即座《そくざ》に体勢を立て直したシラユキは、驚異的《きょういてき》な膂力《りょりょく》で地面を蹴り上げると、爆発的《ばくはつてき》な速度で僕へと迫《せま》ってくる。

このままだと、まずい。

出会ったころより成長したシラユキの近接戦闘《せんとう》技術は並大抵《なみたいてい》のものではない。この一年で彼女の強さはさらに上の段階へと進んでいる。特筆すべきは彼女の獣人特有の能力。力の強さ。瞬発力。動体視力。その全ては普通の人間をはるかに凌駕《りようが》するものとなっていた。いわんや、九歳《さい》の人間である僕が身体能力でかなう部分は何一つとしてない。そんな彼女が全力で僕に迫りくる今の状況。はっきりいって大ピンチである。冗談《じようだん》抜きで死にかねない。

「待って！　シラユキ！」

叫《さけ》んだ僕の言葉にシラユキはピクリとも反応しなかった。

僕は「スイ、アイ！」と叫びながら、真横へと体を転がした。

直線的に跳《と》んだシラユキは僕の横をすり抜ける、しかし即座にその先の大樹へと到達《とうたつ》。壁《かべ》を蹴るような要領でこちらへ飛んでくる。

蹴り上げた衝撃《しようげき》で大樹にひびが入るのを僕は見た。思わず顔が引きつる。

迫るシラユキの眼は正気に見える。それは彼女の言葉にも表れていた。

「ご主人さま、さがっていてください！」

それは僕ではない誰《だれ》かへと告げた言葉。いや、違う。シラユキはおそらく僕に告げているんだ。ただ彼女からは僕が僕に見えていないだけで。

再び迫るナイフ。身体能力で劣《おと》る僕はそう何度も彼女の猛攻《もうこう》を凌《しの》げない。彼女の連続攻撃《こうげき》は非常に速い。体勢を立て直す間もなく、追撃が来る。二振り目のナイフを躱《かわ》した僕の眼前にシラユキの拳《こぶし》が迫る。彼女の全力の殴打《おうだ》。間違いなく顔が陥没《かんぼつ》する。絶対に受けられない一撃。僕は大きく息を吸い込《こ》んだ。

【風精の跳躍《ちょうやく》(Spiritus ventus effer)】

それは力を持った言語の羅列。諳《そら》んじた言葉は超常《ちょうじょう》の力となってこの世に現界する。緑色の光が煌《きら》めくと同時――僕の体は勢いよく後方へと飛んだ。

シラユキの拳は空を切った。大気が押《お》し出され、僕の顔に風が吹《ふ》いた。拳で風を生んだという衝撃に、僕は遅《おく》れて心臓がバクバクと音を立てるのを感じ取った。今の一撃は当たっていたら本気で死んでいたかもしれない。

僕がちらりと横を見るとスイの姿がある。異常を察知した彼が、殴《なぐ》られる直前に僕の元に駆《か》けつけてくれたのである。間一髪《かんいっぱつ》だった。

精霊術で距離をとった僕は、注意深くシラユキの様子を見ながら思案する。

さて、どうしたものか。

彼女はおそらく幻覚《げんかく》、あるいは精神干渉《かんしょう》のようなものを受けている。闇の魔術や、精霊術にそういったものが存在するのを僕は知っていた。だからどうにか彼女を正気に戻《もど》さないといけない。

だが、どうやって?

幻覚や精神干渉のようなものに対する有効な対処法、それは同様のものをぶつけること。すなわち目には目を。歯には歯を。精神干渉には精神干渉を。というわけである。

今回の場合は光の魔術や精霊術により精神を落ち着けることがより良い対処法となる。

だが、その光の魔術の使い手はどこにいるのか。無論のことながら、魔力に色を持たない僕は使えない。光の精霊に力を借りる手はあるが、なぜかこの周囲一帯は光の精霊のみならず、精霊がまったくいない。つまり、使うことができないということを意味する。

となると残る対処法は――力業《ちからわざ》のみ。

シラユキを痛めつけるのは気が進まないけど、仕方ない。

と、ここまで考えて僕ははっと周囲を見渡した。そもそも、ここに来た時に現れた金眼の持ち主たち。そいつらはどうなったのか。

彼らはすぐに見つかった。いや見つかるなんてものではない。四方八方あらゆる場所からその瞳は僕らを覗《のぞ》いている。あまりの気味悪さに全身が震える。だが、僕の視界の先にいるシラユキは意に介した様子がない。まるで僕しか見えていない、そう言わんばかりだ。

彼女が姿勢を低くするのと同時。僕は見た。黄金の瞳の奥。そこに揺らめく黒い陣を。

「なるほど、ね」

シラユキの跳躍を視界に捉えながら、僕はこの状況を打開する一手を打つ。

【風精の跳躍（Spiritus ventus effer）】

諳んじた僕の体は勢いよく空へと昇《のぼ》っていく。青いはずの空は天高く飛ぶにつれてだんだんと黒ずんでいった。僕は目を凝らして気づく。その黒色の全てが、黒い陣の羅列であることに。これは――精霊術の言語だ。僕は眼下の森林に目を向けた。無数の黄金色の瞳が大樹の中で煌《きら》めいている。その一つ一つに黒い煌めきが灯《とも》っている。そして確信する。あれは魔物などではない。

「精霊術だ」

黒い精霊術。つまり、闇の精霊術。

大樹を転々と蹴り進んだシラユキが高く跳躍した。そのまま白い光を魔術として現出する。

そうして足元に現れた白い光の壁を、彼女はさらに蹴りつけて加速するまさかの空間跳躍。獣人族の身体能力のなんと恐るべきことか。だが、彼女との彼我の距離は遠く。そして、シラユキは空中に身を躍らせている。これは好機だった。

「アイ、スイ」

僕の周りに緑と青の光がやってくる。呼吸を整えて、僕は口を開く。

【――Inquam. Fontem aquae magnum afferens ad proprium nostrum】

青い幾何学陣《きかがく》が僕を取り囲むように現れる。アイの魔力は僕を伝って、陣を光り輝《かがや》かせていく。

【aquam. aquam. O aqua de radice】

輝きは増していく。侵食《しんしょく》するように、白い冷気が広がっていく。

【Est mundus frigidus, qui concrescit】

求めるのは、眼下の金の瞳をすべて消し去る極限の力。闇の精霊術が干渉できない状況を作ることができれば。

【Sile huic mundo torpore blizzard velut inferni】

詠唱《えいしょう》の最終段階。水の魔力が極限まで膨《ふく》れる。無秩序《むちつじょ》を、理《ことわり》を以《もっ》て収束していく。

【氷精の大吐息《といき》(Spiritus aquae flatu gelido)】

終《つい》の言葉と共に、魔力は意味を持つ。蒼白《そうはく》の魔力が放出されると共に、藍色《あいいろ》の陣が瞬く間に同心円状に広がっていく。この森の全てを塗《ぬ》りつぶすがごとく。眼下で跳ぶシラユキが、僕の姿を見て目を見開いた。

そして――世界は真っ白に染まった。

◇　◇　◇

一瞬だった。

靄《もや》がかかったような意識が冷や水を浴びせられたかのようにはっきりとした。

目の前に映る魔物。その姿が瞬《まばた》きの間に親愛なる主人に変化した。

見間違いじゃなかった。現実だった。

呆然《ぼうぜん》とするのも束《つか》の間、自分の意識が現実へと追いついていく。

——自分は何を、していた？

背筋が凍《こお》り付く。脳は考えることを拒絶《きょぜつ》していた。だが、シラユキは自身に問いかけてしまうのだ。自身の手足、武器、その全てが向かっていた先はどこだったか。

「わ、わたし、は」

声が震えてうまく出なかった。体が脳の反応を拒絶するように、動かない。

その時だった。この身に受けていた風が止まった。

目線の先、主人の姿が小さくなっていく。

背中に吹き付けるは極寒《ごっかん》の風。吐きだした息は白かった。

視界から主人の姿が消える。

見えるのは、真っ白に染まった大樹たち。土は雪に隠れ、一面冬景色だった。そこにはあの金眼はいない。吹き付ける風は強くなっていく。自身の速さが増すのを感じた。

シラユキは目を閉じた。それは自身の犯《おか》した罪による贖罪《しょくざい》だった。
彼女を苛《さいな》む罪の意識が、生への執着《しゅうちゃく》を拒絶していた。
そうしてシラユキは。落ちて、落ちて、落ちて。
落ちて。
…………。
……。
来たるべき衝撃は訪《おとず》れなかった。
気が付けば風は止《や》んでいた。重力に逆らうように自分の体がその動きを遅《おそ》くしていく。
そして、優《やさ》しく抱《だ》き留められた。この匂い、この感覚。ああ、間違いない。
「シラユキ、大丈夫？」
聞きなれた声が耳朶《じだ》を打つ。シラユキは恐る恐る瞼《まぶた》を開いた。
そこにはシラユキの主人がいる。
同時に自分の顔が青ざめていくのがわかった。震える声と共に、視界がぼやける。
「も、もうしわけ――」
「シラユキは悪くないよ」
あっけらかんと、主人はそう言った。
その声でその言葉を聞くと、本当にそんな気がしてくる。
なおも続けようとした謝罪の言葉は、彼によって制された。
そして彼は続ける。とびきりの怒りの色を以て。

「悪いのは――この精霊術の主だよ」

ひぅ、と息を呑《の》んだ。

悲鳴は聞こえなかっただろうか。

贖罪の気持ちよりも先に、主人の纏《まと》う気配があまりにも恐ろしく見えた。

【――Inquam. Originem magni venti reducens ad nos】

聞きなれない言語だった。だけどシラユキには想像がついた。これは主人が使うと話していた、精霊術という名の力だ。

この世の全てに語り掛けるように、主人は歌うように言葉を紡《つむ》ぐ。

【Ventus, ventus. ventus ab radice】

【Vehemens ventus mundum inundans omnia destruit】

【Fieri typhon et manifesta】

言葉を重ねるたびに、重圧が増していく。得も言われぬ緊張感。シラユキは呼吸すら忘れて、自分の主人を見つめていた。そして。

【――fpiritum ventorum. suscitabo procellae！】

瞬間、シラユキたちを中心として巨大《きよだい》な風の渦《うず》が出現した。

風は大樹を根こそぎ吹き飛ばし、見る見るうちに広がっていく。真っ白に染まった世界が徐々に崩壊《ほうかい》していく。

暴虐《ぼうぎやく》の嵐《あらし》とでもいうべきそれは、木々を、土を、雪を吹き飛ばし、巻き上げていく。だが、シラユキはそよ風の一つも感じとることができない。まるで別世界を俯瞰《ふかん》して見ているかのような現実感のなさ。呆然とそれらを眺《なが》めていたシラユキは乾《かわ》いた音を聞く。
――パキッ
そして文字通り、世界は崩《くず》れ去った。

◇◇◇

目を開いた僕の視界に映ったのは一面の緑だった。一際《ひときわ》目立つ大樹が眼前に、そして青く澄《す》んだ大きな池がある。青と緑、白い光が大量に飛び交っている。その中には、あまり見慣れない黒い光も混じっていた。

僕が凍らせ、破壊したはずの森の姿はない。まるで先ほどの状況はすべて夢だったかのように、穏《おだ》やかな景色が目の前に広がっていた。

ふと下を向くと、僕の腕《うで》に抱《かか》えられたシラユキが震えていた。その目は濡《ぬ》れている。

「大丈夫だよ、シラユキ」

僕はそう声をかけると、呼吸を整えた。

とりあえず、これをしでかした人には文句の一つでも言ってやらないと気が済まない。いったい誰がこんなことを？

自然に考えれば、この場所を指定したルディの仕業だろうか？　彼女はいたずら好きだし。

だけど、ルディがここまで意地悪なことをする姿が僕には思い浮かばなかった。

ぐるぐると考えていた僕だったが、その思考はすぐに無駄《むだ》だったと気が付いた。

目の前に——黒い人影がいた。

すべてを吸い込みそうな漆黒《しっこく》の髪《かみ》。それを腰元《こしもと》まで垂らしたその女性は、人間味のない笑顔でこちらを見ていた。彼女は手に真っ黒な傘《かさ》を持ち、さらに深淵《しんえん》を思わせるドレスに身を包んでいる。その装飾《そうしょく》の全てが、黒、黒、黒。

そして彼女の相貌を見た僕は、全身の毛が逆立つような錯覚《さっかく》を覚えた。

ゾッとする美しさとはこのような人のことを言うのだろう。その造形はあまりにも精密だった。正確すぎる造形美は感嘆《かんたん》よりも先に不気味さを際立たせる。美しいはずなのに、生物としての雰囲気《ふんいき》を感じない。そんな人ならざる風貌をさらに際立たせるものが彼女にはあった。

それは——彼女の目だ。先ほど見た瞳たちよりもさらに怪《あや》しく輝く黄金《おうごん》色の双眸《そうぼう》。それはこの世界における人外の証《あかし》だ。

僕は一歩後ずさった。

あまりにも異様な人物の登場に、僕の心には警戒という染《し》みが広がっていく。

いつから彼女がそこにいたのか、僕にはわからなかった。

彼女はあまりにも自然だった。この森の自然に溶《と》け込んでいた。脳は目の前の人物を人であると認識しているはずなのに。僕の五感の全てが、彼女を生物として認識できていない。

不思議な感覚だった。意識と感覚が解離《かいり》している。それが心底、気持ちが悪い。

笑みを浮かべたまま、黒い女性がこちらへと踏み出す。

僕はシラユキを静かに下ろして、彼女の壁になるように身構えた。

シラユキの目線の先も僕と同じ存在へと向いている。警戒を示すようにピンと張った獣耳が揺れ

る。シラユキにも目の前の女性は認識できているらしい。

「ふふ、そう警戒しなくてもよろしいのに」

一瞬、誰が話したのかわからなかった。まるでこの森そのものが語りかけてきたかのような違和《いわ》感《かん》だった。遅れて、僕は目の前の女性が言葉を発したのだと気づく。

おかしい。この女はあまりにもおかしい。精霊術を破った直後に現れた、この女性。順当に考えれば、精霊術の主犯はきっとこの人物だろう。

初めは文句を言ってやろうと、思っていた。だが、現れた人物の不気味さにその気概《きがい》はすっかり萎《しぼ》んでしまった。

唐突に、目の前の女性の姿がぼやける。

「それにしても、あなたは随分《ずいぶん》と変わった人間ねぇ」

「っ！」

左手側から聞こえた声は存外に近かった。反射的に左腕を振るうが、何も捉えることがない。

目の前で、くすくすと女性が笑う。

いよいよ以てこいつはやばい。場の緊張感が限界まで高まったその時だった。

「あ、グー君ー、シラユキちゃーん」

気の抜けた声が聞こえた。

「………」

「あははー、ごめんごめん。ちょっと遅れちゃってー」

声と共に、空から降り立った少女――ルディは笑いながら僕とシラユキの元へとやってきた。

毒気のない彼女の様子に僕は脱力《だつりょく》する。シラユキも同様のようで、僕とルディを交互に見ながら困惑気に尻尾《しっぽ》を揺らしていた。

少し憮然《ぶぜん》とする僕らに、場の空気を感じ取ったのかルディが首を傾げる。そして、僕らの視線の先を見やって、あははと笑いながら今度は苦い顔をした。

相変わらず黒い女性は静かに微笑《ほほえ》んでいたが、その顔には少しばかりの呆《あき》れがある。変わらず、人ならざる気配を漂《ただよ》わせる女性ではあるが、この時の彼女からは感情の色を見て取れた。ルディは僕とシラユキに向きなおると、黒い女性に手を向ける。

「今日来てもらったのは、この方に二人を紹介するためだったんだ！」

そう言って、バツが悪そうに笑うのだった。

「彼女はヤミちゃんっていうんだ」

「うふふ、よろしくお願いいたしますわ」

そう言って、黒い女性もとい――ヤミは流麗《りゅうれい》な動作で屈膝礼《カーテシー》をした。貴族の令嬢《れいじょう》といって相違ない所作である。惜《お》しむべきは、その礼をする場がパーティ会場ではなく、鬱蒼《うっそう》とした森の中であるという点だろう。優雅《ゆうが》さにも劣らないくらいに、場にそぐわぬ異質さが目に付いてしまう。

よくわからないが、ルディの知り合い……？

困り顔のシラユキと顔を合わせて、僕はとりあえず挨拶《あいさつ》をすることにした。

「……グレイズラッド・ノルザンディです」

「……ご主人さまのお付きのシラユキともうします」

口々にそう言った僕らはしかし、警戒心を解けなかった。状況が状況だ。僕らに同士討《う》ちをさせた可能性がある存在にそう簡単に心を開けるはずもない。

僕らの様子を怪訝《けげん》に思ったのか、ルディがじとっとした目をヤミに向けた。

「ねえ、ヤミちゃん。何かした？」

「いえいえ、ほんのすこぉーし、いたずらしただけですのよ」

そう言って、よよよーっと目元に手を当てるヤミ。

「ルディさんが気にかける人間なんてそうそうおりませんから、少しばかりちょっかいをかけただけですの」

「……それで？　何をしたの？」

「ちょーっとだけ、幻覚を見せただけですわよ？　……あとは精神干渉を少々」

ぼそっと、付け足した言葉も僕は聞き逃《のが》さなかった。やはり、あの状況はヤミの仕業だったようだ。それを聞いて顔を引き攣《つ》らせたルディがヤミに詰《つ》め寄る。

「ヤミちゃんの幻覚を二人にかけたの!?　それでグー君たちが怪我《けが》したらどうするつもり!?」

「そうなる前にやめるつもりでしたわ。でもでも、まさかそっちの男の子に幻覚が効かないとは思いませんでしたもの。つい、最後まで静観してしまいましたわ」

あくまで仕方がなかった、とヤミは悪びれる様子がない。その様子に僕はちょっとムッとする。そしてついつい口を挟《はさ》んでしまった。

「本当に死にかけたんですよ？」

「あらあら。うふふ、確かに獣人の女の子の拳はなかなかのものでしたわね。ですが素晴《すば》らしい機転でしたわ。あの状況で正確に精霊術を使えるなんて。それも、まだ生まれて間もない子供がねぇ」

急に会話に割り込んだ僕に、ヤミは何故《なぜ》だか少し嬉《うれ》しそうに返答した。ヤミは相変わらず張り付いた笑みを浮かべながら、しげしげと僕のことを見つめてくる。

「ふーん？　あまり気にしていませんでしたけれども、あなたはどちらかというとこちら寄りなのかしら」

「……？」

よくわからない言葉だ。だが、僕が尋《たず》ねるよりも早く、彼女はすぐにルディの方へと顔を向けてしまった。

「それにしても、ルディさん。どこでこの子を見つけてきたのかしら？」

「……たまたまだよー。精霊たちに付いて行ったらいたんだー」

「ふーん？　それっていつ頃《ごろ》の話かしら？」

「え？　いや、うん、最近？」

姦《かしま》しく会話する二人。その様子はどこか楽しそうだった。ヤミがルディの知り合いなら、今僕らに危害を加える可能性は低い、と思う。……そう思いたい。

ここまで考えて、僕は今まで張りつめていた緊張を解いた。緊迫《きんぱく》していた心の残滓《ざんし》は疲《つか》れとなって体に表れる。体が少々だるかった。

シラユキも疲れたようで、獣耳がぺたりと垂れ下がっていた。いつもはふわふわの尻尾も心なしか毛艶《けづや》が悪く見える。

そんな僕らのことは露《つゆ》知らず、相も変わらず目の前で二人は会話に花を咲《さ》かせていた。

「それで？　ルディさん、どうしてしばらく連絡《れんらく》がなかったのかしら？」

「え？　いや、まあ、ぼくも色々忙《いそが》しいんだよ」

「いつも五十年おきくらいには連絡をくれますのに。いつまでも来ないから心配したんですのよ？」

「……それであんなに大量の闇精霊を寄こしてきたの⁉　ほんと何事かと思ってびっくりしたんだからね！」

…………。なんだか随分とスケールの大きい話をしている気がするけど聞かなかったことにしよう。女性に年齢《ねんれい》の話はタブーである。

二人の会話は長くなりそうだ。ふとシラユキを見ると、泣きそうな顔で僕の方を見ている。

どうやらシラユキは僕を攻撃してしまったことで自責の念を覚えているらしい。そんなシラユキを僕は慰《なぐさ》める。悪いのはあのヤミってやつだ。シラユキはかけらも悪くない。

そんな風にしばらくシラユキを宥《なだ》めていると、すいーっとアイがヤミの方へと向かっていった。そんなアイにヤミが反応する。

「あら？　青の子じゃない？」

声をかけられたアイが恥《は》ずかしそうに頷いた。どうやら、ヤミとアイは知り合いだったらしい。そういえば、アイはノルン大森林の方から来たと言っていたのを思い出す。

「随分、大きくなったわねぇ。そろそろ次の段階も近いわぁ。……ふーん？　名前を、貰《もら》った？」

ヤミにはアイの言うことがわかるらしい。淀《よど》みなく会話をしている。僕もルディも、精霊の意思をはっきりとは言語化できないのに。いったいヤミは何者なのだろう。

「へぇ、アイね。いい名前じゃないの。よかったわねぇ」

ヤミの言葉に嬉しそうにアイが頷いている。屈託《くったく》のないアイの感情表現と、それを受け入れるヤミ。その姿になぜだろう、僕は母と子の姿を幻視《げんし》した。

「ヤミさんは何者なの？」

「そういえば教えてなかったね！」

思わず口を出た疑問の言葉は、そのまま拾われることになった。突然の背後からの声に。しかし僕の心に湧《わ》き出るのは驚《おどろ》きよりも呆れだった。

「全然驚いてない！」

唐突に背後から顔をのぞかせた少女——ルディが愕然《がくぜん》とした声をあげる。

これはルディのいつもの行動である。彼女は僕を驚かせようと、いつも背後から突然声をかけるのである。でも人は慣れるものだ。最初は驚いていた僕も、一年間ほぼ毎日されたら流石《さすが》に慣れた。

「ルディ？」

「はーい。教えまーす」

観念したルディは僕に寄りかかりながら、話してくれた。

「ヤミちゃんはね。——大精霊なんだ」

精霊はこの世に無数に存在する。

普通の人間は精霊を知覚することができないから、その事実を知らない。

実際、僕の家の書庫には精霊に関する書物は何一つとして存在しない。魔術の先生も同様に、精霊という言葉を口に出したことはない。「精霊」という言葉は、ルディと出会うまでの僕の世界にはなかった言葉だ。

だけど今の僕はその存在を身を以て知っている。

大量の光が――精霊が、この世界には溢《あふ》れているのだ。

そんな精霊には大きく、四つの種類が存在することを僕は知っていた。

一つ目は『準精霊』。これは意思を持たない生まれたばかりの精霊だ。この世に溢れる光の大半はこの準精霊である。意思を持たず、自然に流れ、他の精霊に促《うなが》されて、世界を浮遊《ふゆう》している。

二つ目は『精霊』。これは準精霊が意思を持った姿である。準精霊の次に多いのはこの精霊だった。

精霊はたくさんいるが、その一つ一つが人間の多くをはるかに凌駕する魔力量を持っている。時折、精霊を超える魔力を持つ人間がいるが、それはとても稀有な例だ。僕の知る限りでは、シラユキとクソ親父《おやじ》、そして降臨の儀《ぎ》で見かけた二色の少女くらいしかいない。

そして三つ目は『高位精霊』。これは精霊が成長し、さらにその姿を大きくした存在だ。僕の知る存在でいうと「スイ」や「アイ」が該当《がいとう》する。他にルディの友達《ともだち》である風の精霊「エアル」もこの高位精霊に属するらしい。この段階になると精霊は球体以外の姿も取れるようになるらしい。……僕はスイとアイが他の姿を取ったところを見たことはないけれど。

そして最後の四つ目。それが『大精霊』である。全ての精霊の頂点にして、その精霊たちを統《す》べる者。古《いにしえ》より長き時を経《へ》て蓄積《ちくせき》された魔力は、この星の大精霊を除く全ての精霊の魔力を集めても遠く及《およ》ばない。まさしく精霊にとって天上のごとき存在。それが大精霊と呼ばれる存在だった。

大精霊と呼ばれる存在は極端《きょくたん》に数が少ない。ルディでも数えるほどしか出会ったことがないのだという。おそらく長い時間を生きてきたであろう彼女であっても。

ルディから僕が教わっていた大精霊という存在はまさしく、災厄《さいやく》とでもいうべきものだ。

嵐、津波《つなみ》、地震《じしん》、火災など。この世に起こる自然災害はほとんどの場合——精霊が関わっているというのはルディの言葉である。精霊たちは、その一つ一つが大きな魔力の集合体。それらが集まり、よどみ、反発すると、現実世界に大きな影響《えいきょう》を及ぼす。精霊が引き起こす、精霊術という名の事象。その規模を考えれば、この理論にも納得《なっとく》がいく。

そして、精霊によって引き起こされる災厄は、集まる魔力の質量が多ければ多いほど、より強大なものとなりうる。いわんや精霊の極致《きょくち》ともいえる大精霊ともなれば、その規模は計り知れない。

だからこそ困惑する。目の前で微笑む黒い女性と、災厄の象徴《しょうちょう》と思っていた大精霊のイメージが、僕の中で結びつかないのだ。

「ヤミさんは、大精霊なんですか？」

「ええ。そうね。わたくしは闇の大精霊と呼ばれる存在だわ」

薄く笑みを浮かべながらヤミは答える。見れば見るほどに、僕には人間にしか見えなかった。

無論のことながら、僕は今まで大精霊を目にしたことはなかった。どんな存在か考えたことはあるけど、その姿までは予想できていなかった。なんとなく、スイとアイの巨大バージョンかな、とか思っていたのだから。だから、大精霊が完全な人形《ひとがた》だとは思っていなかった。

そんな僕の内心を読んだように、ヤミが語りかけてきた。

「わたくしたちにとって、姿はあまり関係がないのよ？」

そう言うと、目の前にいたヤミの姿がぼやけていく。そして足元に小さな黒猫《くろねこ》が現れた。

僕が唖然《あぜん》とする中、黒猫がその小さな口を開く。

「わたくしたちの姿は一側面でしかないわ。でもね」

黒猫から聞こえたのはヤミの声だ。

すぐに黒猫の姿がぼやけて、再び少女の姿となったヤミが僕に囁《ささや》く。

「わたくしたちは見せたい姿であなたの前に現れるの。こんな風にね」

「見せたい、姿……」

「ええ。わたくしはあなたにこの姿を見せたくてこうしているのよ」

そう微笑むヤミ。靄となり、姿を変える存在。決まった形を持たず、ただ彼女が思うままの姿を人に見せることができる存在。なるほど、彼女は確かに人ではない。ならば。

「……災厄は?」

目の前の女性が大精霊であるならば、災厄を引き起こすのではないのか。大精霊とは災厄の象徴とも言えるといったルディの言葉はどうなるのか。そんな僕の質問にヤミはあっけらかんと答えた。

「災厄は……うふふ、そうですわねぇ? わたくしはあまり起こしたりしないわねえ?」

「……あまり?」

「ふふふふふ、昔は少しやんちゃだっただけよぉー。今はそんなことをしないわ?」

ヤミは懐《なつ》かしそうに笑う。その実感の伴《ともな》った言葉に、顔が引きつりそうになる。

昔何があったんだ。聞きたいような、聞きたくないような。僕が口を開くのをためらっていると、姦しい声が会話に割り込んできた。

「ヤミちゃんはちゃんと魔力を制御《せいぎょ》できるからねえ。制御できない魔力が災厄を生むんだよ」

説明不足だったね、とルディが舌を出す。

魔力を制御できない精霊が大精霊に至ったとき、災厄は生まれる、と。僕は得心した。

言葉足らずなのは、ルディの日常だ。僕は小さく嘆息《たんそく》する。

ヤミは大精霊。そこに間違いはないのだろう。ならば最後の懸念《けねん》を聞くとしよう。

「精霊は人に見えない、僕はそう思っていました。では、ヤミさんをシラユキが認識できるのはなぜですか？」

僕がシラユキの方を振り返ると、小さく頷いた。彼女は精霊──それも高位精霊──の存在は認識できるが、視界に捉えることはできない。ならば、大精霊であるはずのヤミをどうして見ることができるのか。その質問に対するヤミの答えは──非常にシンプルなものだった。

「それは、わたくしが大精霊だからですわ」

なんとも、傲慢《ごうまん》な回答である。

僕はどう反応すればいいかわからず、「はぁ」と気のない返事をしてしまう。

「先ほども言ったでしょう？　わたくしはわたくしが見せたい姿で現れる、と」

言いながら、ヤミは「そうですわねぇ」と口元に手を当てる。

「あなたのお友達である彼女たちは、確かに他の人には見えないかもしれないわね。でも──わたくしは違うわ？」

ヤミが手に持っていた黒い傘を頭上に開いた。それはふわりと浮くと、みるみる空へと昇っていき、黒い粒子《りゅうし》となって霧散する。粒子は天を染め上げて、空を日の光を、その全てを呑み込んで。

そして。視界の全てが闇に染まる。狂気的《きょうきてき》な黒い世界はしかし、ほんの束の間だった。

瞬きの間に暗闇が消える。世界が明るさを取り戻す。急激な光の落差で視界が煌めいた。

そして僕が気づいた時には、真っ黒な傘を携《たずさ》えたヤミが目の前で微笑んでいた。

「大精霊って、そういうものですのよ」

「……」

これ以上に納得できる言葉はなかった。彼女が解放した力の一端、それを身に受けて僕は理解した。スイもアイも可愛《かわい》く見えるほどの漆黒の闇が、ヤミの中には眠《ねむ》っている。彼女はそういう存在だ。ヤミは相変わらず笑みを浮かべながら、シラユキの方に視線を向けて、そして僕の方に顔を向けた。その瞳に映る感情が、僕にはわからない。

「あの子もなかなか面白《おもしろ》いわよねぇ。でもーぉ、あなたが希少すぎて霞《かす》んでしまうわね」

そう言いながら、ヤミは僕の顔にずいっと自身の顔を近づけた。美麗《びれい》な顔が目と鼻の先に来て、僕は思わずたじろいだ。

「グレイズラッド、グレイズラッド・ノルザンディさんね。あとはシラユキさんねぇ。ふふふ、覚えたわぁ」

耳元でささやいた彼女は、僕の頬《ほお》へと口を近づけた。湿《しめ》った感触《かんしょく》が左の頬に触《ふ》れた。

「気が向いたら助けてあげるわぁ、ふふふ」

妖艶《ようえん》にそう微笑んだヤミは呆然とする僕に「またいつかおいでなさい」と言って姿を消した。あーっ！　と叫ぶルディの声が聞こえた。

惚《ほう》けていたのは本当に数瞬だったと思う。その後、ハッとしてあたりを見渡したが、ルディとシラユキの姿しか見つからなかった。

大精霊という人知を超えた存在との初邂逅《かいこう》は、こうして何とも言えない終わりを迎《むか》えたのだった。

◇　◇　◇

大精霊――ヤミとの出会いから一年の時が経《た》った。

精霊たちの親玉に出会うという、大きな出来事を経験した僕ではあったが、その日常にさほど変化はなかった。強《し》いて変化をいうならば、時折ノルン大森林に赴《おもむ》いてはヤミとお話をするようになったことだろうか。彼女は大精霊という強大な存在のはずなのだが、あまりにも気楽な隣人《りんじん》であるためか、その実感がない。きっと感覚が麻痺《まひ》しているのだろう。

伝説上の存在と呼ばれるアールヴと、人々の記憶《きおく》からも離れた幻《まぼろし》の存在である大精霊。その二人と立て続けに出会った僕にとって、伝説だとか稀有だとか幻だとか、そういった言葉は誇張《こちょう》染《じ》みた表現に聞こえてしまう。それくらい、彼女たちの存在は僕の日常に溶け込んでいた。

自室から外を眺める。昼時の街のざわめきが微《かす》かに聞こえてくる。窓辺から街並みを眺めるのは僕の日常だった。活気に溢れた街の様子に、僕は少しだけ羨慕《せんぼ》の念を覚える。目と鼻の先にあるはずの喧噪《けんそう》とは、この十年間ほぼ無縁《むえん》の生活をしていたから。

とはいえ、堂々と町中を歩く勇気は僕にはない。シラユキを攫《さら》うような輩《やから》でさえ、僕の目をわかりやすく恐《おそ》れていた。慣れているはずの侍女《メイド》でさえも、僕に対して悲鳴をあげることがある。この街の民《たみ》の前に現れたら、大パニックになりそうだ。

「スイ、アイ」

僕の言葉に二人が反応する。少し感傷に浸《ひた》ってしまうときは、つい二人を呼んでしまう。

彼女たちはこの一年で更《さら》に成長していた。魔力の質量、密度、圧、その全てが一回り大きくなった。二人を超える魔力を持つ存在はこの一帯では大精霊《ヤミ》くらいしかいないだろう。そして変化はそれだけではない。僕に近づいてきた二人は、普段の球体の姿をぼやけさせると、今度は一尺強ほどの小さな人形へと変化した。

『わたくしたちは自分が見せたい姿を見せるのよ』

僕はヤミの言葉を思い出す。高位の精霊はその姿を変えることができる。スイとアイもその高位精霊の一角だとルディは言っていた。二人がこの能力を使えても、なんら不思議ではない。でも、どうして今まで使ってこなかったのか、それが僕にはわからなかった。ヤミに聞いてみたこともあったが、彼女は「乙女心《おとめごころ》よ」とかよくわからないことを言っていた。

ちなみに、僕は二人に性別はないと思っていたのだが、ヤミ曰《いわ》く女性寄りだということだった。ヤミの言葉の通り、人形に変化した二人の姿は女性的である。顔の造形は細かくないため、顔だけで二人を判別するのは難しい。だが、その風貌は特徴《とくちょう》的だった。

緑の光で象《かたど》られたスイは、活発な印象というのが正しい言葉だろう。緑の光で構成された髪を後方で結び――所謂《いわゆる》ポニーテールのような――さらにキャミソールと短いスカートを模したような翡翠《ひすい》色の服を着ている。

一方でアイは、青い光で構成されたドレスのような服を身にまとっていた。藍色の長髪《ちょうはつ》は綺麗《きれい》に揃《そろ》えられており、こちらはいかにも清楚《せいそ》な印象を与《あた》えてくれる。どこかヤミに似ている気がするのは、彼女がヤミを慕《した》うゆえだろうか？

そんなことを考えながら僕は二人へと手を伸《の》ばす。小さな手が僕の手に触れて、暖かな光が流れ

込んでくる。僕の無色透明《とうめい》な魔力が青緑色に煌めくと、自分の精神が安定していく気がした。

と、二人が何かを察知したように僕から離れる。向かう先は自室の扉《とびら》の方。その動きをみて僕は「もうそんな時間か」と独りごちた。そして。

——コンコン。

予想通りノックの音が響《ひび》くと、今度は聞きなれた少女の声が響く。

「ご主人様、コルネリア様とフェリシア様がいらっしゃいました」

それは母と妹の来訪を告げる声だった。彼女たちが本家の方によく身を寄せるようになってから、めっきり少なくなった事柄《ことがら》の一つだ。

僕は沸《わ》き立つ心を抑《おさ》えて、扉を開ける。そこにはシラユキの姿がある。この年代の女の子故《ゆえ》か、シラユキは成長が早い。彼女は今の僕の身長をゆうに超えている。シラユキは僕の姿を認めると、深々とお辞儀《じぎ》をした。

今日は少し特別な約束事があった。それはこの十年間、僕がほとんど縁《えん》のなかった行事であった。

それは——祝い事。僕の十歳の祝い事が、今日行われるのである。


十歳、というのはこのルーフレイム王国において一つの節目である。

この年齢に達した子供は、大人に準ずる存在として扱《あつか》われるようになる。ちゃんとした成人年齢は十五歳であるため、完全な大人ではないが、それでも多くのことに対して自分で責任を取るように求められる。それがこの国における十歳の扱いだ。

流石に早いのでは、と思わなくはない。だが、それは僕の前世の常識だ。今世で十歳を超えた人の為すことは、子供の戯《たわむ》れとは思われなくなる。かなりシビアな世界なのだ。

シラユキに連れられた場所には、すでにコルネリアとフェリシアがいた。その近くには見かけない侍女《メイド》や兵士の姿がある。おそらく本家の人間たちだろう。一様に僕とシラユキのことを不気味そうに見ていた。慣れているはずのこの屋敷《やしき》の侍女《メイド》ですらあの有り様だ。普段会うことのない本家の人なら、なおさら僕が薄気味悪く映るだろう。

母は僕の姿を見つけると、普段と変わらない微笑みを向けてくる。相変わらず経産婦とは思えない若々しさであった。二年ほど前に三人目——僕の弟——を産んでいるはずなのになぁ。

フェリシアは僕の姿を認めると、途端《とたん》に顔を明るくした。だけど、いつかの幼いころのように抱き着いてはこない。すぐにハッとしたように母に顔を向けると、彼女の真似《まね》をするように微笑んだ。

妹も七歳になろうかという年齢だ。男よりも成熟が早い女の子には、何かしらの葛藤《かっとう》があるのだろう。少しよそよそしくなってしまったフェリシアへの寂《さび》しさと、彼女も成長しているという喜び。相反する感情を何とか咀嚼《そしゃく》しながら、僕はこれが「父親の気持ちか」と哀愁《あいしゅう》漂う感慨《かんがい》に浸っていた。

「お久しぶりです、母様。フェリシアも久しぶり」

「久しぶりね、グレイ」

「お久しぶりです！　おにいさま！」

いつもと変わらない彼女たちの様子に僕は嬉しくなる。僕の血縁《けつえん》にあたる人はすごく多いけど、本当に家族と言えるのは彼女たちだけだ。

シラユキも彼女たちに挨拶をする。二人はシラユキに対して寛容《かんよう》だ。自然に挨拶を返していた。

「フェリシアは今日もかわいいなあ」

「えへへ」

僕の言葉に、わかりやすくフェリシアがはにかんだ。フェリシアはよそ行きの愛らしい装《よそお》いで、精いっぱいのお洒落《しやれ》をしてきたらしい。

そんなフェリシアを優しくなでようとして、僕は手を止める。おめかしした女の子の頭を撫《な》でるのはちょっと違うかもしれないと思ったからだ。髪の毛をセットしたりしているかもしれないし。代わりに僕は彼女の頬に唇《くちびる》を触れさせた。フェリシアもお返しと、僕の頬に口を近づける。兄妹《きようだい》のスキンシップを済ませた僕は、母を見上げた。

「今日は二人なんですね」

「そうね。ディーはメイシアに預けてきたから。本家でお留守番よ」

ディーというのは僕の実弟のことだ。本名はディートハルト・ノルザンディ。まだ齢《よわい》二歳ほどの男の子である。

「メイシアはこちらに来ると、渋《しぶ》っていたのだけどね。本家ではあんまり預けられる人もいなかったから」

「そうですか……。それは仕方ないですね」

少しだけ落胆《らくたん》してしまう。やはり、自分より下の兄弟というのは可愛いものだ。できるなら弟にも会いたかった。

家族と顔を合わせる機会というのは年々少なくなってきているから、なおさらそう思ってしまう。

「おにいさま！　おにいさま！　フェリシアとお話ししましょ！」

母と話していることで疎外感《そがいかん》でも感じたのか、フェリシアが僕の手を引いてくる。

そんないじらしい妹の相手をしながら、僕らは祝いの場へと向かっていった。

場所はいつも僕が食事を摂《と》っている部屋だ。一応お祝い事ということで少しだけ飾《かざ》り付けがされている。普段僕を避《さ》ける侍女《メイド》たちが、そんなことをするのかとも思ったが、おそらくコルネリアの命令によるものなのだろう。

部屋にはこの屋敷の侍女《メイド》が数名いた。僕らのことを認識すると一様に礼をしてくる。

母は本家から来たであろう人たちに声をかけると、彼らは一礼ののちに踵《きびす》を返した。

そして、コルネリアは僕とフェリシアをテーブルの方へと連れ立った。

座席は僕が主賓《しゅひん》席。この世に生まれて初めての経験である。母が屋敷の侍女《メイド》を呼んで言葉を交《か》わすと、こちらを向いてにっこりと笑った。

「さあ、始めましょうか」

僕の十歳の祝い――十年の節目《アルフ・ティア》が始まった。


母の号令と共に料理が運ばれてくる。

暗黒鳥のコンフィ、巨牙鮫《きょがさめ》のスープ、猛進豚《もうしんぶた》のステーキ、千年草のサラダ。色とりどりの料理が数え切れぬほど運ばれてくる。食欲をそそる香気《こうき》が食卓《しょくたく》に揺蕩《たゆた》う。その匂いに、思わず喉《のど》が鳴った。

地球では聞いたことのない食材ばかりだが、今世の僕は知識としてそれらを知っている。運ばれてくる料理、その全てが普段の食事では到底《とうてい》出てはこない高級食材ばかりだ。特に暗黒鳥や巨牙鮫といった魔物の肉は、手に入れるのが難しいこともあってその希少価値は高い。無論のことながら、僕はこれまでの人生でこういった料理を食べたことがなかった。

侍女《メイド》たちは料理を運び終えると、そそくさと部屋から出て行った。侍女《メイド》が一人だけ勝手場の前の扉で待機している。

「では、いただきましょうか」

母の言葉を合図に、僕と妹は食事へと手を伸ばした。食事のあいさつという文化はこの国にはない。仕切る人の言葉が、食事開始の合図である。心の中で「いただきます」と言った僕はナイフとフォークを手に取った。

料理はすでに取り分けられている。僕は暗黒鳥のコンフィに丁寧《ていねい》に刃《は》を入れた。肉厚な姿とは裏腹に、ナイフはバターを裂くようにすっと入った。銀の通る道からはじんわりと肉汁《にくじゅう》が滴《したた》る。香辛《こうしん》料《りょう》の香りが鼻腔をくすぐった。僕はわくわくしながらそれを口に運んだ。

（うっっま！）

思わず声が出そうになるのを抑えた。塩味、旨味《うまみ》、そして香辛料の刺激。そのすべてが調和している。味蕾《みらい》が感じ取るその味は今までに経験したことのない衝撃だった。溢れる肉汁もしつこさがなく、いつまでも食べられそうだ。

自然、食事に手を伸ばすスピードが速くなる。妹も同様のようで、一心不乱に料理を口に運んでいる。その様子を見て、コルネリアがくすり、と笑った。

「ふふ、そんなにおいしい？」

「……っ！　んく……。はい。おいしいです」

口内に残ったお肉を一息に呑み込んで、僕は頷いた。重厚《じゅうこう》な肉を食べた後とは思えない爽《さわ》やかな後味に感動を覚えながら、僕は少し反省する。

ちょっと貴族としてはよくない食べ方だったかも。とはいえ、母が気にした様子はなかった。ただにこにこと僕ら二人を見ている。

その後も食事は続いた。暫《しばら》くは無心に食べていた僕とフェリシアだったが、そのうちお腹《なか》も膨れてきて、口数も増えてきた。

僕は二人との談笑《だんしょう》に花を咲かせた。妹がそろそろ降臨の儀に赴くころだとか。本家ではどういうことをしているのかとか。お互《たが》いの近況を話したり、聞いたり。楽しい時間はすぐに過ぎるものだ。

食事も一段落し、残す時間もわずかとなった。二人は今日この屋敷に泊《と》まっていって、明日には本家の方に戻るらしい。そうなると、またしばしのお別れとなる。

「グレイ？」

少し憂鬱《ゆううつ》な顔をしてしまったからか、コルネリアが心配そうな声をかけてきた。僕は慌《あわ》てて、笑顔を作る。

「なんでもないです。ちょっと考え事を」

「そう？　ならいいのだけど」

彼女の声には僕を案じる響きがある。ちょっと失敗したな。

コルネリアは僕の顔を少し見つめた後、ポン、と手を打った。

そして、扉の前の侍女《メイド》へと声をかける。侍女《メイド》はお辞儀をして外へと出て行った。

「？　どうかしたのですか？」

「ふふふ。少し待ってて」

いたずらっ子のように笑う彼女の言うとおりに暫く待っていると、ノックと共に扉が開いた。

そこにいたのは本家から来た付き人たち。その中で手になにやら袋《ふくろ》包みを持った侍女《メイド》が二人、母のところまでやってきた。

一つはフェリシアの背丈《せたけ》ほどもある大きな包み、もう一つは手のひらサイズの小包だ。

それぞれ赤い包装で、リボンで飾り付けがされている。

侍女《メイド》たちは母にそれらの包みを渡《わた》すと退出していった。それを見届けた母が僕の方へと向き直る。

「ふふふ、グレイ。十年《アルフ・ティア》の節目の贈《おく》り物よ」

そう言って母は大きな包みを僕に渡してきた。受け取った贈り物はかなり重かった。

「あー、お母さまずるい！　フェリシアも！」

フェリシアが母のところに行き、彼女から小さな包みを手渡してもらうと、その足で僕のところへとやってきた。手には小包み。フェリシアはにぱっと笑うと、僕にそれを渡してきた。

「おにいさま！　おめでとうございます！」

「……ありがとう、フェリシア」

あまりの歓喜《かんき》に決壊《けっかい》しそうになる感情を制御しながら、僕は感謝の気持ちを口にした。

「おにいさま！　開けてください！」

「わかった、わかったよ」

フェリシアにねだられた僕は、苦笑しながら大きな包みを椅子《いす》に立てかける。あまりに大きいから、持ったままでは袋を開けられない。

まずは小さい包みから開けよう。リボンをほどくと、中には小さな箱が入っていた。箱を開ける。

「わぁ、綺麗だね」

入っていたのは金色に光り輝くペンダントだった。流麗な曲線と繊細《せんさい》な紋様《もんよう》、そこには高度な技術が使われているのが一目でわかる。

「それはフェリシアが考えて、選んでくれたのよ」

「……フェリシアが！」

フェリシアを見ると、どこか得意そうに胸を張っていた。狂喜乱舞《きょうきらんぶ》しそうになる心を必死に抑えて、僕はフェリシアを抱きしめた。妹の前では冷静で知的な兄でありたい。

「おにいさま！　つけてあげますね！」

そう言って、フェリシアが背伸《せの》びをして僕の頭にペンダントをかけようとしてくる。ぷるぷるとしているフェリシアはとっても可愛い。噴き出しそうになるのを堪《こら》えながら、僕は身を屈《かが》ませた。

フェリシアは自らペンダントをつけられて満足したのか、やり遂《と》げたような顔をしてこちらを見上げてくる。僕は「ありがとう」と彼女に言った。

可愛いフェリシアに、によによとしながら今度は大包みの方に向きなおった。

「こちらは……母様が？」

大きい方の包みに手をかけながら僕が言うと、コルネリアは肯定《こうてい》の頷きを返してくる。

何が入っているのか見当もつかない。フェリシアもこちらの包みは何が入っているのか知らないらしく、僕にあけることを急《せ》かすように手を引いてくる。

リボンをほどき、中身を取り出す。取り出したそれは――剣《けん》だった。

刃渡《はわた》り一メートル弱ほどの直剣。子供にとっては少し大きいその剣は、上品な黒鞘《くろさや》に納まっている。鞘に触れると、それは鑢《やすり》で懇切丁寧《こんせつていねい》に磨《みが》き上げたような滑《なめ》らかな肌触《はだざわ》りだった。刀身に見紛《みまご》うほどの色艶はまさしく名工の一品と呼べるものだろう。

柄頭《つかがしら》、握《にぎ》り、鍔《つば》と手を添《そ》えたあと、僕は鞘から剣を引き抜いた。

剣身は総毛立つほどの白銀だった。鍔元から切っ先にかけての滑らかさはまるで流水のようだ。その切っ先は恐ろしいほどに研《と》ぎ澄まされており、大岩をも貫《つらぬ》きそうな佇《たたず》まいを感じさせる。一目見ただけで業物だと直感した。

とても、とても、すごい剣だ。だけど。だけれども。正直、この剣は今の僕にはあまりにも過ぎた代物《しろもの》だろう。年齢的にも剣の腕的にも。まだ扱えるような段階にはない。

母はなぜこれを僕に渡そうと思ったのだろう。それとも十年の節目《アルフ・ティア》の贈り物はこういった成人した際に使えるようなものを渡すのが一般的《いっぱんてき》なのだろうか？　僕が母に目を向けると、彼女は微笑みながら僕に話しかけてきた。

「グレイは剣が上手とバルザークから聞いてたから、剣にしてみたのよ」

剣が上手と聞いたから贈り物は剣にした。理論としては納得できるものだが、それだけで十歳にこれほどの剣を与えるものか。しかし、僕の疑問は続く母の言葉で解決することになる。

「バルザークがグレイならどんな剣も扱えるだろうって言ってたから、とびきりのものをお願いしてみたのだけど……どうかしら？」

「…………」

バルザークのせいだった。コルネリアは彼の言葉を一片も疑わずにこの剣を用意したらしい。……そういえば、コルネリアは僕のことを天才と思っている節があったのを思い出す。僕であれば、十歳にはハードルの高いものも扱えると思ったのだろうか？

とはいえ、身体的に使えないものはさすがに厳しい。

「本当は魔術関連のものも考えたんだけど……、その、グレイはちょっと、ね？」

少しバツの悪そうにコルネリアが言う。魔術を使えない僕に魔術道具を渡しても、確かに無駄かもしれない。それにコルネリアは僕の魔術関連の事柄にひどく気を使う傾向《けいこう》にある。あれだけ小さいころから魔術に興味を持っていたから、今魔術が使えないことを気に病《や》んでると思っているのだろう。だから、下手に魔術関連の贈り物をして僕を落ち込ませたくなかったのかもしれない。

僕の反応があまり芳《かんば》しくないからか、コルネリアが少し不安そうな顔をした。

「その、あまり嬉しくないかしら？」

「……いえ、とても嬉しいです！　なんというか、あまりにすごい剣だったのでつい呆然としてしまって……」

実際、僕はとても嬉しかった。自分に期待してくれて、最大限の贈り物をしてくれるというのは純粋《じゅんすい》に僕の心を満たしてくれる。それにコルネリアの贈り物は無条件で嬉しいものだ。

あんまり剣が好きじゃないから、ちょっぴり複雑なだけで。嬉しくないわけではまったくない。

ここまでの剣を貰ってしまったら、もう生半可な剣の腕じゃいられない。最低でもこの剣に相応《ふさわ》しい技術を磨かないと。それに、僕はコルネリアの期待を裏切りたくない。

一瞬、これも僕に剣をやらせようとするバルザークの策かと思ったけど、もうこの際なんでもいい。精霊術も剣も極《きわ》める。もう、それでいいじゃないか。

「母様、フェリシア、本当にありがとう」

こうして僕の十年の節目《アルフ・ティア》は終わった。

第四話　幼少期編　呼び出し

十年《アルフ・ティア》の節目の翌日の朝。

僕《ぼく》は清々《すがすが》しい気分で目を覚ました。天気は快晴。今日も白と緑の光が多い。最近はよく晴れている影響《えいきょう》か、青い光――水の精霊《せいれい》たちの姿が少ない傾向《けいこう》にある。とはいえ、一時的なものだろう。雨が降れば、彼《かれ》らは途端《とたん》にその数を増す。ベッドから降りて服を着替《きが》える。僕の朝は結構早い。毎朝、近衛《このえ》軍の兵に交じって早朝訓練をしているからだ。

昨日、コルネリアから素晴《すば》らしい剣《けん》を貰《もら》った僕のモチベーションは高い。

動きやすい服装に着替えた僕は、自分の机に置いてある白箱を手に取った。中には昨日、フェリシアからもらった金色のペンダントが入っている。僕はそれを手に取って、顔を綻《ほころ》ばせた。

僕はペンダントを大事に自身の首にかける。この時の僕の心は、幸せの絶頂と言ってよかっただろう。見るものすべてが楽しく見えるという感情は、今世ではそう多々あるものではない。だけど。幸福っていうのは得てしてして、そう長くは続かないものである。

「アーノルド・ドライ・フォン・ノルザンディ様より、グレイズラッド・ノルザンディ様に招集の令が出ております」

近衛軍の兵に交じって訓練していた僕の元に届いたのはそんな言葉だった。本家の使者が淡々《たんたん》と述べるその言葉を僕は呆然《ぼうぜん》と聞いていた。

アーノルドとは今まで二度しか会ったことがない。最後に会ったのは降臨の儀《ぎ》の時だ。あれから三年、音沙汰《おとさた》のなかったアーノルドからの突然《とつぜん》の命令である。軽快だった心の安寧《あんねい》が崩《くず》れ去っていく。忌《い》み子たる僕に対して、アーノルドが命令を下すというその意味。僕は確信していた。

絶対にろくなことじゃない、と。

実に四年ぶりに訪《おとず》れたノルザンディ家の本家。その様相は、僕のかつての記憶《きおく》からそう変わってはいなかった。

街で一番大きなその建物は相変わらず、ノルザンディ家の権威《けんい》を象徴《しょうちょう》するようだった。

僕は憂鬱《ゆううつ》な足取りで、本家の廊下《ろうか》を歩いていた。向かう先はアーノルドの書斎《しょさい》部屋である。父の元へと歩く僕の足は重い。まるで沼地《ぬまち》を歩いているかのような鬱屈《うっくつ》さだった。

ほどなく、アーノルドの書斎部屋の前へと到着《とうちゃく》する。目の前にはずっしりとした大きな扉《とびら》がある。そこには天高く剣を掲《かか》げる女性の絵が彫《ほ》られていた。この国の国教である〈英雄教《えいゆうきょう》〉、その偶像《ぐうぞう》たる〈救世の聖女〉だろう。

僕は手を合わせた。僕が今も生きながらえているのは、この宗教のおかげだ。その起源となる彼女《かのじょ》に、僕は少なからず感謝をしていた。

「さて、と」

僕は自分の顔を叩《たた》いて自らの心を叱咤《しった》すると、意を決して扉を叩いた。

「入れ」という低い声に招かれて、僕は部屋へと入った。

「失礼します」

入った瞬間《しゅんかん》に僕が感じたのは圧迫感《あっぱくかん》だった。王国の東部を任せられるほどの大貴族の部屋は、そう小さいものではないはずだ。だが、部屋中に所狭《ところせま》しと並べられた書物が視界に映る空間を狭くしている。書斎机にアーノルドはいた。机上には多数の書類が積み上げられており、彼の大きな体が隠《かく》れている。

僕は二歩ほど前に出て貴族の礼をする。右膝《みぎひざ》をつき、左手は床《ゆか》に。右手は心臓に。流れるような動作で僕は首を垂《こうべ》れる。

「グレイズラッド・ノルザンディ、命を受けここに参上致《いた》しました」

この十年でこの国の礼節は修《おさ》めた。発揮できる場所にはおおよそ遭遇《そうぐう》したことがないが、いまさら難渋《なんじゅう》することもない。

「……相変わらず、不気味なほどに賢《さか》しいな。本当に忌々《いまいま》しい」

アーノルドの開口一番は、随分《ずいぶん》な言い草だった。呼びつけておいて、この態度である。忌々しいのはこちらのセリフだと言いたい。だけど、僕は黙《だま》って次の言葉を待った。

アーノルドは面白《おもしろ》くなさそうに鼻を鳴らした。

「〈王族辺境訪問〉は知っているな?」

「……はい」

アーノルドの言葉に僕は頷《うなず》く。

王族辺境訪問。それは、王族が節目を迎《むか》えた時に行う行事である。

王族が十歳《さい》や成人である十五歳に達したとき、この王族辺境訪問を行う。

王国の東西南北を練り歩き、社会の見識を深め、民《たみ》に次代を担《にな》う王族のお披露目《ひろめ》をするのだ。

だが、王族が地方を訪れるというのは無論のことながら一大事である。その地方の辺境伯《へんきょうはく》や貴族たちが王族たちの歓待《かんたい》に駆《か》り出されるのだ。

また、辺境伯は歓待と同時に護衛の大半も任される。王族辺境訪問に王族が連れてくる兵は小規模だ。長きにわたり地方を渡《わた》るコストを鑑《かんが》みてのことなのだろうか。その代わりに辺境伯とその地方の貴族が割を食うことになる。王族に何かがあればその土地の貴族に大きな責任が伴《ともな》う故《ゆえ》、彼らはいたずらに集めた兵を護衛にすることができない。その結果、この国の辺境伯は皆《みな》、常備軍の組織を余儀《よぎ》なくされている。

軍というのは非常にお金がかかるものだ。維持《いじ》をするのはもちろん、動かすのにも莫大《ばくだい》なお金がかかる。国中のお金が集まる中央部――すなわち王家ならいざ知らず、限られた土地しか持たぬ地方の貴族には少々重たい負担だ。見聞やお披露目は目的と同時に建前なのだ。彼らは地方貴族が力を付けすぎないようにちょうどよい塩梅《あんばい》で締《し》め付けている。

常備軍を作らせることで、国の戦力をある程度維持し、お金という面で辺境伯に楔《くさび》を打つ。また、王族は有用な魔術師《まじゅつし》をほとんど独占《どくせん》している上、王族直轄《ちょっかつ》の軍も保有しているため、地方貴族が戦力的に対抗《たいこう》するのも難しい。むしろ攻《せ》め込《こ》んで負けでもしたら、それこそ封建《ほうけん》制度は崩壊《ほうかい》するだろう。誰《だれ》が考えたのかはわからないが、随分としたたかな制度である。

相変わらずの悪人顔を浮《う》かべながら、アーノルドは淡々と話し続ける。

「第三王女の〈王族辺境訪問〉が近々行われる」

「……第三王女様、の」

それは聞き覚えのある響《ひび》きだった。今代で僕と同じ金色の目をもつ王族。かつての英雄、救世の聖女の正統な後継者《こうけいしゃ》と呼ばれる者。

第三王女――アリシア・ヴィターラ・サン・ルーフレイム。

僕とは対照的に、現代の聖女、あるいは英雄と謳《うた》われている人物だ。

「…………」

だが、僕の中で疑問が湧《わ》き起こる。

なぜ、そんな話を僕にする？　忌み子である僕にこの話をする理由が、僕には見当もつかない。

アーノルドにとって僕の存在は足枷《あしかせ》であり、この重大な行事に僕を関《かか》わらせる利点はないはずだ。

だが、僕の葛藤《かっとう》はいざ知らず、アーノルドは話し続ける。

「……〈王族辺境訪問〉の慣習は知っているな？」

その言葉に僕は静かに首肯《しゅこう》する。王族辺境訪問は慣習として、辺境伯の当主自らが受け入れ、歓待する必要がある。そのことを言っているのだろう。そこまで話して、無表情だったアーノルドの顔が少し歪《ゆが》んだ。そして続く言葉に僕は驚愕《きょうがく》することになる。

「アリシア様の〈王族辺境訪問〉――お前が担当しろ」

思わず僕は瞠目《どうもく》した。正気なのか。この男は。

……確かに、この国には『王族の出迎えは辺境伯の嫡男《ちゃくなん》、あるいは庶子《しょし》であれば当主の代わりに行うことができる』という慣例がある。王族辺境訪問は慣習として、貴族自らが受け入れ、歓待する必要があるが、いついかなるときもできるわけではないからだ。

王族の受け入れは他貴族――別の辺境伯から直接引き継《つ》ぐ必要がある。つまり、辺境伯同士で連《れん》絡《らく》を密にし、領土の境界線まで王族を出迎えに行かなければならない。その間は行軍に付き、長い時間拘束《こうそく》されることになるのだ。だが、辺境伯ともなるとその業務は多忙《たぼう》を極《きわ》めるため、場合によっては当主自ら赴《おもむ》けない場合がどうしても生じる。故に救済措置《そち》ともいえる風習があった。

彼は忌々しそうに毒づいた。

「ちょうど中央集会に呼ばれた。私は歓待が出来ん」

北辺境伯のクソ爺《じじい》が、とアーノルドが吐《は》き捨てる。ちなみに中央集会とは東西南北の四人の辺境伯と王族、そして教会の最高司祭たちが集《つど》う会議のことだ。

なるほど。アーノルドは中央集会を優先する必要があるから、この行事に当主として参加できないのか。だけど僕はまだ腑《ふ》に落ちない。それならば王女の歓待は僕ではない、嫡男か庶子に頼《たの》めばいいからだ。アーノルドの子供は僕以外にもいる。忌み子と呼ばれる僕を、わざわざ採用する理由はない。だが、アーノルドが僕の心を読んだように薄《うす》く笑った。

「指名だ」

「……は？」

思わず素《す》っ頓狂《とんきょう》な声を上げてしまった。……今なんて？

「王族側がお前を指名した。だからお前が行け」

「……それは、何かの間違《まちが》いでは？」

「……事実だ」

重苦しくそう言ったアーノルドは仏頂面《ぶっちょうづら》だ。その言葉を受け取った僕は……困惑《こんわく》していた。

これは、どう受け取るべきだ？

最初に思い浮かんだのは、王族側が何かを仕掛《しか》けてきたということだ。王族以外で金眼を持つ僕を始末しに来た、それはとてもしっくりくる考えだった。

「いくつか質問よろしいでしょうか？」

「……よかろう」

「その指名は、第三王女様《アリシア》の？」

「いや、殿下《でんか》の意向は聞いていない。あくまで、王からの言伝《ことづて》だ」

ならば、指名したのは他の王族か。アーノルドの言葉に僕の予想の信憑性《しんぴようせい》が増していく気がした。

「僕は忌み子として認識《にんしき》されている、それは確かですよね？」

「無論だ。お前は教会に忌み子として認定されている。教会は国家の中枢《ちゆうすう》に近い。ゆえに王族はお前のことを把握《はあく》している」

王族が僕を忌み子と知らない、という線はなさそうだ。それどころか、アーノルドの話し方だと僕のことはこの国全体に広まっていそうな気がした。こんなに僕は静かに生きているというのに、ひどい話である。それにしても、僕を忌み子と認定していたのは教会だったのか。特に知らされなかったから、気づかなかった。

ということは、僕は教会に忌み子とされて、教会の教えで生かされている、というなんとも矛盾《むじゆん》した状況《じようきよう》にいるということになる。なんだそれ。

教会の不思議な矛盾に僕の頭を「？」が飛び交《か》った。

「ともかく、だ」

アーノルドが言葉を切った。

「アリシア様の〈王族辺境訪問〉は可能な限りお前が対応しろ」

「……どこまで、ですか？」

「全部、だ」

アーノルドのまじめな声音《こわね》に、「正気か？」と声にでかかるのを必死で抑《おさ》えた。

王族辺境訪問は地方の貴族が全力を以《もっ》て受け入れる一大行事だ。その間の護衛はもちろん、回る街、パレードを行う場所など。その全《すべ》てを貴族側がセッティングをする必要がある。その草案を全て任せるとこの男は言ったのだ。忌み子であるこの僕に。

「とはいえ、お前も成人にはまだ程遠《ほどとお》い。全体の計画を期日までに私に提出すれば、それで良い。関係各所への手配や護衛の振《ふ》り分けなどはこちらで行う」

……それならまだ、できそう、かな？　それでも大変なことに変わりはないけど。

「王族の指名がある以上、お前をこの計画にどこかで関わらせる必要がある。だが、お前を交渉《こうしょう》の場に出すわけにはいかん。いずれ民草に知られることとなるにしても、それは今ではない」

一人呟《つぶや》くようにアーノルドが言った。その顔はどこか疲《つか》れているように見える。こいつにも色々と心労があるのかもしれないな。僕を睨《にら》みつけるように、アーノルドが命令を下す。

「麒麟児《きりんじ》、なのだろう？　悪魔《あくま》らしい知性でどうにかしろ」

「……承知、しました」

前言撤回《てっかい》。心労がなんだ。最後まで嫌味《いやみ》しか言えないのか。

「退《ひ》け」という冷たい言葉を受けて、僕は部屋を退出した。心の中で舌をだすのを忘れない。

それにしても。それにしても、だ。

王族の指名による大仕事。これは間違いなく僕にとって利のない思惑《おもわく》が働いている。

やはり、アーノルドの命令は碌《ろく》なものではなかった。本当に随分な厄介事《やっかいごと》だ。

僕は扉の救世主に目を向けた。勇ましく剣を突《つ》き上げる彼女の目に、どこか憐憫《れんびん》と懺悔《ざんげ》の念を宿していうような気がした。

絵にまで同情されるのか、僕は。

心の中でそうぼやいた僕は、疲れたように天井《てんじょう》を仰《あお》いだのだった。


クソ親父《おやじ》から命令を受けた僕は、とんぼ返りするようにイースタンノルンへと戻《もど》った。王族辺境訪問の日時は百日後。そこから三十日にわたって王女は東辺境伯の領土を見て回ることになる。

さて、この国の一年は三百六十日。そのうちの上半期は上陽、下半期は下陽と分かれており、それぞれがさらに六分割されている。地球の暦《こよみ》との違いは一年の日数と一か月の日数。それ以外は呼び名こそ違うもののかなり似ている。

今日は年初から四十五日が経過しているから、この国の暦でいうと、上陽二月の十五日目となる。

王族辺境訪問の日時は百日後、つまり上陽五月の二十五日目が、彼女が訪れる初日であった。

アーノルドからの命令で、王女を受け入れる計画書は十五日後までに提出するようにと言われていた。期限は地球の尺度でいうところの二週間ほどしかない。前世と違ってネットで資料を送る、なんてことはできないから、実際には期日はもっと早く来る。

つまり、今からでも全力で取り掛からなければ間に合わなくなるのだ。

「というか、王族が来るってわかってるなら、もっと早くから準備しとけよ！」

悪態をつきながら、僕は資料をまとめていた。第三王女の年のころはアーノルドも把握していたはずだ。つまり王族辺境訪問の時期の推測は簡単にできる。それならば、もっと前々から準備しておくのが普通《ふつう》だろう。

なんでこんな直前になって僕に押《お》し付けたんだ？　嫌がらせかなにかなのだろうか？

しかしながら、文句を言っても状況は変わらない。この世に理不尽《りふじん》というのは多々あるものだ。そう思ってやるしかない。

（どうせなら、文句の一つも言えない出来にしてやる）

僕はそう心に誓《ちか》って、羽根ペンを手に取ったのだった。


「へぇ、それでグー君はお仕事してるんだね」

「そうなんだよ」

僕は自身が制御《せいぎょ》している精霊術が途切《とぎ》れないように注意しながら、返答した。話しかけてきたのはアールヴの美少女ことルディである。

隣《となり》から僕の精霊術を覗《のぞ》き込む彼女の女神《めがみ》の如《ごと》き造形美は、相変わらず色褪《いろあ》せることがない。

「ふーん？　なんだか、人間って大変だね」

「アールヴには仕事はないの？」

「うーん。あるといえばあるけど、別にやらなくてもいいからねー」

「えー？　なにそれ？」

緑に光り輝《かがや》く魔力を維持しながら、僕はルディと雑談をする。

精霊術の腕《うで》はだいぶ上がった。今では、話しながら精霊術を使うことも可能だ。もっとも比較的《ひかくてき》簡単な精霊術なら、だけど。体に吹《ふ》く風が気持ちよい。今日も今日とて、天気が良い。絶好の精霊術日和《びより》といえるだろう。そんな風に若干《じゃっかん》機嫌《きげん》のよい僕に声がかかる。

「そ、その、ご主人様？」

「うん？　どうかしたの？　シラユキ」

声の主は、僕の側仕《そばづか》えの侍女《メイド》であるシラユキだった。その声は震《ふる》えている。彼女は僕の問いには答えず、恐《おそ》る恐るといった様子で下に目を向けた。

「ひぅ」

小さな悲鳴と共に彼女の耳がピンと張って、萎《しお》れた。綺麗《きれい》な尻尾《しっぽ》が縮こまっている。再び僕に顔を向けたシラユキは今にも泣きそうだった。

僕は眼下に目を向ける。

そこに映るのは――広大な平原だった。視界に映る景色、人や家、その全てが豆粒《まめつぶ》のように小さく見える。北方の水平線に目を向ければ、遠く山々を越えた先、本来なら見えるはずのない青い海のようなものが望めた。

そう。僕たちは今、空を飛んでいるのだ。

シラユキは可哀《かわい》そうなくらいに震えながら、僕にしがみついていた。本来なら主人にしがみつくなんてとんでもないことなんだけど、今の彼女は恐怖《きょうふ》でそれどころじゃないみたいだ。

「シラユキ、大丈夫《だいじょうぶ》だよ。その、失敗しないようにするから」

「い、いえ、ご、ご主人様を、信頼《しんらい》していない、わけではない、のですが……」

ゴクリ、とシラユキが唾《つば》を飲んで、またしても目線を下に向ける。たぶん、それが恐怖をあおる原因だと思うんだけど。真下を覗いたシラユキが悲鳴にも似た声をあげた。

「そ、その、た、高すぎないですか!?」

「確かに普段よりは高いかもね」

あっけらかんと言った僕に対して、シラユキが「うぅ、ご主人様……」と若干涙目《なみだめ》になっている。

普段空を飛ぶときも彼女はこんな風に怖《こわ》がる傾向にある気がする。

でも、ちょっと前にシラユキは空中ジャンプとかしてたと思うんだけど、どうなんだろう?

「でも、前に空を跳《と》んでなかった?」

「じ、自分で跳ぶのとは違うんです……。……そ、それに、こ、こんなに高くないですし……」

空中蹴《げ》りをしていたシラユキを思い出しながら僕が聞くと、シラユキが消え入りそうな声で返答した。完全に恐怖にやられてしまっている。ちょっと可哀そうになってきた。

そんな、シラユキを見てルディが面白そうな顔になる。

そして案の定、ルディがシラユキのことを揶揄《からか》いだした。

「グー君、初めての術式にしては上手だね～」

「っ!」

シラユキがものすごい勢いで僕の方を見た。言外に「嘘《うそ》ですよね?」と書かれた顔を見て、僕は目を逸《そ》らした。なぜなら、ルディの言葉は半分ほど事実だったから。

普段、ノルン大森林に行く際などには〈風精の跳躍《ちょうやく》(Spiritus ventus effer)〉という精霊術を使っている。この精霊術は比較的簡易な術であり、僕が普段よく使う精霊術の一つであった。この術は一瞬の魔力操作で素早く移動できるという特徴《とくちょう》があり、比較的低高度を飛ぶのに適していた。

一方で、今回のように呼吸すら苦しくなるほどの高い高度にはあまり向いていない。そのため、今回は高高度を飛ぶために、あまり使い慣れていない精霊術である〈風精の飛翔《ひしょう》（Spiritus ventus volans）〉を発動していた。

より高い高度を飛ぶためには必要な工程が多い。例えば、周辺温度の維持、呼吸するための空気の確保、揚力及び浮力《ようりょくおよびふりょく》を維持するための風などなど。様々な要素を含《ふく》む精霊術を発動する必要がある。低い場所なら浮力を維持するだけで良いが、空高く飛ぶとなれば話は別なのだ。

一応、飛ぶ前に一人で実験はしているから正確には初めてではないんだけど。三人同時に飛ばすのは初めてだから、ルディの言葉もあながち間違いではなく、否定がしづらかった。

僕の反応を見たシラユキの顔が絶望に染まる。一応慣れた術式の応用みたいなものだから、そうそう失敗することはない、と思う。いざとなればルディもいるわけだし。

僕は「もう少しだから」とシラユキを宥《なだ》める。正直、怯《おび》えるシラユキはちょっと可愛《かわい》い。つい、いたずら心が芽生えそうになってしまう。気を付けよう。

僕は気を取り直して、広大な土地に目を眇《すが》めた。さて、僕が普段よりも空高く飛んでいるのにはちゃんとした理由がある。なにもやみくもに飛んでいるわけではない。これは仕事なのだ。クソ親父から命じられた仕事、その一環《いっかん》として僕らは空高く飛んでいる。

僕は精霊術を維持しつつ、自身の懐《ふところ》から丸まった羊皮紙を取り出した。

広げた紙には土地や河川、森の名前や位置などが描《えが》かれている。

これは王国で流通している地図だ。僕はそれと眼下の景色を見比べながら、ぼやいた。

「うーん、位置関係、距離感《きょりかん》が絶妙《ぜつみょう》に間違っているよねぇ」

中には地図にかかれていない場所もちらほらとある。前世の世界にあった正確な地図からすると、随分な出来である。とはいえ、これは王国を責めることはできない。地図というのは作るのが意外と難しいからだ。この地図がどうやって作られたのかは知る由《よし》もないが、もしも地上で歩いたりして作ったのなら、この出来でも十分上出来である。

それに、正確すぎる地図というのは防衛上不利になるという欠点がある。敵国に流出したら防衛の穴を突かれる可能性があるからだ。だから、地上から作るにせよ、空から作るにせよ、大雑把《おおざっぱ》に正しい地図を作り、流通しているのだろう。その地図が敵国に伝われば、その地図はそのまま敵にとっての罠《わな》となるという利点もあるし。

だが、王族を領内に受け入れるとなると話は別だ。正確な土地勘《とちかん》は護衛するにあたり非常に重要だからだ。加えて最適なルート選びをするのにも、正しい位置関係の把握が必要である。今回の護衛に万が一があってはいけない。どうせやるなら徹底的《てっていてき》に。その精神で僕は現地調査に来たのである。僕は精霊術を維持しながら、羽根ペンで正確な位置関係やルートをメモしていく。

（境界線から近場の川――エルドーラ川が大きい。ここは迂回《うかい》ルートがないから、橋を渡るしかないのか。で、こっちのルートは……森に近いな。もう少し平原寄りの道筋は……）

精霊術との同時並行だからだろう、想像以上の集中を要した。しばらくして、正確な地図や懸念《けねん》箇所《かしょ》をかき終えた僕は、すっかり疲労困憊《ひろうこんぱい》になっていた。精霊術の維持がやっとである。ちなみに、ルディにも〈風精の飛翔（Spiritus ventus volans）〉は使えるのだが、彼女は意外とスパルタなので、僕が術者となっている。今回の件も話してみたら、「ちょうどいいから、訓練も兼《か》ねようー！」とか簡単に言ってたし。

「終わったよー、そろそろ帰ろうか」

僕は二人に声をかけながら徐々《じょじょ》に高度を下げていく。シラユキがほっとしたように息を吐いた。ずっと緊張《きんちょう》したままだった獣耳《けものみみ》がへたり込む。……あとで労《いたわ》ってあげよう。

豆粒くらいだった建物が徐々に大きくなってくる。周囲の風の流れを読みながら、僕たちがもっとも安定できる空気の流れを調節し、生成していく。

この高度を下げる作業も意外と難しい。集中力を切らさないように慎重《しんちょう》に、慎重に……。

僕が残った気力を総動員していると、ルディが思い出したように話しかけてきた。

「グー君、幻術《げんじゅつ》はどうするの？」

「あー……、ちょっと厳しいかも？」

ルディの言う幻術とは、闇《やみ》の精霊術のことだ。高い高度ならまだしも、低い位置を飛ぶと地上の人にバレる可能性がある。だから、僕は屋敷《やしき》を抜《ぬ》け出すときや空を飛んでいる時に至るまで、闇の精霊術による幻術を用いて姿を隠すようにしていたのだ。

しかしながら、現在の僕は複雑な精霊術の使用によって脳が悲鳴をあげている。一応、近くにいた闇の精霊の魔力を貸してもらって試《ため》してみたけれど、うまく陣《じん》が作れない。今日はもういっぱいいっぱいみたいだ。

「しょうがないなあ、グー君は」

ルディが致し方なしとばかりに、闇の精霊を呼び出した。獣のような出《い》で立ちのその精霊に僕は見覚えがあった。彼女と仲が良い闇の高位精霊だ。ルディと精霊術の練習をしている時に、僕は何度か見たことがあった。

【闇精の姿隠《がく》し（Spiritus tenebrarumabscondere）】という言葉と共に、ルディの精霊術が発動した。相変わらず、無駄《むだ》のない流れるような魔力操作である。陣の形成から発動までが淀《よど》みない。僕もいつかはこれくらいできるようになりたいものだ。

黒い精霊術の陣が一瞬で僕らを覆《おお》い、消失した。これで僕らの姿は地上からは見えなくなっているはずである。ただし、今回ルディが使った精霊術は音や匂《にお》いまでは消せないからそのあたりだけ注意が必要だ。そこまで完璧《かんぺき》にカバーするにはもっと複雑な精霊術を使う必要がある。

ルディの精霊術で姿を隠した僕たちは、イースタンノルンの街に戻ってきた。上空から見る街は高い城郭《じょうかく》に囲まれており、その規模はかなり大きい。

イースタンノルンは東辺境伯の領土の都市としては最もノルン大森林に近い。またルーフレイム王国東部に面するエッタ聖公国の国境に最も近い主要都市である。つまり魔物への対策と国防上の観点から、イースタンノルンは防衛を担《にな》う都市としての側面が強かった。そのため、イースタンノルンは城郭都市としてかなり発展してきた歴史がある。

僕らは静かに城郭の上へと降り立った。地に足着く感覚はなんだかんだで安心感がある。僕はほっと息をついた。シラユキはというと、地上に着くと同時にその場にへたり込んでしまった。どうやら、力が抜けて立てなくなってしまったらしい。少し休ませてあげよう。

城郭から街を見下ろす。壁《かべ》の中には所狭しと家々が建ち並んでいる。城郭外にも家々は連なっており、遥《はる》か先まで広がっていた。

都市というのは人が集まるものだ。それも内陸の国境沿いに位置するこの都市は、陸路の行商人が集う場所となっている。人や物、仕事が集まりやすい場所だ。また、奴隷《どれい》という労働力があるこの国では、農村の仕事などの重労働がその手の労働力に奪《うば》われがちである。その結果、都市外で生まれた者が仕事を求めて都市の周辺に集まることになる。中には一攫千金《いっかくせんきん》や成り上がりを目論《もくろ》んで都市に集まる者もいるだろう。城郭外に広がる街はそういった者たちが築いていったものだ。

「人間はいろんなものを作るよね」

街並みを眺《なが》めていたら、ルディがそんなことを言い出した。夕日に照らされた彼女の顔に哀愁《あいしゅう》のようなものが浮かんでいるような気がした。

「いつの時代も人間はいろんなものを作るんだ。そして……すぐに死んでいく」

「……？　ルディ？」

一瞬悲しそうな顔をしたルディはしかし、すぐに朗《ほが》らかに笑った。

「……ささ！　今日はこのあとやることあるんでしょ？　見学していい？」

そこには先ほどまでの憂《うれ》いの表情はない。僕は釈然《しゃくぜん》としない心を隠しながら、ルディに返答する。

「いいけど……邪魔《じゃま》はしないでね？」

「しないよーそんなことはー！」

ぷんぷんと頬《ほお》を膨《ふく》らますルディ。もう完全にいつものルディである。

彼女の意味深な言葉は少し気になったが、今は話す気はないのかもしれない。すでに二年以上の付き合いになったルディではあるが、僕はルディの話をあまり聞いたことがない。まだ、信用されていない、ということなのか。純粋《じゅんすい》に話したくないから話さないのか。その真意はわからないけれど。あまり踏《ふ》み込まない方が良いのかな、と僕は思っていた。

「じゃあ部屋に戻って続きをやろうか」

いつか話してくれる時がくればいい。そう思いながら僕は彼女たちと共に自室に戻るのだった。

◇◇◇

ノルンの屋敷――ノルザンディ家の本家の書斎部屋。そこに二人の男がいた。

片方は窓際《まどぎわ》の書斎椅子《いす》に腰《こし》かけた男だ。鋭《するど》い目つきと精悍《せいかん》な顔立ち、少し老け《ふ》顔ではあるが見る者は皆、美丈夫《びじょうふ》と思うだろう。

対する男は、書斎机の前で直立している。執事《しつじ》服に身を包んだ彼は、座する男よりも若く見えた。

明らかな上下関係を感じさせる二人の間には、重苦しい空気が流れていた。

手元に広げられた書類を眺めながら、鋭い目つきの男――アーノルド・ドライ・フォン・ノルザンディがその顔の皺《しわ》をさらに深くした。

「……これを、アレが？」

アーノルドが睨《ね》め付けるように顔を上げて、目の前の男に問いかける。

それに対して、執事服の男――ヨーナスは姿勢を崩すことなく返答した。

「左様でございます」

アーノルドは再び書面に目を移すと、さらに渋面を深くした。

書類の内容は近く行われる第三王女の王族辺境訪問、その全計画に関するものだった。

それも、アーノルドがあの忌み子に対して書くように命令した全文書である。

「アレは本物か」

「ヤツ……失礼しました。グレイズラッド様のことでしょうか？」

「……様など不要だ、ここにはお前と私しかいない」

アーノルドはそう言いながら、不快そうな態度を隠しもせず、ヨーナスの方へと書類を投げた。

紙の束が宙を舞《ま》う。本来ならそのままばらけて落ちていくはずの書類はしかし、ヨーナスが視線を向けた途端に、不自然な軌道《きどう》を描きながら一つになっていく。そして、最終的にはヨーナスの手元に納まった。ヨーナスがアーノルドへと目を向けてくる。アーノルドは読め、とばかりに顎《あご》をしゃくった。その意図を察したヨーナスは、書面へと視線を下げた。

その後、しばらく読み進めていたヨーナスの目が、徐々に驚《おどろ》きで見開いていく。

「こ、これは……！」

言葉を失うヨーナスの気持ちがアーノルドにはよくわかった。

なぜなら——提出された計画書があまりにも出来すぎていたから。

「……私がアレに命じたのは半月前、つまりたったの十五日前だったはずだ」

自分に確認するように、アーノルドがこぼす。

そもそもの話、だ。

王族辺境訪問の計画の骨格はもうとっくの昔におおよそ完成していた。王族が一定の年齢《ねんれい》になれば行われる行事であるこの王族辺境訪問は、時期の推測が容易《たやす》い。事前準備など簡単にできる。大雑把な骨組みは作り、あとは時期が決定してから子細な取り決めを交わす。そんな誰でもわかり、できるようなことを怠《おこた》るわけがない。

ならばなぜ、アーノルドはグレイズラッドに計画書の作成をやらせたのか。

一つはただの嫌がらせ。そしてもう一つはグレイズラッドの実力を測るためである。

アーノルドはグレイズラッドが天才であるという話を多々聞いてきた。しかし、その全てはほぼ側室《コルネリア》か、一部の侍女《メイド》からの聞き伝手《づて》だった。実際に顔を合わせることがほとんどなかったアーノルドはグレイズラッドの才能《センス》に関しては完全に無知だったのだ。

とはいえ、アーノルド自身、そこまで気になってはいなかった。いくらグレイズラッドが天才と呼ばれていようと、彼は所詮《しょせん》十歳の子供である。十年の節目《アルフ・ティア》を経《へ》たとはいえ、まだ成人には達していない。

それに加えて、アーノルドはグレイズラッドが魔術を使えないことも知っていた。それもあってか、アーノルドにとってグレイズラッドが麒麟児であるという噂《うわさ》は眉唾《まゆつば》ものだったのである。今回、アーノルドが計画書を作成させたのも別に成果を求めてのことではない。ただ一応、現状の能力を確認しよう、そう考えただけである。

だが、それがどうだ。

奴《やつ》が十五日で完成させてきた計画書は、その鬼才《きさい》を際立《きわだ》たせるものであった。

この計画書はそのまま実行に移せるだけの完成度を誇《ほこ》っている。この手の仕事を経験したことがないはずの子供が為《な》せるようなものではない。まるで、大の大人が綿密に作り上げたような書類だったのだ。そしてアーノルドが戦慄《せんりつ》したのは、それだけではなかった。この計画書の極めつき、それは恐ろしいほどの正確さにあった。

「アレは街の外にほとんど出ていない。そうだろう？」

「そう、伺《うかが》っていますが」

ヨーナスの言葉に、アーノルドは苛立《いらだ》ちが表に出そうになるのをぐっと堪《こら》えた。

ならば、これはどう説明するのか。

王国の地図に描かれていない護衛ルートを記したこの計画書を、どう説明するのか。

流通するような国の地図は正確に描かないのが通例だ。国を守る上でその重要性をアーノルドはよく知っている。だから、正確な地図というのは一部の上流階級しか知らないのである。無論のことながら、グレイズラッドが知るはずがない。

ならば、なぜ王国の地図にない場所をグレイズラッドは知っている？　街の外に出ていないというグレイズラッドが、自分で確認する手段はないはずだ。つまり、奴は知らないはずのことを知っている、ということになる。

思わずアーノルドは身震いをした。

奴の悪魔的な知性、それが本物であるという可能性が末恐《すえおそ》ろしく、そして不気味だった。

「やつに加担する人間がいるとでも？」

「……それは、考えにくいかと」

ヨーナスが首を振る。

考えやすいのは、グレイズラッドに味方する存在だ。

だが、その可能性は限りなく低いだろう。ノルザンディ家のほとんどの者はグレイズラッドを疎《うと》ましく思っている。今のところ、味方してもおかしくなさそうなのは第三近衛軍の面々と側室《コルネリア》くらいではあるが、彼らは本物の地図の存在を知らないため、今回の件に絡《から》んでいるとは考えにくい。それに第三近衛軍もだんだんとグレイズラッドを除《の》け者にし始めているという話を聞く。アーノルドが積極的に第三近衛軍の人員入れ替《か》えを行った成果が出始めているのだろう。

そのうち始末する予定の人間に対する味方はなるべく少ない方がいい。アーノルド自身に対して叛意《はんい》を抱《いだ》きかねない事柄《ことがら》は極力なくしていくべきなのだ。

「……どうしたものか」

厄介事、と言えば、グレイズラッドの側仕えの奴隷もアーノルドにとっては悩《なや》みの種だった。

あの獣人族《じゅうじんぞく》は、たまたま裏組織からノルザンディ家が救出してしまった存在だ。しかし、白い毛の一族は厄介な血筋である場合が多く、手元に置くメリットは少ない。故に、奴隷商に確保してもらったのだ。それが、何故《なぜ》か巡《めぐ》り巡ってグレイズラッドの元へと渡ったのである。

ただでさえ、グレイズラッドの存在によって、ノルザンディ家は王家と他の辺境伯から目を付けられている。非常に動きづらい現状にもかかわらず、奴は獣人族の奴隷まで家に引き込んでしまった。まさに、グレイズラッドはノルザンディ家にとって疫病神《やくびょうがみ》と言えるだろう。

アーノルドとしては、こんな面倒《めんどう》な人間はさっさと殺してしまいたかった。だが、教会がそれを許してくれないのだ。下手に教会の教えに背《そむ》けば、王族や他の貴族にノルザンディ家が糾弾《きゅうだん》される。忌み子を産んだ上に、子供殺しまですればノルザンディ家の権威は失墜《しっつい》する。

アーノルドの苛立ちは増していた。教会が忌み子と認定しておきながら、殺させないという理不尽さ。我が意を得たりと、非難してくる狸《たぬき》ども。そして元凶《げんきょう》のグレイズラッド。その全てに対して。

ドン、と机を叩いた。机上の書類が舞い、床へと落ちる。

アーノルドは落ちた紙束に目を向けず、その鋭い眼光をヨーナスへと向けた。

「……今回で奴を、始末できれば……」

「……お館様？」

「……」

アーノルドは考える。王族がグレイズラッドを指名した真意はわからない、が。おおよそアーノルドの権威の失墜を狙《ねら》ってのことだろう。王女に何かがあれば、アーノルドは責を問われる。同時にグレイズラッドも責を問われるだろうが、痛み分けではアーノルドの腹の虫が収まらない。ならば、王女は無事に守り切り、グレイズラッドは無事でない状況を作ることができれば？

「……できるか」

今回の王族辺境訪問は危険を伴う行事であり、そして第三王女という世間の注目を一身に受ける存在がいる。その行事で、もしも、グレイズラッドが不運な事故にあったとしたら？　あるいは暗殺されたりしたら？

――その嫌疑《けんぎ》はどこへ向き、王族はどう対応するだろうか？

アーノルドは目を伏《ふ》せた。

「追って、詳細《しょうさい》を伝達する。今は退け」

「畏《かしこ》まりました」

部屋からヨーナスが出ていくのを確認したあと、アーノルドは大きく息を吐いた。

この王族辺境訪問に瑕疵《かし》があってはならない。ならば、誰かが死んだとて、それは王女の礎《いしずえ》になる。であれば、この十年の呪縛《じゅばく》から、ついに解き放たれることも可能だろう。その理想を実現すべく、アーノルドは動き出した。

◇　◇　◇

ついに僕の初仕事の日が来た。

今日の日付は、上陽の五月の十八日目。第三王女を受け入れる実に七日前だ。

僕は、既《すで》にイースタンノルンを発《た》っていた。今は、二頭の立派な馬が引くノルザンディ家の馬車に乗っている。

僕は揺《ゆ》れる窓に目を向ける。周囲には軽鎧《けいがい》を身に纏《まと》った騎兵《きへい》が隊列を組んでおり、後方にはこれまた重厚《じゅうこう》な鎧《よろい》を着こんだ兵たちが一糸乱れぬ動きで追従してくる。

いずれも本家から派兵されてきた部隊だ。僕が比較的慣れ親しんだ第三近衛軍の面々はいない。

「ご主人様？　乗り心地《ごこち》は問題ないでしょうか？」

「ん？　大丈夫だよ」

御者台《ぎょしゃだい》に座《すわ》っていたシラユキが声をかけてきたのに返す。シラユキはフードを被《かぶ》ったローブ姿であり、一目見ても獣人族とはわからない風貌《ふうぼう》をしている。ちなみにローブの下には、いつもの如く侍女服《メイド》を着こんでいた。

シラユキ曰《いわ》く、侍女服《メイド》は自分にとっての勝負服だという。着ることで自分の心を強く保てるのだそうだ。そのためか、僕はシラユキが侍女服《メイド》以外の姿でいるのをほとんど見たことがなかった。

「何か御用《ごよう》があれば、お申し付けください」

そう言って、シラユキは再び正面を向いた。本家からも御者は派遣《はけん》されていたのだが、今回の遠征《えんせい》ではシラユキが代わりを務めていた。まあ、本家の人間のことは僕もシラユキも信用していないし。シラユキが御者をできるなら、彼女にやってもらったほうが断然僕も安心できる。

馬車に揺られながら、僕は大きく伸《の》びをした。窓から差し込む光が眩《まぶ》しい。緑の光と共に爽《さわ》やかな風が車内に入り込んでくる。

今日も天気は快晴で、相変わらず青い光が少ない。最近は晴れの日が続いているのだ。心なしか、アイの元気がないように見える。スイが慰《なぐさ》めるようにアイの周囲を回った。最近の二人は僕の目の前ではほとんど人形《ひとがた》で過ごすようになった。だんだんと表情も鮮明《せんめい》になってきていて、彼女たちの顔の見分けがつくようになった気がする。

さて、目的地までは時間がかかる。特に今回は随伴《ずいはん》する部隊に歩兵がいるから、より長い時間がかかるだろう。今後の細かな段取りを再確認するのに丁度良い。僕は計画書に手を伸ばした。


僕が提出した計画書は、どうやらおおよそアーノルドに受け入れられたらしい。

というのも、返還《へんかん》されてきた計画の全容が、ほぼ僕の草案通りだったからである。護衛ルートから、歓迎会《かんげいかい》、パレードに至るまで、ほとんどが僕の立案通りだった。それを見て僕は少しだけ気持ちがすっきりした。アーノルドが採用した、ということはそれだけの出来だったということだろう。少しはアーノルドの鼻を明かせたかもしれない。

僕らの今後の予定は、北方のノルン大森林前の前線基地〈フロンミュール〉に向かい、そこで態勢を整える。その後、早馬のみの騎兵隊を編制して、第三王女の出迎えを行う場所——北辺境伯の領地との境界にあるノルエスト関所に向かうことになる。ちなみにこの際に、騎兵隊のみを編制するのは、時間の短縮を図《はか》るためである。ノルエスト関所への道中は常に森林が東側に位置する。この道中が最も危険であるため、なるべく最短時間での移動を行う。すなわち、軽装の騎兵のみを随伴させるというわけである。

一方で、この騎兵隊のみというのも手薄であり、非常に危険である。そのため、万が一を考えて後続に歩兵部隊を追随させる。仮に、道中で襲《おそ》われたとしても、騎兵部隊が殿《しんがり》となり、王女が後続の自軍まで逃《に》げ切れるようにするための策である。

アーノルドも第三王女の守護には力を入れているようで、随分と精強な軍を送ってきていた。

ちなみに、名目上は僕が最高指揮官ではあるのだが、軍に対して僕は権限を持っていない。要はただのお飾《かざ》りであり、お荷物である。この行事における僕の役割は王女を出迎えること、ただそれだけなのだ。アーノルドからの信用の無さがわかるというものである。まあ、当たり前なんだけど。

おおよそ計画書を見直した僕は、計画書を放《ほう》り投げた。元々、出発する前に頭に叩き込んだ内容だから、目新しいこともない。漏《も》れがないか確認するだけだ。そう時間はかからない。

僕は自分の首元に手をやった。そこには硬質《こうしつ》で滑《なめ》らかな感触《かんしょく》のものがある。フェリシアから貰ったペンダントである。僕はプレゼントを貰った日から欠かさずこのペンダントを身に着けていた。理由はわからないが、どうにも僕は『家族』からの贈《おく》り物に対する感情の振れ幅《はば》が大きい気がする。周囲に除け者にされているこの状況が、僕をそうさせているのか。あるいは、もうほとんど思い出すことができない僕の前世が関わっているのか。明確に答えを出すことはできないが、そのどちらも関係があるような気がしていた。

ペンダントから手を離《はな》した僕は、今度は席に立てかけていた直剣を手に取った。これはコルネリアから貰った直剣だ。

今回の遠征は危険が伴う。万が一を考えての武装として持ってきたのである。一番良い装備で戦場に赴く、これはきっと常道だろう。

現状、僕の筋力ではこの剣を片手で扱《あつか》うことはできないが、両手であれば何とか扱えることがわかっている。まだ扱うには少し早いのだが、十歳の僕がまともに扱える武器は元々あまりないため、僕はこの大きめの直剣を主武装とすることに決めていた。それに万が一の時の奥《おく》の手もあるし。

黒塗《くろぬ》りの鞘《さや》から直剣を引き抜くと、白銀の剣身が陽光に反射して煌《きら》めいた。相変わらずゾッとするほどの鋭さである。僕は剣を膝に置いて、拭紙《ぬぐいがみ》で丁寧《ていねい》に剣身を磨《みが》きだした。

剣は手入れが重要だ。品質を維持することは、剣を長持ちさせることに繋《つな》がる。僕はコルネリアからこの剣を貰って、欠かさずにメンテナンスを行っていた。

長きに亘《わた》り活躍《かつやく》する剣には魂《たましい》が宿るという。それはこの世界における言い伝えである。遠い前世でもそんな話を聞いたことがあったような気がするが、どうだっただろうか。ともかくとして、そんな魂が宿るほどの剣の裏側には、使用者の並々ならぬ愛情と手間があったはずだ。

僕は一通り細かなチリや油を拭《ふ》き取ると、今度は砥石《といし》を取り出して軽く剣を撫《な》でた。金属が擦《こす》れる音が車内に響く。その音が心地よい。刃《は》を削《けず》ったあと、僕は再びチリを払《はら》った。そして今度は新しい剣油を取り出す。僕はそれを真っ白な拭紙に染《し》み込ませると、再び剣身に滑《すべ》らせる。白銀が更《さら》にその艶《つや》を増して、その流麗《りゅうれい》さに拍車《はくしゃ》をかけた。

僕はこの剣をそれこそ魂が宿るほどに使い切るつもりでいた。コルネリアが期待を込めて僕に贈ってくれた剣だ。この世でも名だたる名剣に、永遠に語り継がれるような剣にできたら、と思う。

それならば、名前が必要か、とふと僕は思い立った。

かつての記憶の中にある伝説の剣も、皆名前がある。名剣に名前は必須《ひっす》だろう。

僕は思案に耽《ふけ》る。名前を決めるのは中々に難しい。正直僕にネーミングセンスはないし。

永遠に語り継がれる剣、であれば。永遠からもじれば……。

「永遠に……永久《とわ》に……」

なんとなく言葉に出して、僕はしっくりときた気がした。

（トワ。トワ。……トワだと短いから……、トワイライト、とか？　うん。トワイライトにしよう）

剣に名前を付けるなんて、ちょっと中二病っぽくて恥《は》ずかしい気もする。だけど、今の僕は十歳、そういうのも全然恥ずかしくない年齢……だと思う。自分にそう言い聞かせながら、僕はピカピカに磨き上げられた剣を両手に持つ。

「君の名前は『黄昏《トワイライト》』だ。これからもよろしくね」

僕が小さく呟くと、直剣が喜びを表すように明滅《めいめつ》した気がした。僕は若干の恥ずかしさと満足感を覚えながら直剣を眺めると、元の鞘へと戻した。

相変わらず景色は変わらず、ゆったりと時間が流れている。

旅は、まだ始まったばかりである。


道中は何事もなく、過ぎ去っていった。途中《とちゅう》、立ち寄ったミッテ村では、これといって変わったことは無かった。強《し》いて言えば、田舎《いなか》の村にも教会の施設《しせつ》があり、この国における〈英雄教〉の影響力を再確認したくらいだろうか。

さて、現在、僕らは前線基地〈フロンミュール〉に到着していた。〈フロンミュール〉は建前上、魔物を狩《か》ることを目的として作られた要塞《ようさい》である。そのため、僕は期待していた。すなわち、ノルンの森で出会うことができていなかった魔物の存在を確認できるのではないかと。

そう──期待していたのだけど。

「……アレが魔物？」

僕は呆《ほう》けたようにそう呟いた。

〈フロンミュール〉の屋上階から望む景色。ノルン大森林との間には木一つない平原が広がっている。その平原を走り抜ける東辺境伯軍の騎兵が引き連れる存在。

獣の姿、爬虫類《はちゆうるい》の姿、虫の姿。多種多様な姿を持つそれらは、通常の動物をはるかに凌駕《りようが》する巨体《きよたい》と人知を超えた速度を持っている。なるほど確かにそれは人類にとっての脅威《きようい》となろう。

だが、しかし。魔物と呼ばれる存在を目にした僕の胸中を占《し》めたのは──困惑だった。

なぜならそれは。ノルン大森林で僕が何度か見かけた野生動物でしかなかったのだから。

僕は知っている。アールヴの吸い込まれるような黄金の明晰を。僕は知っている。闇の大精霊の深淵《しんえん》のように妖《あや》しい金色の瞳《ひとみ》を。僕は知っている。自分自身の瞳の輝きを。僕らの目が、あんな金色もどきとは似ても似つかないことを、僕は知っていた。

「全軍突撃《とつげき》！　魔物を一匹《ぴき》たりとも逃《のが》すな！」

壁下より、今回の遠征部隊を率いる部隊長──オスバルト・デリンガーの大声が聞こえてくる。

彼の言葉が、この野生動物たちが魔物であるという裏付けになっている。目を凝《こ》らしても、僕が知る本物の金眼を持つ存在はいない。やはり、この国の人たちにとっての魔物はあの野生動物たちのことで間違いなさそうだ。

ずっと疑問に思っていたことの真相があまりにも単純な答えで、納得《なつとく》よりも困惑が僕の胸中をしめていた。

「…………」


だが、確かに、よくよく考えてみれば、この可能性は十分に推測できることだったと思う。

そもそも、ルディから聞いていた魔物という存在はまさしく人知を超えた存在であり、人が敵《かな》わぬ化け物である。彼女の話によれば、魔物の体のたった一部でさえも人間には害をもたらすという。英雄を擁《よう》してかつての人類はようやく魔物に対抗することができたのだ。そんな人類が現在は容易に魔物を狩れているということ。そのことに僕は疑問を抱くべきだった。

そしてもう一つ。僕にとっては、金眼もどきと本物の金眼は明確に違う。だけど、それは僕やルディ、ヤミの目だからこそわかることなのだろう。

オスバルトたちにとっては、金眼もどきの目も魔物の目も、僕の目も、すべて同じものなのだ。彼女たちと共にいる時間が長かったからこそ、僕はそのことに気づけなかった。

それに人間にとっては、金眼もどきも生活を脅《おびや》かす存在に違いはない。かつて魔物の名を冠《かん》していた存在はその数を減らし、今は別の生き物たちがその名を受け継いでいる。ただそれだけのことなのだ。言葉のもつ意味が変化することはままあることだ。そう不思議なことではない。

少し腑に落ちないが、真実は存外に陳腐《ちんぷ》なものなのかもしれない。

僕は何とも言えない失望染みた心地で、屋上から去るのだった。


〈フロンミュール〉に滞在《たいざい》した翌日。僕らは日没《にちぼつ》前になんとか関所へと到着した。

僕らが事前に来ることはノルエスト関所側も把握している。そのため、僕らは到着と同時にスムーズに決められた滞在場所に誘導《ゆうどう》された。

計画書によれば、第三王女は数日以内にノルエスト関所を訪れることになっている。

それまでに僕らがやることは、北辺境伯側からの引継《ひきつ》ぎをおおよそ終わらせることである。

ノルエストには既に北辺境伯側の関係者が滞在していた。彼らは王女に随伴する人たちとは別の先遣隊《せんけんたい》だ。北辺境伯側の代表者は王女の側《そば》にいるのが基本である。王女が到着していない今は、代表者の代わりとして、北辺境伯の部下にあたる男爵《だんしゃく》や子爵と共に書類関係を見直すことになる。

一応、最終的な引継ぎは代表者から直接されることになるが、そちらは儀礼のような側面が強い。むしろ本会議はこっちだ。

そして、いよいよここからは僕が公《おおやけ》に出ることになる。

村人相手にはごまかしたが、貴族ともなれば僕の素性《すじょう》は割れている。隠す意味もない。北辺境側にも僕が来ることは通達されているから、ここで会議に出席しない方が失礼にあたるだろう。

というわけで、僕は会議に出席してきたのだが……。

結論から言えば、会議は一応つつがなく終わった。

会議の内容としては、実際に王女が見聞した場所や、道中の出来事を細かく記した書面を共有すること。あとは、計画から外れた部分や道中における注意事項《じこう》、王女に関する細かな文書に目を通すことだろうか。

僕らとしても、第三王女に出会うのは初めてなのだ。人となりや趣味嗜好《しゅみしこう》、王女に関する注意点など、把握していたほうがより良いだろう。一応王族側からもある程度、第三王女の情報は与《あた》えられているけれど、情報というものは様々な側面から見てこそ真価を発揮できるものだ。北辺境伯側から見た印象というのも、きっと馬鹿《ばか》にはならない。

「類まれなる美貌《びぼう》と上品なしぐさ。言の葉は控《ひか》えめに、ただその場にいるだけで安らぎを与えてくださる方。また、過酷《かこく》な行軍において何一つとして不平不満を言うことなく、民《たみ》への微笑《ほほえ》みも忘れない。まさに端倪《たんげい》すべからざる、英雄の名にふさわしい姫君《ひめぎみ》である、ね……」

渡された書類に書かれているのは、第三王女への賛美、賛美、賛美。

報告書は王族へと提出されるため、ある程度のお世辞や賞賛を書かれることはあるようだ。だが、ここまで褒《ほ》めちぎられるとなると、第三王女はよっぽどできた人間なのだろうか。

「この世で最も美しい瞳を持つお方であり、英雄と名高いアンリエット・ルーデシアの生き写しに相違《そうい》ない……」

ここまで読んで、僕はため息をついて書類から目を背けた。

同じ金色の瞳も、立場が違えばここまで扱いが変わるものか。あそこまで金色の目を持つ者を嫌《きら》うくせに、英雄の目と名高い王女ともなれば最も美しい瞳だと。僕は先ほどの会議にいた貴族たちを思い出す。彼らの僕に対する反応は、この国の人間の標準的なものだった。

怯え、動揺《どうよう》、嫌悪《けんお》。悪感情を以て僕に相対してきた。それもあってか、僕の扱いはかなりぞんざいだった。まず、会議では僕の席にだけ飲み物も茶請《ちゃう》けもなく、用意された席も浮くほどに粗末《そまつ》な下席だった。会議中もわざと無視したり、貴族連中だけで会話をしたり、挙句の果てには「忌み子が口を挟《はさ》むな」なんて暴言まで吐かれる始末。

ある程度そういう扱いには慣れているといっても、僕も一人の人間である。心に燻《くすぶ》った苛立ちというのは鎮《しず》めるのに苦慮《くりょ》するものだ。

だが、僕には第三王女との対面という大役が待っている。不安定な精神状態で挑《いど》むべきものじゃない。僕は空気を肺に満たす。静かな呼吸は気持ちを落ち着けるのにちょうどよい。

「ふぅ」

与えられた仕事くらいは難なくやりとげてみせよう。

ある意味で、これは意趣返しなのだ。僕がまっとうな活躍をするほど、周囲の人達は困るのだから。王族辺境訪問、その大きな山場の一つが訪れる。


僕が関所について三日後の昼頃《ごろ》。ノルエスト関所に鐘《かね》の音が鳴り響いた。

それは王女の訪れを告げる鐘だ。

僕はノルエストの街の中央通りにいた。王女が今日一日だけ滞在予定の屋敷の前。そこで最初の挨拶《あいさつ》を行うのだ。

僕の両脇《りょうわき》には今回の遠征の部隊長であるオスバルトと副隊長のアンドリューが立っており、後方には数名の選抜《せんばつ》された兵が整列していた。その更に後方には、ノルエストに派遣されていた侍女《メイド》たちが並んでいる。その一角にはシラユキもいた。

獣人族という存在はこの国においてはかなり珍《めずら》しい存在だ。周りの侍女《メイド》や兵から注目を集めていた。もっとも、シラユキは全くと言っていいほど動じていなかったが。

小気味よい鐘の音に誘《いざな》われて、続々と人々が中央通りに集まってきていた。

ノルエスト関所は衛兵の町だ。北辺境伯と東辺境伯の土地から、一定周期で衛兵が派遣されてくる。その際には家族を連れてくる場合も多かった。通りに集まる野次馬《やじうま》はそういった衛兵の家族たちだろう。皆一様に、英雄の名を冠する王女の姿を一目見ようとやってきたのだ。

暫《しばら》くすると、中央通りを騎兵隊が進んでくる。先頭には王家の旗印と見慣れない家紋《かもん》――北辺境伯の家紋――の旗印が掲げられており、後方には騎兵隊に囲まれた複数の馬車が並んでいた。

一糸乱れぬ動きで、僕らの目の前まで彼らは到達《とうたつ》する。

そして、馬車の一つ、北辺境伯の家紋が彫《ほ》られた馬車の扉が、僕らの前で開いた。

「まさか本当に、忌み子を代表者として送ってくるとはね。流石《さすが》にこの目で見るまでは信じられなかったけど。東辺境伯殿《どの》には同情を禁じ得ないよ」

「………………」

扉から出てきた青年の開口一番は――僕への罵倒《ばとう》だった。

成人というには少し若い。鈍《にぶ》い青色の髪《かみ》が特徴的な青年の第一印象は『傲岸不遜《ごうがんふそん》』といったところか。一目見た彼の造形は整っているはずなのに、その顔立ちをどこか邪悪に感じるのは、彼の態度や雰囲気《ふんいき》にその性根が表れているからだろうか。

初対面の相手から悪意を向けられるのはそう珍しいことではないが、のっけからここまで言われることはあまり経験がない。本来ならこのまま無視を決め込みたいところだが、そうもいかないのがつらいところだ。なぜならば、この失礼な青年こそが北辺境伯側の代表者――北辺境伯の長子でもあるクリストフ・エーデルシュタインだからである。

実際、彼は他の貴族とは比にならぬ強さの青い光をその身に纏っている。貴族の魔力の強さはその権威と因果関係がある場合が多いから、いずれにせよ彼が並の貴族ではないことは明白だろう。

それに僕は彼と面識はないけど、代表者である彼の肖像画《しょうぞうが》は事前に確認していたし。実際に見ると、絵の方はちょーっと盛りすぎだったけれど。

「ふーん、本当に金色の目なんだね。すっごく気色が悪い」

じろじろと僕の目を見ながら、クリストフが言う。あんまりな物言いである。お前が連れてきた第三王女はどうなんだ。僕と同じ目なんじゃないのか。

「それ、王女の前でも言えるの？」と思わず口に出かかるのを僕は必死に我慢《がまん》した。

こういうのは相手にするだけ無駄だ。さっさと第三王女の引継ぎをして、おさらばしよう。

僕は表情を変えず、右手を心臓の位置に持っていく。それを見たクリストフがつまらなそうに舌打ちをすると。同じように右手を胸にあてた。

僕の行動の意味するところは、この国における貴族同士の挨拶、その合図である。一応今回の行事において、僕とクリストフは両陣営の代表者であり、同格の扱いになるから、挨拶もそれにのっとって行うことになる。

「東辺境伯側、代表のグレイズラッド・ノルザンディです」

「……北辺境伯側代表、クリストフ・エーデルシュタインだ。噂はかねがね」

クリストフはぶっきらぼうに言い放った。

一応彼は十五歳で、成人の儀を迎えているという話だったのだけれど。彼の様子を見ていると、どうやら精神はあまり成熟していないようだ。

クリストフは顔を顰《しか》めたまま、僕を見やって、そして目を見開いた。それは、まるで何かを見つけて、心底驚いたような表情だ。彼の視線の先は……僕ではない。僕の後方、整列した兵の後ろ。その視線の先は――シラユキ？

しかし、クリストフはすぐに表情を戻した。先ほどよりも鋭い視線で僕を睨みつけたあと、近くにいた兵に話しかけた。その兵の合図によって、再び北辺境伯の部隊が動き出す。いくつかの馬車が通り抜けていき、一つの馬車が僕らの目の前で停《と》まった。馬車には、中の人物を特定できるような目印はない。だけど、中にいる人物にあたりはついている。護衛対象の馬車を悟《さと》られないようにするのは、護衛における鉄則だ。

……クリストフの反応は気になるけど。今はそれどころではないか。

馬車を引いていた鎧姿の女性が僕の前にやってきた。僕に向けるその目つきは険しい。

「アリシア様に失礼の無いよう」

とげとげしい言葉を僕に放ちながら、彼女は馬車の扉に手をかけた。

第三王女——アリシア・ヴィターラ・サン・ルーフレイムとの初対面がこれから始まる。

同じ金色の目でありながら、第三王女と僕の立場の間には大きな隔《へだ》たりがある。

英雄と忌み子。

〈英雄教〉の教えの根深いこの国において、黄金の瞳は所持者の境遇《きょうぐう》によりその意味を変える。そこに妥当《だとう》な論理があるかと問われれば、僕は無いと断言できた。

だが、宗教において合理性など些細《ささい》なことだ。重要なのは、多くの人々が信じ、それによって救われること。故にそこに正しさは必要ない。

金眼は恐ろしい生き物の象徴である。この国の人々はそう認識している。しかし同時に、彼らは救国の英雄が金眼であったことを許容している。そして、彼らはそこに疑問を持たない。

故に〈英雄教〉に正統な後継者と認定された第三王女であれば、周囲の人間は彼女を受け入れる。

彼女の瞳がたとえ、僕と全く同じ金眼であっても。

ゆっくりと第三王女が馬車から降りてくる。

僕はその場で頭を下げた。右手は心臓に、膝を折る。外なので膝は地面につけず、服は汚《よご》さないように。外で行う礼としては最上級のものを王族に対してはやらなければならない。

「……面《おもて》を上げて」

鈴《すず》を転がしたような、透明《とうめい》な声音。抑揚《よくよう》なく響くその声に、僕はゆっくりと頭を上げた。

視界の先には、淡《あわ》い銀色のドレスを身に纏《まと》う美しい少女がいた。

年の頃は僕と同じ十歳。しかし、黄金比に彩《いろど》られた彼女の美貌はその幼さすら陰《かげ》りに変えるだろう。柳《やなぎ》のような眉《まゆ》、長いまつ毛、黄金色の大きな双眸《そうぼう》、スッと整った鼻立ち。彼女の瞳にも似た琥《こ》珀色《はくいろ》の御髪《おぐし》にすら妖しい魅惑《みわく》がある。裾《すそ》から覗く彼女の柔肌《やわはだ》が雪化粧《ゆきげしょう》の如き純白なのは、彼女が相当な箱入りゆえだろうか。近く、絶世の美姫《びき》と讃《たた》えられる。そんな素質を彼女は秘《ひ》めていた。

一つ惜《お》しむらくはその表情の無さだろうか。皺ひとつない彼女の面持《おもも》ちには、どこか人形のような印象を受ける。

そして、もう一つ、彼女には特筆すべきものがあった。

それは、精霊の輝きにも劣《おと》らない全色の光輝《こうき》。初めて見る彼女の魔力は、まるで虹《にじ》のようだった。

彼女こそがアリシア・ヴィタータ・サン・ルーフレイム。ルーフレイム王国の第三王女にして、まさしく英雄の後継者と名高い少女。

どこか浮世離《うきよばな》れした雰囲気を纏う彼女は、冷たく輝く金眼で僕を見下ろしていた。

「名を」

「……東辺境伯が次男、代表者のグレイズラッド・ノルザンディです」

返答した僕の言葉に対する彼女の反応は無。ただ彼女の黄金の瞳が僕の目を射貫《いぬ》いていた。

「……そう。あなたが」

抑揚なく続けられた彼女の言葉尻《ことばじり》からは、感情の色を見て取れない。

言葉と表情から得られる情報が少なすぎて、僕は第三王女の人となりを掴《つか》めなかった。

だけど、向けられている瞳に、悪い感情はない気がした。彼女の後ろに立つ鎧の女性や他の貴族にはあった、言葉や態度に混じる澱《よど》み。それが第三王女からは全くと言っていいほど感じられなかったからだ。まあ、第三王女が腹芸の達人という可能性もあるのだけど。

「…………」

「…………」

アリシアの言葉を最後にしばしの沈黙《ちんもく》が流れた。

その間、彼女は僕の目から一切《いっさい》視線をずらさなかった。

目線を合わせ続けるというのは結構苦痛だ。しかし相手が王女ともなれば、それを拒《こば》むことなどできない。それもあって僕は今、非常に居心地が悪い。とはいえ、無言が続くのも良くはない。こちらは王女を出迎える側だ。僕から動く必要がある。それに、アリシアをずっと立たせるわけにもいかない。まずは、滞在場所に案内するのが先決だ。

そう考えて、僕が口を開こうとしたその時。アリシアが僕の目から視線を外した。

目線の向かう先は……僕の真上。

ただ虚空《こくう》を眺めたようには見えない。彼女の視線の先は固定されている。時折何かを追うように、その金眼が泳ぐ。

僕はその姿に眉をひそめて。

（あっ）

そして自分の失敗に気が付いた。

第三王女は僕と同じ金色の目を持つ存在だ。ならばこそ、僕は思いつくべきだった。

彼女が精霊を見ることができる可能性を。

僕の頭上にいたスイとアイが僕のすぐそばにまで降りてくる。二人はすっかりと定着した少女の姿だ。そして、スイとアイの移動に伴って、アリシアの視線が僕の元へと戻ってくる。

間違いない。彼女は精霊を目視できている。

アリシアの精霊に対する認識がどのようなものなのかはわからない。だが、この国の常識にのっとれば、彼女は精霊という存在を知らない可能性は高いと思う。

僕にとってスイとアイの存在が他者にバレるのは、あまり喜ばしいことではなかった。彼女たちは僕の奥の手に等しい存在だし、なによりも二人は他の精霊たちと明確に異なる姿をしている。

僕がよくわからない存在と何かしらの関係がある。そういった話が出回ると、僕のよろしくない立場はきっとさらに失墜する。スイとアイには僕の葛藤は伝わっていないようで、僕の周りを飛んで、体に触《ふ》れたりしては楽しそうにはしゃいでいた。

動揺は面に出ていないだろうか。努めて平静に、僕はアリシアの方を窺《うかが》った。

僕らの様子を見ていたアリシア、その感情のない瞳にわずかに好奇《こうき》の色を灯《とも》した気がした。

僕は天を仰ぎそうになるのを堪えながら、無理やり笑顔を作ると、アリシアを宿泊《しゅくはく》場所へと案内するべく、動き出すのだった。

宿泊施設の紹介《しょうかい》が終わったのち、僕らは関所の役人が用意した会議室にいた。

「これにて正式な引継ぎは完了《かんりょう》いたしました」

王族側の秘書官の言葉が会議室に響く。その秘書官が、ノルザンディ家とエーデルシュタイン家、そしてルーフレイムの名が署名された書類を回収していった。

この後、あの書類は北辺境伯側の者の手によって王都にまで届けられることになる。

これにより、王族側はアリシアが現在どの辺境伯の元にいるのかがわかり、北辺境伯側も大役を果たし終えたことを報告することができる。いつの時代もどこの世界でも報連相は大事だ。

書類を回収した秘書官が出ていくと、今度は僕の正面に座っていた鈍い青色の髪の青年——クリストフがゆっくりと立ち上がった。

「それでは、引継ぎも終わりましたし、私も一度退出させていただきましょう」

引継ぎの後は、ノルザンディ家とルーフレイム王家の間での話し合いがある。その場に北辺境伯家の者がいる必要はない。

「麗《うるわ》しき姫君、このような者に御身《おんみ》をお任せするのはひどく心苦しいのですが、どうかご容赦《ようしゃ》を。そして良い旅を」

しれっと僕のことを貶《けな》しながら、大仰《おおぎょう》なしぐさでクリストフがアリシアに貴族の礼をとる。そして静かに部屋を退出していった。続けて北辺境伯側の護衛も同様に退出していく。

部屋に残ったのは、僕とオスバルト、アンドリュー。そして、第三王女とその側近たちだ。

今回の主賓《しゅひん》は第三王女だ。僕らの方が彼女たちを主導する必要がある。僕は口火を切った。

「では、改めまして。私が東辺境伯の次男であり、代表者となります。グレイズラッド・ノルザンディです。後ろに控えておりますのは今回の遠征の部隊長オスバルト・デリンガーと副隊長アンドリュー・スローンです」

名を呼ばれた二人が僕の言葉を受けて一礼をした。道中は僕のことをほぼいないものと扱っていたけど、流石に王女の前ともなれば分別があるらしい。存外に素直な反応だった。

僕の言葉に小さくうなずいたアリシアは、今度は自身の蕾《つぼみ》のような口を開いた。

「私がルーフレイム王国第三王女。アリシア・ヴィターラ・サン・ルーフレイム」

鈴を転がすような透明な声音が耳朶《じだ》を打つ。アリシアはそこまで言うと、後方に直立する自身の側近の方に目を向けた。すると、彼女の側近のうちの二人――黄金の鎧を身に纏った男性と、先ほどとげとげしい言葉を投げかけてきた鎧姿の女性が一歩前へと出てくる。

「この二人が、私の騎士団《シュバリエ》――聖金騎士団《サンオーレ・シュバリエ》の団長と副団長、ルーカスとカーリナ」

王女の言葉に反応して二人が口を開いた。

「ルーカス・レーンでございます」

「……カーリナ・ステファンだ」

二人の態度は対極だった。

鎧の女性――カーリナはよっぽど僕のことが嫌いなのだろう。人でも殺しそうなほどの視線で僕を睨みつけていた。

一方でルーカスの方は驚くほどに慇懃《いんぎん》な態度だった。あまりにも丁寧すぎて、逆に不気味に思っ

たくらいだ。

正直僕としてはカーリナのわかりやすい態度より、ルーカスの態度の方が怖く感じる。

「ルーカス殿、カーリナ殿、よろしくお願いします」

僕がそう言うと、カーリナが切れ長の鋭い目をさらに吊《つ》り上げた。

般若《はんにゃ》のような形相に僕がなんだ？　と思う間もなく、カーリナは僕の方を指差した。

そして、アリシアの方を向いて、声を荒《あら》らげた。

「やはり、我慢なりません！　アリシア様、どうかご再考を！　あのような者に姫様の守りを任せるなど、あってはなりません！」

肩《かた》を怒《いか》らせながら、矢継ぎ早に紡《つむ》ぐ彼女の言葉の端々《はしばし》には、隠しきれぬ僕への憎悪《ぞうお》が漏れていた。

一方で、諫言《かんげん》を受けるアリシアの表情に変化はない。彼女が何を考えているのか、僕にはわからなかった。

「アリシア様！」

「……カーリナ、落ち着いて」

抑揚なく告げられる声に、しかしカーリナの興奮は収まらない。更に言葉を重ねようとする。

「し、しかし、悪魔に魂を売ったものなど、護衛の最中に何をしでかすか――」

「カーリナ嬢《じょう》、その辺で」

荒《あ》れ狂《くる》う彼女を止めたのは、ルーカスだった。

「アリシア様の顔に泥《どろ》を塗《ぬ》る気ですか。団長になるのであればいつでも冷静にと言ったはずですが」

「……すみません」

「謝罪先は私ではありませんよ」

ルーカスの言葉に、カーリナの顔が引きつる。カーリナはアリシアの方に目を向けたが、彼女もまた小さく頷いた。美しく整っているはずのカーリナの顔が更に歪んだ。

彼女は渋々《しぶしぶ》といった様子で、僕の方に向きなおると。

「……グ、グレイズラッド、さ、様。も、申し訳ありません」

苦虫をかみつぶしたような表情のまま、謝罪の言葉を口にした。特に『様』と『謝罪の言葉』の苦痛の表情と言ったら、筆舌《ひつぜつ》に尽《つ》くしがたいものだった。そんなに嫌か、僕に謝《あやま》るのは。

「私からも謝罪の言葉を。申し訳ありません」

「……私も。カーリナがごめん」

「い、いえ。謝罪には及びませんよ」

憮然《ぶぜん》として謝罪を聞いていた僕だったが、そのあとにルーカスと、アリシアまでもが謝罪の言葉を口にしたものだから、僕は面食《めんく》らってしまった。すっかり慣れてしまった作り笑いは崩れなかったけど、動揺が少し言葉に出てしまった。

「カーリナ殿の心配もごもっともですから。それに、実際に護衛部隊の指揮を執《と》るのは私ではなく、後ろの二人です。私は代表者といえど十歳になったばかりの若輩者《じゃくはいもの》ですし。経験豊富なお二人が、アリシア様を確実にお守りしますから、どうか御心配なさらないでください」

つらつらと言葉を並べる。我ながら、上手《うま》く言葉を選べたとは思う。

なんだか、僕を見る側近たちの目が、より不気味なものを見るようなものに変化した気がするけど。いつものことだ。気にするまい。

僕は改めて、話し合いを進めた。

「お疲れ様です、ご主人様」

話し合いが終わった後。僕を迎えに来たのはシラユキだった。

いつもと同じ侍女《メイド》服姿。クラシカルスタイルの清楚《せいそ》なデザインは相変わらずシラユキによく似合っていた。王女との会議の場に一介《いっかい》の侍女《メイド》を侍《はべ》らすわけにもいかないので、シラユキにはこの屋敷内で待機してもらっていたのだ。

ちなみに本来であれば、獣人族の奴隷を王女の前に出すこと自体あまり良いことではない。だが、シラユキをイースタンノルンにお留守番にすることなんてそれこそありえないから、僕は開き直ってシラユキの存在を公にしていた。

「シラユキもお疲れ様。よく話し合いが終わったのがわかったね」

「王女様や他の方々が部屋を出ていったのがわかりましたので」

「うん？　部屋の前にいたの？」

「？　いえ、侍女《メイド》の待機場所がありましたので、そちらにおりましたが」

シラユキの言葉に僕は首を傾《かし》げる。この部屋と侍女《メイド》の待機部屋は、かなり離れているはずなんだけれど。なんなら階も違う。疑問符《ぎもんふ》を浮かべている僕に、シラユキが付け足した。

「建物は結構揺れるんです。振動《しんどう》を辿《たど》れば、どのくらいの人が出ていったのかがわかります」

すまし顔でシラユキがそんなことを言った。

……うん。……シラユキはすごいなぁ。

「シラユキはすごいなぁ」

「恐縮《きょうしゅく》です」

振動を感知するってなんだ？　それは生身の人間が実現可能なことなのだろうか？　まあ、確かに彼女は人間ではなく獣人族ではあるけれど。

少し考えて、僕は思考を放棄《ほうき》した。考えたってわからないものは、わからないものだ。

「ところで、僕がいない間に何か変わったことはなかった？」

「そうですね。特には……」

そこまで言いかけて、シラユキがその綺麗な相貌をしかめた。

「一つ、ありました」

「そっか。……何があったの？」

僕が聞くと、シラユキの流麗な眉尻が更に下がった。心底嫌そうな顔をするシラユキの表情は中々珍しい。よっぽど嫌なことがあったのだろうか。

「北辺境伯様の息子《むすこ》のことです」

「ああ、あの人か。あの人が何か？」

クリストフ・エーデルシュタイン。出合い頭《がしら》に暴言をぶつけてくるような奴だ。僕らに対して何か思うことがあってもおかしくない。僕は固唾《かたず》を呑んでシラユキの言葉を待つ。僕らの危機になるようなことなら、一刻も早く手を打つ必要があるからだ。

続けられたシラユキの言葉は、しかし——僕の予想を大幅《おおはば》に裏切るものだった。

「私の奴隷になれと、言われました」

「……ん？」

今なんと？

シラユキが心底嫌そうな顔を隠さずに、繰《く》り返した。

「私、シラユキを奴隷にしたいと、あの息子が言いました」

「……は？　え？　んん？」

「奴隷になれば、妾《めかけ》にしてやる。今よりももっといい生活をさせてやる、とも言われました」

シラユキの言葉に僕の混乱は増す。この国の人間は、獣人族を差別しているのでは？　嫌ってい
るのでは？　そんな疑問が僕の脳内を駆け巡った。

だけど、シラユキの言葉から察するにクリストフは獣人族を嫌ってはなさそうではある。むしろ
好きまでありそうだ。というか、あいつ会議室出た後にシラユキにちょっかいかけてやがったのか。

わざわざ侍女《メイド》の待機室に出向いてまで。

麗しき姫とか、アリシアには言っておいて他の女をナンパするとは。それも、他人様《ひとさま》のお付きの
侍女《メイド》を。先ほど、クリストフがシラユキの方に視線を向けていた理由はこれか。

（妾って……、シラユキはまだ十歳にも至っていないんだぞ⁉）

クリストフは十五歳。色んな意味であいつはとんでもないやつだった。

そんなことを考えていた僕は肝心《かんじん》のシラユキの返答を聞いていないことに気が付いた。途端に、僕
は何とも言い難《がた》い焦燥感《しょうそうかん》を覚えた。

「……それで、シラユキは」

「──無論、断りました」

その言葉に僕は少しほっとした。生まれた焦燥感は露《つゆ》と消えていく。その感情の起因するところに、僕は苦笑《くしょう》した。……まさか、この幼い少女に対して――独占欲《どくせんよく》があるだなんて。

……なんというか、僕自身もクリストフに物を言えない気がしてきた。

最近は自分に失望することが多いなぁ。

「それは、よかった」

「はい。シラユキがご主人様の元を離れることはありません」

「うん。そうだね」

あの夜の約束以来、見せてくれるシラユキの笑顔。僕は心が温かくなるのを感じた。絆《きずな》なんて陳腐な表現だと思っていたけど、その存在を実感できるのはとても心地よい。

それに、とシラユキが続ける。

「北辺境伯様の御曹司《おんぞうし》には、『ご主人様に身も心も捧《ささ》げておりますので、貴方《あなた》様に仕えることは生涯《しょうがい》ございません』と伝えておきましたので。もう、こういったこともなくなるかと思います」

「……そっかあ」

頬がぴくりと引き攣《つ》る。無垢《むく》なシラユキにはわからないのかもしれないけど、この言葉は絶対に誤解されている。クリストフにどう思われたのか、想像したくもない。

「でも、気を付けなよ。相手は大貴族だから」

「はい。気を付けます」

シラユキの言葉を聞いて僕は思う。とりあえず、クリストフとはもう絶対に会うまいと。

引継ぎを終えた翌朝。僕らはノルエスト関所を旅だった。この後、僕らは前線基地〈フロンミュール〉を経由して、まずは東領地の第一の都であるノルンに向かうことになる。

〈フロンミュール〉までは、機動力に優《すぐ》れた部隊と馬車ならば日を跨《また》がずに到達することができる。王女の護衛である騎士団《シュバリエ》も騎兵のみで構成されているため、日没頃までには到着できる試算だった。〈フロンミュール〉まで行けばある程度は安全である。王女を抱《かか》えたまま野営というのは、できればしたくなかった。

さて。今回の行軍におけるウィークポイントは大きく二つある。

まず一つは北辺境伯の領地から、東辺境伯の領地へと続くこの道だ。

この道は二つの領地を繋ぐ唯一《ゆいいつ》の経路である。しかしながら、馬車の機能を最大限に発揮できるほど、しっかりと舗装《ほそう》された道ではない。砂利道、土の道が主であり、石畳《いしだたみ》の街道《かいどう》とは程遠い自然の道だ。故に、徒歩よりは早いとはいえ、馬車の揺れや横転の危険性を考慮《こうりょ》しながら通る必要がある。加えて、ノルン大森林という大自然の猛威《もうい》が常に付きまとう点も注意が必要だ。東辺境伯の領地の北から東にかけてはノルン大森林に埋《う》め尽くされている。その森が常に道沿いに存在するのだ。森には魔物もどきとはいえ、人類の能力を超えてくるような野生動物が多数生息している。南方へと向かうこの道は、決して安全な道ではないのだ。

そして、その対策として、僕らは騎兵を中心とした部隊を用いている。危険地帯には長居しないようにする。そのための機動力である。

二つ目のウィークポイントは、エルドーラ川を通らなければならないことである。

川は護衛に不適切だ。橋の上は逃げる場所もなく、軍の利点である数的優位も確保しづらくなる。

加えてエルドーラ川は非常に大きな河川であり、対岸まで距離がある。例えば襲撃《しゅうげき》があったとして、逃げながら橋を渡るのは危険が伴うだろう。だからこそ、橋の近辺には特に注意する必要があるのだ。無論、そのための対策は考えてあった。それが、この部隊以外の別動隊、すなわち僕らの後から出発した歩兵部隊である。橋の近辺における安全確保。王女を護衛する部隊が逃げ込める場所としての役割。これが別動隊の最大の仕事である。別動隊が待つであろう橋を越《こ》えられるかどうかが、今日の行軍のカギと言えるだろう。

なんて、思考の海へと逃避《とうひ》していた僕だったが、そろそろ現実に戻ろうか。

「…………」

赤を基調とした上等な内装の馬車席。僕の対面にいる存在に、僕は憂鬱になっていた。

アリシア・ヴィターラ・サン・ルーフレイム。

英雄と名高い第三王女が能面のような無表情で、僕の目の前に姿勢よく座していた。

貴族と王族が同じ馬車に同乗するなど、本来はありえないことだ。

ならば、なぜ同乗することになってしまったのか。

その理由は簡単だ。アリシアの希望があったからである。

王族の希望は命令と同義だ。あらゆる事柄を差し置いて、王族の命令は優先される。王族の前ではルールなど存在しないに等しい。それほどに、この国の王族は権力がある。

無論、王女の側近には大反対されたが、彼女は命令を強行した。なんなら、御者を王族側ではなくシラユキに任せるというとんでもないことまでやらかしている。

正直僕はこの話をされている時、生きた心地がしなかった。カーリナは剣でも抜くかというほどに鬼気迫《ききせま》る様子だったし、周りの側近たちもそれはもう気色ばんでいたから。

そんなこんなで、僕はこの狭い空間で王女との対面を余儀なくされていた。

ここから何時間もの間、彼女と時間を共有しなければいけないのかと考えると、とても憂鬱だ。

一方で、真正面に座るアリシアに関しては全くの無表情で、何を考えているのかさっぱりわからない。僕の顔を見たり、空に浮かぶ光――特にスイとアイの方に目を向けたり、たまに外に目を向けたり。そんな様子を見ていると、彼女はそれほどこの無言の時間を苦痛には感じていないのかもしれない。そんな、僕にとって気まずい沈黙を破ったのは、アリシアの方だった。

「……グレイズラッド。改めて、カーリナがごめん」

「……いえ。私の境遇を考えれば自然なことだと思います」

「……そう」

小さく頷くアリシアの表情は読めない。だけど、心なしか少しほっとしているようにも見えた。

せっかく始まった会話の糸口だ。ここを無駄にするのはもったいない。僕は聞きたかったことを聞いてみることにした。

「王女殿下はなぜ、私との同乗を希望されたのですか？」

「……聞きたいことがあったから。それと、アリシアで良い」

抑揚なくそう口にするアリシア。彼女の視線は――周囲の精霊たち、そしてスイとアイの方に向けられていた。僕はあきらめにも似た心地でアリシアの言葉を待つ。

「この光と、そしてその子たちはなに？」

「………………」

「……見えているのでしょう？　あなたにも」

アリシアの言葉は僕の想像通りの事柄だった。金眼を持つ彼女には精霊が目視できている。そして、僕の目も彼女と同じ金色。同じ存在が見えると思われてしかるべきだろう。

さて、どう答えるべきか。

僕は悩んでいた。この光たち、そしてスイとアイを僕が認識していることを彼女に教えていいものか。嘘をつくのは簡単だ。だけど、王女に嘘をつくというのはそう易々《やすやす》とやってはいけないことだ。下手な虚偽《きょぎ》は僕の命を短くする可能性がある。やるからには全力で。絶対に悟られないようにする必要がある。それが僕にできるのか。そう問われると、答えは否《いな》となる。

スイとアイをこの行軍中ずっと無視することはできないだろう。何か問題が起これば、彼女たちの力を借りる必要も出てくる。無視なんてして二人の機嫌を損《そこ》ねるなんてことになったら、それこそ最悪だろう。ならば、どこまで情報を開示するか……。

ふと、アリシアの顔を見る。彼女は相変わらずの無表情だ。

だが。彼女の目にどこか縋《すが》るような気配を感じるのは気のせいだろうか。

……仕方ない、か。

「……見えています」

「……っ！」

僕の答えに無表情だったアリシアの相貌が、一瞬僅《わず》かに綻ぶのを僕は見逃さなかった。

「この光が何か、あなたにはわかる？」

抑揚のない鈴の音のような声音が先ほどよりも上ずっている。明らかに、先ほどよりもアリシアのテンションが高い。そのわけを僕は考えて、そして気が付いた。

そうか。彼女にとって、おそらく僕は初めての同胞《どうほう》なのだ。

金眼を持たぬ人間に精霊は見えない。僕も小さい頃は光のことを周囲の人に言っては困惑させていた時代がある。きっと、アリシアも同じような経験をしたはずだ。

話題を共有できないのは存外に辛《つら》いものだ。それに、大多数の他者が見えぬものは全て妄想《もうそう》と判断されるのが世の常である。僕の場合はその後にルディやヤミに出会えたけど、アリシアにはそんな人はいなかったのだろう。

そんな彼女にとって、この光を共有できる可能性がある人物は誰か。答えは簡単だ。この世で同じ金眼として名が広まっている存在。それこそ、忌み子と呼ばれている僕しかいない。

アリシアが僕と馬車に乗りたがった理由はこれだったのだ。

表情は変わりなく平坦《へいたん》だ。だが、少し乗り出すように僕の方を見ている。そんなアリシアに対して、僕はゆっくりと返答をした。

「私も、あまり詳《くわ》しくはないのですが……」

「なんでもいい。むしろ、他に見える人がいただけで、来た甲斐《かい》があった」

言葉を選ぶ僕に対して、アリシアが返答する。

そこに悪感情はなく、むしろ好感に近いものがあるような気さえしてくる。

……嘘、を言う必要はあるまい。

アリシアはここで僕が言ったことをきっと他言しない。アリシアの言葉がそれを裏付けている。

だから、僕はアリシアに、精霊について教えることにした。

「この子たちは『精霊』というらしいですよ」

「……精霊？」

「簡単に言えば、意思のある魔力みたいなものです」

「……初めて聞いた」

「私もちらりと、昔どこかで聞いただけですから」

ルディのことまでは教える必要はないだろう。あくまで、精霊に関してだけを教える。精霊の存在を知られたところで、僕が精霊術を使えることを知られなければ、そこまで大きな問題はない。

アリシアは周囲の精霊を見やると、今度はスイとアイに視線を向けた。

「……その子たちは？」

「この子たちは……。精霊の仲間のようなものですね」

「……人の形をしているのは初めて見た」

「確かに珍しいかもしれないです。私もこの子たちくらいしか見たことがないですし……」

スイとアイがきゃっきゃと僕の周囲を回っては、僕の手に小さな手をくっつけてくる。

「……仲良し？」

「そう、ですね。小さいころから一緒《いっしょ》にいるので……」

「……ちょっと、羨《うらや》ましい」

少し寂《さび》しそうにアリシアが言う。

僕がなんとも言えずにいると、スイとアイがアリシアの方へと近づいて行った。

「……？」

アリシアが首を傾げていると、彼女たちは自身の緑と青の光を操《あやつ》りだした。緑と青の線が宙に描かれていく。そこに書かれていたのは、なんとこの国の言語である王国語だった。

「……ス、……イ……。ア、……イ……？　『スイ』と『アイ』？」

アリシアの言葉を肯定《こうてい》するように、スイとアイがぶんぶんと首を縦に振っている。

正直、僕は驚いていた。スイとアイの成長は著《いちじる》しいなと思っていたけど、まさか王国の言語までわかるようになってきていたとは。

「スイとアイというのね」

アリシアの言葉に呼応して、今度はアリシアの周囲を二人は回りだす。

「精霊、面白い。来てよかった」

小さな光の少女たちと戯《たわむ》れる王女。なんとも、絵になる光景である。

そんな彼女たちの様子を見ながら、僕はふと思う。王族辺境訪問の代表者に僕が指名された理由。僕は自分への害意があるからだと思っていたけど、実は違うのではないか。僕を殺すとか、そういうことではなく。ただ、単純に。アリシアの意向なのではないか。スイとアイに、楽しそうに話しかけるアリシアの様子を見ると、むしろそっちのほうが納得できる気がした。

時間はゆったりと流れていく。前線基地まではまだ半日以上もの時間がかかる。

だけど、僕の心は明るかった。精霊の色どりが車内までもを明るくしているような気がした。

先ほどまでの気まずい空気は、もうここにはなかった。

第五話　幼少期編　襲撃《しゅうげき》

鬱蒼《うっそう》と茂《しげ》る大森林。

深緑の中には多くの命がその身を寄せる。

命の競争の果て。その先にのみ、彼《かれ》らには生が与《あた》えられる。

そこは勝者の世界。

どんな理屈《りくつ》も、自然の摂理《せつり》の前では戯言《たわごと》に過ぎない。

数多《あまた》の屍《しかばね》と血肉の上に彼らはいる。

「さぁ。仕事の時間だ」

かけられた言葉の意味は知らぬ。

ただ彼らができることは。獲物《えもの》を狙《ねら》い、追い詰《つ》め、殺し。そして生きる糧《かて》とするのみ。

芳醇《ほうじゅん》な香《かお》りに誘《いざな》われて、彼らは森を飛び出した。

◇◇◇

――ヴォォォォーーン！

アリシアと談笑《だんしょう》をしていた僕《ぼく》の耳に届いたのは低い『笛』の音だった。

通信機器のないこの世界において、早急な情報伝達に用いるのは「視覚」と「音」である。伝令使による伝達では遅《おそ》いと判断される場合や多数の味方に同時に情報を伝えたいとき。この二つの伝達方法は重宝される。そしてこの情報伝達がよく使われる事態。それは――緊急事態《きんきゅうじたい》である。

僕は、アリシアとの会話を中断して、車窓へと目を向けた。アリシアも同じように外へと視線を移す。馬車の周囲を取り囲む騎兵隊《きへいたい》は変わらずに駆《か》けている。窓から見える景色の範囲《はんい》では、異常は見当たらない。

――ヴォォン！　ヴォォーン！

今度は短く二度笛の音が響《ひび》いた。それにより、僕は異常事態の正体を知った。今回の異常事態の原因は魔物《まもの》――いや、魔物もどきだ。

東辺境伯軍《へんきょうはく》では、異常を知らせる際に笛を一度鳴らし、その次に異常の内容を伝える笛を鳴らす。今回の笛二回は魔物の襲撃を意味していた。

相手の正体がわかった僕は、少しだけ気が抜《ぬ》けてしまう。

というのも、正直なところ、僕は魔物もどきをあまり脅威《きょうい》と思っていないからである。

確かに、彼らは人よりはよほど強靭《きょうじん》な身体能力を持っている。ノルンの森で遭遇《そうぐう》したことのある個体も、僕よりはよっぽど大きかった。だが、僕はどうしても彼らを脅威とは感じられなかった。

なぜなら、ノルン大森林にいた彼らは。僕らに対して――一様に怯《おび》えていたのだから。

いくら人間より大きかろうが、あんな姿を見たら誰《だれ》だって拍子抜《ひょうしぬ》けしてしまう。僕が彼らを、この国の人が言う『魔物』と認識《にんしき》できなかったのには彼らの怯えようにも原因があったと思う。

僕やルディに対して、警戒《けいかい》し、近づこうともしてこない彼らが僕の知る魔物もどきである。故《ゆえ》に今回の襲撃は、僕が想定していた異常事態の中では比較的《ひかくてき》マシな部類のものだった。

「アリシア様、大丈夫《だいじょうぶ》ですよ。ただの魔物の襲撃みたいです」

　僕がそう言うと、アリシアが首を傾《かし》げた。

「魔物の襲撃は、一大事、ではない？」

「……あー、そう、ですね。……私たちの軍は魔物を狩《か》り慣れていますから。……大丈夫ですよ」

　言葉の選び方に失敗した。だが、なんとか取り繕《つくろ》えたようである。僕の言葉を聞いて、アリシアは少し安心した様子で深く席に座り込《こ》んだ。そしてこんなことを口にする。

「私の騎士団はまだ出来たばかりだから、そう言ってくれると安心できる」

　……聞き間違《まちが》いではないか。今、王族の護衛が新米騎士団と言ったか？

　ギョッとして固まった僕は思わずアリシアの顔を見つめた。だけど、困惑《こんわく》は表に出さない。王族に対して僕が許される態度は基本的には肯定《こうてい》や相槌《あいづち》のみだからだ。僕は表情筋を総動員した。

「……そうなんですね」

「ん。私の『十年の節目《アルフ・ティア》』の記念にできた新しい騎士団、それが聖金騎士団《サンオーレ・シュバリエ》。まだ出来て一年も経《た》ってない」

　アリシアは相変わらず抑揚《よくよう》なく、話を続けた。

「まだ出来たばかりだから、未完成なところも多い。現に今の団長のルーカスも、仮の団長。本当の団長候補はカーリナだけど、まだ経験不足で、団長は務まらないから」

「…………」

　アリシアの話を聞いて、僕は少しばかり絶句していた。

　王女の護衛に未完成の騎士団を王族側は派遣《はけん》してきているのか。本当に王女を守りたいのなら、そんなことがあり得るのだろうか。

そもそも騎士団は王族や〈英雄教《えいゆうきよう》〉の中でも特に重要な人物を守るための部隊である。

王族には元々、護衛として騎士を雇《やと》うことができる制度——所謂《いわゆる》、騎士契約《リチユル・コントラータ》と呼ばれるものがある。だが、王族に割り振《ふ》られる予算の影響《えいきよう》もあり、部隊を作るほどの人数とは契約《けいやく》ができないのが普通《ふつう》である。しかし、王位継承《けいしよう》を約束されたような者は、王や〈英雄教〉の大司祭の許可があれば複数の騎士を雇いまとめ上げる組織——騎士団《シュバリエ》の結成が認められるのだ。

英雄と名高いアリシアだからこそ、彼女《かのじよ》は聖金騎士団《サンオーレ・シュバリエ》の結成を許されたのだろう。いや、むしろ王や大司祭が話題性も兼《か》ねて結成させた可能性が高い。

王族の訪問と同時に騎士団のお披露目《ひろめ》も兼ねているのか？　しかし、だからといってそんなできたての騎士団を王女の護衛につけるのだろうか。実戦経験や訓練も兼ねた人選、という線も考えられるが、それにしたって不用心だと思う。僕の混乱など知る由《よし》もないアリシアが更《さら》に言葉を重ねた。

「ルーカスはお父様とヘンドリータ司祭が推薦《すいせん》してくれた。神殿騎士団《テンペル・シュバリエ》の副団長を経験してる人」

「……なるほど、それで」

アリシアの言葉を聞いて、僕は少し得心した。おそらく、団長であるルーカスの実力ならば問題ないという判断なのだろう。まとめ上げる人物が優秀《ゆうしゆう》であれば部隊はある程度正常に動く。

それに新米騎士団といえど、どこかで実戦経験は必要だ。ならば、より危険な国外遠征《えんせい》ではない、国内の遠征で実戦経験を積もうとするのはあながち間違いではないのかもしれない。その点で、この王族辺境訪問は確かにうってつけだった、と。

しかし、そうなると僕らの持つ戦力がどこか頼《たよ》りなく感じてきてしまった。今、僕らに随伴《ずいはん》している部隊は、東辺境伯の騎兵隊が四百二十。そして聖金騎士団《サンオーレ・シュバリエ》が百五十。そして王女の話が正しければ、総勢五百七十の騎兵のうち百五十が最悪の場合お荷物になる可能性があるということだ。戦場において足を引っ張る味方はともすれば敵よりも厄介《やっかい》だ。四百二十の騎兵だけなら損害のない戦いも、他の百五十騎に邪魔《じゃま》をされたらどうなるかわからない。

僕は少し反省をした。異常事態の原因が魔物もどきと知って少し安心してしまったことを。それに、もしかしたら魔物もどきではなく、本物の魔物である可能性もある。油断は大敵だ。それならば、現在の戦況《せんきょう》くらいは何とか把握《はあく》したいと僕は思った。だが、窓から見える景色に変わりはない。馬車の速度が少し速くなったくらいだろうか。限られた視界しかないここからでは、現状が何もわからなかった。

それなら、精霊術《せいれい》を使うか、とは思うものの。僕はちらり、とアリシアの方に目を向ける。爛々《らんらん》と輝《かがや》く金眼と目が合う。それは人外の瞳《ひとみ》であり、魔力や精霊の目視を可能とする不思議な眼《め》。ならば、彼女も僕と同じように精霊術の陣《じん》が見える可能性が高い。

僕は精霊が見えるということは認めた。だが、未知の力が使えるということを教えるつもりはなかった。今の僕は魔術が使えないということになっている。そしてこの情報は僕にとってかなり都合がよかった。

たとえば王族や貴族が僕に害意を持った時、おそらくはその情報を基《もと》に作戦を立てるからだ。

魔術師はこの国においてかなりの脅威と思われている。重火器がないこの国で、魔術師に勝《まさ》る火力を持つ存在はいない。だからこそ、この国では、多くの魔術師を有している王族の力が強いのだ。

もしも、僕が魔術に似た術を使えると判断されたら、それ相応《そうおう》の戦力を敵は用意するだろう。

自身の敵からは常に過小評価されていてほしいものだ。それは油断を生み、僕が生き残る抜け道となりうる。

（……アリシアの前では、使えないな）

同じ馬車に乗っているのが仇《あだ》となった。王女が近くにいると逆に王女を守りづらくなるとは。矛盾《むじゅん》しているようだが、それが事実だった。僕が今できることは騎兵隊が魔物もどきを退けるのを待つことくらいだろう。

東辺境伯の軍は魔物もどきと戦い慣れている。その点だけは、信用できた。

「何かあれば、アリシア様のことは御守《おまも》りしますから。心配なさらないでください」

「……ありがとう」

ホッと息をついたアリシアを横目に、僕は窓へと再び視線を向けた。

太陽の光《トワイライト》が窓を照らし、僕の背後を映す。ガラス越《ご》しに映るは漆黒《しっこく》の鞘《さや》。

母の贈り物が、まるで出番を待つかのように揺《ゆ》れていた。

しばらく外を観察していた僕だったが、ついぞ魔物（もどき）の姿を捉《とら》えることはできなかった。騎兵隊が隊列を組みなおして、少しばかり速度を上げたくらいだろうか。あからさまな襲撃がなかったことを考えると何かしらの対処はしたようである。まあ、おそらく、部隊の一部を割《さ》いて、対応にあたらせたんだろう。殿《しんがり》が対処し、護衛対象は逃《に》がす。当たり前の選択《せんたく》と言える。

それからは、また平和な時間が続いた。アリシアと談笑をし、僕とは無縁《むえん》の王族の話を聞いた。そんな風に穏《おだ》やかな雰囲気《ふんいき》はしかし、車内に差し込む光の陰《かげ》りと共に不穏《ふおん》なものへと変化する。

「……ん？」

異変にはすぐに気づいた。空を舞《ま》う精霊たち、その彩《いろど》りがガラリと変化したからだ。

「青の、精霊」

アリシアも気づいたのか、小さく呟《つぶや》いた。

僕の視界に一面に広がるのは青い光たちだった。風と光の精霊ばかりだった世界が、瞬《また》く間に淡《あわ》い水色に変化したのである。水の精霊が好む川はまだ遠い。ならばこの原因は簡単だ。

「雨が降ってきたみたいですね」

「……そう、ね」

雨の日は水の精霊が増える。それは今までの経験上間違いないことだ。僕の言葉に、アリシアが頷《うなず》いていた。

この状況で雨が降るのは正直嬉《うれ》しいことではない。雨は行軍速度を下げる上、軍の士気にも関《かか》わる。視界も悪くなるため、護衛にとってはよくない事柄《ことがら》の一つだった。とはいえ、ある程度の雨は想定の範囲内だ。雨天に対する対策も考えてある。そこまで大きな問題ではないだろう。

僕はぽつぽつと降り始めた雨を見ながら、そんなことを思っていた——思っていたのだけど。

「……随分《ずいぶん》、降るのね」

「そう、ですね……」

アリシアの言葉に返答しながら、僕は視界一面に広がる青い世界に頬《ほお》を引き攣《つ》らせた。

膨大《ぼうだい》な数の青い精霊。よく見れば、かつてのアイのような大きめの精霊——高位精霊までもがこの地に集まっている。

間違いなく、今世で一度にお目にかかった水精霊の数としては最多だ。

その精霊たちの数に比例するように、雨の勢いは増していった。

ともすれば、馬車や大地ごと押《お》し流してしまうのではないか。それほどまでの雨量である。確かに事前に立てた計画では、雨の際の対策も考えてはいたのだが、嵐《あらし》と呼んで差し支《つか》えないこの状況までは、流石《さすが》に想定ができていなかった。

雨が屋根木を叩《たた》く音が更に強くなる。巨大《きょだい》な黒雲が陽《ひ》を遮り、さながら夜のように辺りを暗くする。時折、雨音に混じって雷鳴《らいめい》が聞こえてきた。

雨によって、既《すで》に馬の駆ける速度はかなり遅くなっている。このペースだと前線基地まで今日中にはたどり着けない可能性が高い。できれば野営はしたくなかったが、避《さ》けられそうにない。

改めて、後続に歩兵部隊を配置していてよかったと思う。

安全地帯を確保できれば、雨が降ってもどうにでもなる。そのための装備も確保してある。

(想定内とは言い難《がた》いけど、対応できる範囲のはず)

僕が自分に言い聞かせたその時だった。

——ヴォォォーーン。ヴォォーーーン。

先ほどと同じ二度の笛の音が部隊に響いた。

(また、魔物か?)

二度目の襲撃を知らせる音。前回、護衛部隊がどのように対処したのかはしっかりと把握できていないが、しばらく何事もなかったため、上手《うま》く撒けたのだろうと僕は認識していた。

ならば新手、と考えるのが自然だろう。だが、再び響いた笛の音は僕の予想を裏切るものだった。

――ヴォーン。ヴォォーン。ヴォォォォーーン！

鳴り響く三度の笛の音。これが示すことは――人間よる襲撃である。

「………」

魔物の襲撃、嵐の如《ごと》き豪雨《ごうう》、そして今回の人間による襲撃。立て続けに起こる良くない出来事に、いよいよ僕の猜疑心《さいぎしん》は膨《ふく》れ上がっていた。僕はこれらの出来事を偶然《ぐうぜん》と片付けられるほど楽観的ではない。明らかに今回の王族辺境訪問にはなんらかの悪意が働いている。それが僕に対するものなのか、それとも王女に対するものなのか、あるいは東辺境伯そのものに対するものなのか……。現状、僕には判断することができないけれど。

今わかるのは、その悪《あ》しき牙《きば》が確実に僕らに迫《せま》っているということ、それだけだった。

僕は悩《なや》んでいた。この状況に対して、どのように対処するか。いや、最初の対処の正解はわかっている。まず行いたいのは現状の把握だ。そのために、僕は精霊術を使いたい。だが、精霊術を使うにしても、まずは王女の目からは逃《のが》れたい。

悠長《ゆうちょう》なことを言っている場合ではないのはわかっているが、僕はそれでもこの力の存在を他人に隠《かく》しておきたかった。

「………」

とりあえず、襲撃に対して準備だけはしておこう。

僕は自身の真っ黒なローブを羽織り直すと、トワイライトを背中に結び付ける。

そして、外を確認しているアリシアに暗い茶色がかった外套《がいとう》を差し出した。

「アリシア様、外套を羽織ってください」

「……………わかった」

襲撃者《しゅうげきしゃ》の狙いがわからない以上、王女の安全確保は急務だ。今日のアリシアの服装は淡い蒼玉色《あおだま》のドレス。外はやや薄暗《うすぐら》いとはいえ目立つ格好《かっこう》だ。それに外は雨が降っている。馬車を出て逃げなければならない状況など考えたくもないが、一応対策は取っておかねばなるまい。

この馬車は屋根木もしっかりしており、窓もガラス張りで雨風にはかなり強い。一般庶民《いっぱんしょみん》が使うような馬車とは比べ物にならないほど頑丈《がんじょう》だ。だが、それでも直接襲撃を受ければ放棄《ほうき》せざるをえないだろう。頑丈さにだって限度がある。馬車の中だと逃げ場もないし。

たどたどしく、外套に袖《そで》を通すアリシアを横目に見ながら、僕は御者台《ぎょしゃだい》と馬車内部を繋《つな》ぐ正面窓に手をかけた。御者であるシラユキに、わかる範囲で今の状況を聞きたかったからだ。窓を開けると、雨風が車内に入ってくる。気温も低く、かなり条件が悪い。

「ご主人様、どうかされましたか？」

窓を開けた音に気づいたのか、シラユキが少しだけ目線をこちらに向けて話しかけてきた。

「雨、すごいね。大丈夫？」

「はい。問題ないです」

シラユキは全身ローブに身を包んでいるとはいえ、この雨の強さは辛《つら》いだろう。

現に少し窓を開けただけで、僕の顔はかなり濡《ぬ》れてしまっている。

「状況は把握できてる？」

「はい。後方より人間の襲撃のようです。先ほど、騎兵隊の一部が討伐《とうばつ》に向かったようです」

シラユキの言葉を聞きながら僕は考える。相手は何者なのか。そして、目的は何なのか。

目的として一つ考えられるのは王女の身柄《みがら》そのものだ。彼女の価値は千金にも勝《まさ》る。金目的なら狙う理由も考えられるか。とすれば、相手は野盗《やとう》か相応の犯罪組織か何かだろうか？

だが、相手は東辺境伯の軍だ。そこまでのリスクを野盗如きが負うのだろうか。

それに、たとえ金を得られても、今後の報復を考えればリターンに見合わない労力のような気もする。ならば他になにが考えられる？

王族や教会の線はあるだろうか。僕を殺すためにしかけてきた……いや、そのためだけにここまで大がかりにやる必要はないか。殺したいのならば、どこかの街で暗殺すればいいだろう。それに、アリシアの安全を考えれば、魔物もどきを使った襲撃はあまりにも危険すぎる。

僕がうーん、と唸《うな》っていると、シラユキが再び僕に話しかけてきた。

「そろそろ歩兵部隊の配置地点に近いとは思うので、心配はないと思います」

シラユキの言葉を聞いて、僕は前方へと視線を注いだ。僕の金眼は遠方の景色も鮮明《せんめい》に見える。シラユキの言う通り、遠く水平線にエルドーラ川が見えた。

エルドーラ川の近隣《きんりん》が部隊の配備予定地だ。ならば、今回僕らに悪意を向ける存在に関しては、安全地帯に行き襲撃者を倒《たお》してから考えればいいか。

僕がそう考えた時だった。

突如《とつじょ》、騎兵隊の足並みが崩《くず》れる。シラユキが手綱《たづな》を操《あやつ》って輓馬《ばんば》二頭を制御していた。十歳《さい》に満たぬとはいえ、大人顔負けの膂力《りょりょく》をもつ獣人族《じゅうじんぞく》だからこそできる芸当だ。

部隊が崩れた原因は前方部隊が急に減速したからだったようだ。一体何があったんだ？

僕が進行方向に目を凝《こ》らして――遠く暗色の空間に一対《いっつい》の光が灯《とも》った。

小さな光に束が集束し、輝きは赤色へと変化していく。

そして、象《かたど》られていくその紋様《もんよう》に、僕は目を見開いた。

それはまごうことなき炎色《えんしょく》の魔術陣。遠く見える魔術陣が意味するは――第五位階魔術〈大炎槍《グラン・イグニス》〉。

高位魔術に属する長射程の魔術の一つだ。

そしてそれは。間違いなく人の手によって作られた魔術の兆候だった。

その矛先《ほこさき》が向いているのは――僕らの前方の部隊。

僕はシラユキに叫《さけ》んだ。

「シラユキ！　正面から〈大炎槍〉が来る！」

「っ！」

臨界点を超《こ》えた赤色の魔力が力となって放出されるのを僕は捉えた。

赤い炎が螺旋《らせん》となって、部隊に降り注ぐ。空間を切り裂《さ》き、飛来した炎槍が前方の囮の馬車に直撃した。さらに騎兵隊の面々が浮《う》き足立《あしだ》つ。

全くの容赦《ようしゃ》のない一撃。相手が王女でも関係がないということか？

減速していた僕らに被害《ひがい》はない。だが、二撃目の魔術陣が現れるのを僕の瞳が捉えた。

「シラユキ、二撃目が来る。馬車は任せた」

「っ！　お任せください！」

魔術の陣が意味を成す。二度目の魔力の飽和《ほうわ》と共に、紅炎がこの世界に現出した。その標的は――

この馬車だ。

「アリシア様！　伏《ふ》せて！」

僕は少し強引《ごういん》にアリシアに覆《おお》いかぶさると、水の少女《アイ》へと手を伸《の》ばした。

アリシアの視界を隠せているこの状況なら、少し強引に術を発動しても問題はないはず……！

「グレイズラッド……？」

抑揚のない、されど少し不安そうなアリシアの声が僕の下から聞こえてきた。

「大丈夫です。アリシア様は目を閉じていてください」

「……わかった」

詠唱《えいしょう》は言葉にはせず。されど確実な魔力操作を、僕は行う。

青く輝く、僕とアイの魔力が静かに馬車を包んでいく。馬車を覆うのは薄い水の膜《まく》。それも常人ならばまず気づけないほどに、極限にまで引き延ばされた薄い壁《かべ》だ。

されどその紙切れのような障壁《しょうへき》には、人知を超えた濃密《のうみつ》な魔力が込められている。

それは水の精霊の護《まも》り。あらゆる脅威を受け流す平穏の世界を創造する精霊の奇跡《きせき》。

精霊術〈水精の揺り籠《かご》（Spiritus aquaecunae）〉。

淡い鈍色《にびいろ》の輝きが僕らの馬車を包んだ。


魔力同士の衝突《しょうとつ》で重要なことは何か。

それは魔力の質、そして量だ。魔術同士の戦いはエネルギーのぶつけ合いだ。そして、その勝敗を左右するものは非常に単純だった。

すなわち、その総量が上回った方が勝つ。故に、魔術など精霊術の前では児戯《じぎ》にも等しい。

「大丈夫ですか？　アリシア様」

「……ん。大丈夫」

アリシアが無事であることを確認した僕は、横転した馬車の中でほっと息をついた。

結論から言えば、〈大炎槍〉は僕の〈水精の揺り籠(Spiritus aquaecunae)〉と衝突した瞬間《しゅんかん》に、跡形《あとかた》もなく霧散《むさん》した。魔術は精霊術に敵《かな》わない。高位の魔術といえど、それは変わらない。それは赤子が大人に勝てぬように、この世の真理とでもいえるものなのだ。

だから僕は飛来する魔術に関しては全く憂慮《ゆうりよ》していなかった。

心配だったのはその標的となった馬の方だ。馬車を引く輓馬がパニックを起こして暴れでもしたら、むしろその方が危ないまである。

そのあたりは上手くシラユキが手綱を取ってくれたようだ。横転程度で済んだのは僥倖《ぎようこう》だった。軽い横転なら、スイの力を少し借りれば容易《ようい》に対処ができる。実際、それで僕とアリシアは事なきを得た。僕がシラユキ、アイ、スイの三人に心の中で感謝していると。

「ご主人様! ご無事ですか!?」

切羽詰《せつぱつ》まった声と共に、頭上の扉《とびら》が剥《は》がされた。

文字通り扉を破壊《はかい》して、車内を覗《のぞ》き込んできたのは――ローブに身を包んだシラユキだった。

僕の姿を認めた彼女は、わかりやすく安堵《あんど》した表情を見せた。その表情とは裏腹にやっていることは大の大人も慄《おのの》く事柄ではあるのだが。獣人族の腕力侮《わんりよくあなど》るべからず、である。

「敵が来るかもしれません。急いで外へ!」

シラユキの手を借りながら、僕とアリシアは馬車から脱出《だつしゆつ》する。

大粒《おおつぶ》の雨がローブを叩きつけてくる。途中《とちゆう》アリシアの外套のフードが脱《ぬ》げそうになるのを優《やさ》しく被《かぶ》りなおさせてやった。

すでに馬車の周りには複数の騎兵が取り囲んでおり、周囲の警戒をしていた。

魔術の発生源の方に目をやるが、魔術の陣はなかった。どうやら三発目は無いようだ。

魔術は奇襲《きしゅう》に使うのが定石である。というのも、術者が狙われると、基本的には満足に魔術の発動ができなくなるからだ。三発目がないということは、向こうは奇襲の失敗を悟《さと》って後退したか。あるいは、東辺境伯の部隊が接敵したか。そのどちらかだろう。

個人的には後者なのかな、と思う。三発目を許すほど、東辺境伯の軍はきっと弱くないはずだ。

「申し訳ありません。私が不甲斐《ふがい》ないばかりに、ご主人様を危険にさらしてしまいました」

「いや、シラユキは十分やってくれたよ。あれくらいの荒《あら》っぽさならなんとでもなる」

頭を下げるシラユキに僕は返答する。実際なんとかなったから、それでいいと思う。

問題はこの後のことだ。後方からは人間の襲撃、そして味方がいるはずの前方からは魔術の攻撃《こうげき》。

歩兵部隊はどうした？　後方の襲撃はどうなった？

考えることは多々あるが、何よりも今問題なのは挟撃《きょうげき》されていることだ。

逃げ場がない、というのは非常に危《あや》うい。東側の森に逃げるのは論外。西側は平原が続いているが、その先に人里はない。比較的小さな雑木《ぞうき》林があるのみだ。ならば橋を渡《わた》らずに直進するという手もあるが、前方の敵がどこから湧《わ》いて出てきているかわからないから、それも危うい。

もういっそのこと橋を渡ってしまうか、とは思うものの。

僕は空を見上げる。雨は更に強くなっている。目を開けることすらままならない雨量。さらに強風までセットときた。この状況で川に近づくなど、自殺行為《こうい》ともいえる。

そこまで考えて僕は気づいた。……なるほど。この雨で歩兵部隊は足止めをくったのか。

ここまでの暴風雨ならば川は相当増水しているはずだ。

それも、下手をすれば橋を渡れぬほどに川はその姿を変貌《へんぼう》させていることだろう。

「……これが原因か」

僕の考えがあっていれば、おそらくこちらの戦力は橋の先で立ち往生している。

それならば味方のいるはずの場所に敵がいるこの状況にも少しは納得《なっとく》がいく。

であれば、この状況を打開するにはどうすればいいか。答えは簡単。その原因を取り除けばいい。

すなわち——天気を変えてしまえばいいのだ。


やることは決まったものの、僕はすぐには動けなかった。

ここには王女がいて、迂闊《うかつ》に精霊術を使えない状況である。なにより、名ばかりといえど僕はこの部隊の代表者である。王女の安全を最優先に考えなければならない。好き勝手動くことは難しい。

「アリシア様、寒くはないですか？」

「大丈夫」

雨風に背を向けながら、僕はアリシアの体を支えていた。

箱入りの王女には酷《こく》な環境《かんきょう》だろう。それでも文句ひとつ言わない彼女は本当に良い子だと思う。

「少し、移動します。大丈夫ですか？」

アリシアが小さく頷いたのを見て、僕らは移動を開始した。

僕らが草原から抜け出すころに、数名の騎兵が僕らの元へやってきた。先頭の兵の胸元《むなもと》には勲章《くんしょう》がある。その人物には見覚えがあった。確か、中隊長の一人だったと思う。

中隊長は僕らの姿を認めると、馬を下りて走ってくる。その顔には疲《つか》れが見えた。

「アリシア様！　ご無事ですか！」

一直線にアリシアの元へ向かった彼の言葉には、当然のことながら僕の安否を懸念《けねん》するものはなかった。

……いや、うん。わかってはいたけど、本当に僕のことはまるで眼中に無いよね。彼の視線はアリシアに固定されている。隣《となり》にいる僕には見向きもしない。アリシアはすまし顔で返答した。

「無事。グレイズラッドのおかげ」

アリシアの言葉にギョッとしたように中隊長がこちらを振り向いた。

一応、僕のことを認識はしていたのね、なんて場違いな感想が浮かんでしまう。

中隊長は嫌《いや》そうに顔を顰《しか》めると、顔を背《そむ》ける。

「っ、ともかく、ここは危険です。安全な場所までご案内いたします！」

そしてアリシアに対して、そうまくし立てた。だが、僕らが反応する前に会話に割って入る存在がいた。

「アリシア様！」

今度は年若い女性の声だ。僕が声のする方に目を向けると、先ほどとは異なる装《よそお》いの騎兵が幾人《いくにん》かやってくるのが見えた。声の主は騎兵たちを率いる先頭の人物。鎧《よろい》と兜《かぶと》に身を包んでいるため、顔は見えない。だが、その声には聞き覚えがあった。

「カーリナ？」

「アリシア様！　よくぞご無事で……っ！」

首を傾げたアリシアに、鎧の女――カーリナ・ステファンが馬を下りて駆け寄ってくる。

中隊長を押しのけるようにアリシアへと近づいたカーリナは、兜を脱ぐと安堵の息を吐《は》いた。

しかし、すぐに忌々《いまいま》しげに顔を歪《ゆが》めた。

「やはり、悪魔と共に乗るべきではなかったのですよっ！」

カーリナがそう吐き捨てる。その言葉にアリシアは困惑げに首を傾げた。

「……でも、グレイズラッドのおかげで助かった」

「ん、なっ⁉」

カーリナはアリシアの言葉に目を見開いて、首だけを回してこちらを見た。その挙動があまりにも速くて少し気持ち悪い。

相変わらずの自分の扱《あつか》いにうんざりしながら、僕は少し不安を覚えていた。

原因は先ほどからのアリシアの言動である。僕のおかげで助かったことを確信しているかのような口ぶり。そこが僕には引っかかる。目を閉じてもらって、可能な限り気づかれないように精霊術を発動したつもりだったのだけど。もしかして、バレてしまったのだろうか。

「こんな奴《やつ》に何ができるんですか⁉」

「……体を張って、私を守ってくれた。怪我《けが》もしてない」

抑揚なくそう語るアリシア。あの状況を言葉で表すなら、この表現は適切か。

（……一応、バレてはいなさそう……か？）

僕が判断に迷っていると、カーリナが眉尻《まゆじり》を吊《つ》り上げて僕を睨《にら》みつけてきた。

「……ふんっ。むしろ悪魔である貴様はアリシア様を命に代えても守るべきだ。当然だな」

「……はぁ」

それは君たちも同じなのでは、とは思うが、言葉にはださない。というか、こんな状況でも嫌味《いやみ》しか言えんのか、この女は。ここは戦場だ。それどころではないというのに。

「ともかく、ここから離《はな》れましょう。向かう場所としては南、あるいは橋の方へ――」

「言われずともわかっている！　それと、ここからは我々がアリシア様を御守りする！　貴様らにはほとほと失望した！」

努めて冷静に今後の方針を話そうとした僕の言葉はカーリナによって遮られた。

肩《かた》を怒《いか》らせるカーリナはそのまま、アリシアの手を取ると、自身が騎乗していた馬の方へと歩いていく。半ば強引に連れられたアリシアが、僕の方に顔を向けた。

「グレイズラッ――」

「アリシア様、私が安全な場所までお連れしますので安心してくださいっ！」

アリシアが言いかけた言葉はカーリナによって塞《ふさ》がれる。アリシアは少し名残惜《なごりお》しそうに僕を見つめたが、そのままカーリナに連れられて行った。聖金騎士団《サンオーレ・シュバリエ》がこの場を後にすると、東辺境伯の騎兵隊も揃《そろ》ってこの場から離れていく。

中隊長の号令で隊列に戻《もど》り、それぞれが自身の持ち場へと向かっていった。

そしてこの場に残ったのは――僕とシラユキの二人だけ。

「…………」

確かに僕とシラユキは嫌《きら》われている。この世で僕らに何のしがらみもなく接してくれるのは、コルネリアとフェリシア、そしてルディくらいなものだろう。

だけど、それにしたってこれはひどい。曲がりなりにも貴族の次男坊《ぼう》とそのお付きの侍女《メイド》。

その二人を戦場に置いていくなんて。

いつの間にやらフードが脱げていた僕の顔に、大粒の雨が打ち付けてくる。とても冷たい。諦念《ていねん》にも似た呆《あき》れの感情が胸中を満たして、僕は大きなため息をついた。

「さて、と」

フードを被り直し、顔の水滴《すいてき》を手で拭《ぬぐ》った僕はエルドーラ川の方角を見つめていた。

友軍に置いてきぼりにされた僕だったが、ある意味でこれは僥倖だった。精霊術という他人に知られたくない力。その力を行使するのに、周囲に誰もいないこの状況は非常に都合が良かったから。

「シラユキ、一応周囲の警戒をしていて」

「はい！」

僕は空を見上げる。

大量の水の精霊が浮遊《ふゆう》する空。そこには巨大な暗雲が渦巻《うずま》いている。この雨の原因である黒雲だ。

雨は、騎兵を中心とする僕らの部隊にとって害である。橋の向こうにいる援軍《えんぐん》が僕らの元に来れないのも、すべては雨のせいである。

逆に言えば、雨さえ止《や》めば、状況が好転する可能性は高いと言えるだろう。

今の僕の中にある心配事はアリシアのことだが、彼女は聖金騎士団《サンオーレ・シュバリエ》によって保護されている。過《か》剰《じょう》に心配することはないはずである……おそらくは。

ならば、彼女の護衛は任せて——僕は僕にできることをしよう。

僕は天に向かって手を掲げた。

◇　◇　◇

「アリシア様、こちらの馬車にお乗りください！」

カーリナの言葉に促されるまま、アリシアは正面に鎮座する絢爛な馬車に乗り込んだ。　馬車に乗り込むと、降り注ぐ雨水は露と消えて、じっとりとした不快な感触が幾分か和らいだ。

「ここからは我々が守りますゆえ、安心してくださいっ！」

そう言ってカーリナは扉を閉める。そして静かに馬車が動き始めた。

「……」

車内で耳をすませてみても、外から剣戟の音は聞こえてこなかった。

戦場の喧噪は自然の猛威の中に溶け込んでいるのかもしれない。

まるで先ほどの出来事が夢だったのではないかと思うほどに、アリシアの周囲は平和だった。

しかし、アリシアは理解している。今ここにあるのは仮初の平穏であることを。

グレイズラッドに視界を遮られる直前に、アリシアたちに迫った劫火。その暴威を思い出して、アリシアは思わず震えた。あの一撃は間違いなくアリシアたちを殺せる威力を持っていた。十歳のアリシアでもそれは明確に、直感的に理解していた。

しかし、実際にアリシアたちの馬車が燃え上がることはなかった。

襲撃者が外したのか。あるいは上手く避けることができたのか。はたまたただの幸運か。どれもありうる話だと思う。だけど、アリシアの考えは違う。あの程度で済んだのは——グレイズラッドのおかげだと。

とはいえ、アリシアとてわかっていた。自分と同じ十歳の男の子に、あの状況で何かができるはずがないことは。しかし、アリシアには不思議な確信があった。自分自身が無事だったのは、グレイズラッドが何かをしたからだと。

アリシアは襲撃の時のことを思い出す。グレイズラッドはあの状況でも瞬時に動いた。炎撃の前で、ただ茫然《ぼうぜん》としていたアリシアの盾《たて》になった。そこには何のためらいもなかった。

不安を感じるアリシアにかけられたグレイズラッドの言葉もまた、緊急時に発したとは思えないほど落ち着いた声音《こわね》だった。彼の言葉には確かな包容力と安心感があった。実際、彼の言葉はアリシアの心の焦燥《しょうそう》を静かに取り去っていった。

そして、目を閉じたアリシアが軽い浮遊感を感じたのも束《つか》の間。

気が付いたら、横転した馬車の中で、グレイズラッドもアリシアも無事だったのである。

その時のアリシアの心境を言葉にするのは難しい。現実味がなかった、というのが率直《そっちょく》な感想だろうか。あのような危険な魔術に狙われたのに、馬車は横転しただけ。それも、乗っていたアリシアたちは傷一つない無傷。もはや不可解な現象と言ってもいい。

当時の状況に関して、アリシアの記憶《きおく》は曖昧《あいまい》だった。その時のアリシアがどこかふわふわとしていたのがその一因かもしれない。この一連の流れの中でアリシアが鮮明に覚えているのは、彼の体温の温かさくらいだった。

結局思い返してみても、グレイズラッドが何をしたのかはわからなかった。グレイズラッドが何かをして、アリシアは助かった。その確信だけが、なぜか今のアリシアの胸の中にある。

「グレイズラッド……」

思わず口をついた言葉に応《こた》える者はいない。

当の本人はもうここにはいないからだ。そのことにアリシアは少し寂《さび》しさを覚える。

グレイズラッドとの話は楽しかった。今まで共有できなかったこの美しい世界の話。その話を彼は理解してくれた。嘘《うそ》と断じなかった。それどころか彼は、アリシアよりもこの世界に詳《くわ》しかった。

アリシアはこの短い人生の中で、初めてわかり合える存在に出会えたと思った。

この短時間で、アリシアの心は今までにないくらいに満たされたのだ。

だからこそアリシアは不安に思う。彼は無事だろうか。しっかり護衛に守られて、アリシアと同じように戦場から逃げられているのか。アリシアはそれだけが気がかりだった。


いつからだろう。自分の話す言葉が少なくなったのは。

いつからだろう。あまり笑えなくなったのは。

いつからだろう。怒りを隠すようになったのは。

いつからだろう。何も楽しくなくなってしまったのは。

アリシアは英雄の生まれ変わりらしい。それは父と母に教わり。乳母《うば》からも聞いて。その他の全《すべ》ての人間からアリシアが言われ続けてきたことだ。

彼らはアリシアに言った。それ相応の存在になれ、と。生まれてからアリシアは、そのための教育を受けてきた。あらゆる分野に精通した完璧《かんぺき》な存在。それが、アリシアが目指すべき英雄という存在だった。しかし、周囲の思惑《おもわく》とは別に、アリシアの関心は別のところにあった。

それは――この世に満ちる不思議な光たちのことだった。

世界の色どりに、アリシアは魅了《みりよう》された。キラキラと宙を舞う存在に、どうしようもなく心を惹《ひ》かれたのだ。アリシアはあらゆる人に美しい光の話をした。父にも、母にも、城内のあらゆる人に、アリシアは光のことを話した。

この世界はこんなに綺麗《きれい》なんだ、と。それを共有したくて、アリシアは何度も光のことを話した。

だが、アリシアが見てきた世界は他人にとっての非常識だった。虚空《こくう》を見上げ、ありもしない存在を語る王女の姿に、いつしか周囲の人たちはこのようなことを囁《ささや》きだした。

「第三王女様は頭がおかしいらしい」

そんな噂《うわさ》が王城に流れ出したあたりで、アリシアは父と母に呼び出された。

そして、今までにないほどに強く叱責《しつせき》された。

「その言葉を発するな」

「その光の存在を口に出すな」

大好きだった父と母に、自分の世界の全てを否定された気がした。きっと、父と母にも、他の人にも見えているのだろうと思って。ただアリシアはそれを共有したかった。それだけだったのに。

あの頃からだ。光のことを口に出すのをやめて、アリシアの態度が変化したのは。天真爛漫《てんしんらんまん》だったアリシアの変貌に身近な人たちは困惑していたけど、しばらくしたら、皆《みな》慣れていった。

今では〈人形姫《ひめ》〉と呼ばれるくらいには、アリシアの性格は浸透《しんとう》している。そして、それは父や母にとっても都合が良いものらしかった。

だけど、アリシアにとっては違う。父と母の言いつけを守ろうと、自分の感情から目を背けようと、アリシアの世界にはなんら変化がなかった。

アリシアしか知らない世界。誰も信じない美しい世界。それは、アリシアの心に苛立《いらだ》ちを生んだ。どうして見えるのか。自分が英雄の生まれ変わりだからか。この金色の目——魔物の目がそうさせるのか。——一生、この世界を見なければいけないのか。

幼いアリシアにとっての、父と母、乳母、周囲の人間。その全てに否定されたこの世界は「悪」だった。その感覚はある程度成長しても消えることなく、心の歪みとして彼女の中に残った。

アリシアは光の世界を遠ざけた。存在しないものとして扱った。

中には近づいてくる光もいた。大きな光を見たこともあった。だけど、アリシアは見て見ぬふりをした。表情を変えないように努力した。そして気が付けば、それが普通になっていた。

そんな折に。アリシアはグレイズラッドの名前を聞いた。

父と司祭たちの会話がたまたま耳に入った。その中に彼の名前があったのだ。

東辺境伯の次男、グレイズラッド・ノルザンディ。またの呼び名は忌《い》み子、悪魔付き。人によっては偽《にせ》英雄と蔑《さげす》む存在。そしてアリシアと同じ金眼を持つ者。

この話を聞いた時、アリシアの歓喜《かんき》は凄《すさ》まじかった。

自分と同じ目を持つ少年。そんな存在が同じ時代に、しかもアリシアと同じ年齢《ねんれい》でもある。

これを「運命」と言わず何というのか。

それは少女としては、年相応の感情だった。

自分の世界を肯定してくれる存在、それをアリシアはどこかで求めていた。その可能性のある存在がこの世にはいたのだ。アリシアの中に一筋の光が灯った瞬間だった。

——そして、時は流れて今に至る。

王族辺境訪問は当主の息子《むすこ》を代理とすることができる。その制度をアリシアは知っていた。

そしてアリシアは王族であり、英雄の後継と呼ばれる存在である。第三王女とはいえ、自身の発言力が高いことをアリシアは知っていた。

故に前代未聞《みもん》ではあるが、アリシアはグレイズラッドを指名するという強行に出た。金眼を忌むべきとする教えなどどうでもよかった。アリシアがその目の持ち主だったというのもあっただろう。

グレイズラッドの名前を出した時の父の猛反対ぶりは凄《すご》かったが、「お父様、嫌い」と言ったら簡単に認めてくれた。そうして、アリシアはグレイズラッドに出会うことができた。

彼はアリシアの想像通り、いやむしろ超えてくれた。

これ以上ないほどに。

だからこそ、アリシアはこの窮《きゅう》地《ち》をどうにか脱出できることを祈《いの》っていた。

もっと彼と話をしたい。そのためには、お互《たが》いに生きてこの戦いを潜《くぐ》り抜けなければならない。

「大丈夫、彼ならきっと」

それはアリシアの中にあった不思議な確信。しかし、同時に確証のない不確かな思いでもある。

アリシアが祈るように手を合わせたその時だった。

「……？」

ふと、圧を感じた。ひりつくような重苦しい空気が背中を襲《おそ》う。

思わず振り向いたアリシアはその光景に絶句した。

天を貫《つらぬ》く巨大な緑色の閃光《せんこう》が大地に突《つ》き立っていた。

光は黒雲を穿《うが》ち、遥《はる》か彼方《かなた》にまで上っていた。光は更に輝きを増して、円状に広がっていく。

そして次の瞬間――天空を見たこともない翠《みどり》色の文字が覆いつくした。

アリシアは知っていた。魔術を発動する際に似たような文字が現れることを。だけど、そのどれともこの言語は違う。アリシアにもそれはわかった。呆然《ぼうぜん》とそれを眺《なが》めていたアリシアは、変化に気が付く。馬車を叩く雨の音が先ほどよりも弱い。

「雨が止んでいる……？」

そんなことがありえるの？

アリシアは天気を変える魔術など聞いたことがなかった。この世の自然現象に真っ向から関与《かんよ》するなんて、魔術ですらできないことだ。それこそ、人知を超えた存在でなければ不可能だろう。

だが、まさにそれを成そうとしている者がいる。

いったい誰なのだろうか。

その疑問に対して、なぜかグレイズラッドの顔がアリシアの脳裏《のうり》に浮かんだ。

馬鹿《ばか》らしいとは思う。しかし、理屈もなく、今のアリシアは彼に期待を寄せてしまうのだ。

緑光は衰《おとろ》えることなく暗色の空を照らしていた。大地より天を刺《さ》す緑の柱。アリシアは固唾《かたず》を呑《の》んでその光景を見守った。

空を覆う文字と紋様が溢《あふ》れんばかりに緑色に光り輝いて、そして――崩れ去った。

「……え？」

アリシアの口から間抜《まぬ》けな声が漏《も》れる。

緑の光を覆いつくすように、青い光が文字を侵食《しんしょく》していく。あれほどまでに眩《まぶ》しかった緑光は露と消えて、我《わ》が物顔で暗雲が空を曇《くも》らせていった。外から聞こえる雨音は元に戻っている。天気は前と変わっていない。特大の大嵐のままだ。

雄大な現象からは想像もつかないほどにあっけない幕切れ。

アリシアは思わず脱力した。

「……なんだったの？」

結局何が何だかわからずに呟いたアリシアの言葉は、屋根木に響く水の喧噪に消えていった。

◇◇◇

天候という大自然に投じた一石は無駄《むだ》に終わった。

晴れるはずだった空は再び暗雲に閉《と》ざされて、黎明《れいめい》の光は厚い雲に瞬く間に阻《はば》まれていった。

天に掲げた僕の手が虚《むな》しく垂れ下がる。客観的に見たら、僕の姿はかなり滑稽《こっけい》だろう。

意気揚々《ようよう》と空に手を向けて、そのまま棒立ちになっていただけなのだから。

「……？　ご主人様……？」

恐《おそ》る恐るといった風に声をかけてくるシラユキもどこか困惑気味だ。

何とも言えない空気。居心地《いごこち》の悪さから逃れるように、僕は空を見上げていた。

結論から言えば、僕は天気の操作に失敗した。それも一番簡単な天候操作の術を。

天候操作と一口に言っても様々な種類がある。雨を降らす精霊術。雪を降らせる精霊術。嵐を引き起こす精霊術。天気の数だけ、この精霊術は存在する。

その中で最も簡単な精霊術が「空を晴れさせる精霊術」だった。

理由は簡単だ。雨や雪の原因である雲、それを吹《ふ》き飛ばせば良いだけなのだから。

天気の操作はまだ満足にできない僕ではあるが、空を晴れさせるくらいはなんとかなる。実際、何度か成功させたこともあった。しかし、結果はごらんの有様である。

途中までは良かったのだ。幾分か雨は弱まったし、青い空もその姿を徐々《じょじょ》に見せていた。その時の僕は、精霊術の成功を半ば確信していた。

だが、その確信は精霊術の崩壊《ほうかい》と共に潰《つい》えた。晴れかけた空を嘲笑《あざわら》うかのように、スイの魔力を上回る力が、僕の術を圧《お》し潰《つぶ》した。

一応、これでわかったこともある。それはこの天気が他者の力により引き起こされたものであることだ。僕の精霊術が無効化されたことでそれは疑いようもないものとなった。

ならば、いったいどこの誰がこの術を使ったのだろうか？　現時点でこの雨の恩恵《おんけい》を最も受けているのは襲撃者だ。であれば、襲撃者の関係者が術を使ったと考えるのが自然だろう。

襲撃者は魔術を使っていたから、天気を変えたのも魔術による仕業《しわざ》だろうか？

僕は戦慄《せんりつ》していた。

魔術は精霊術に敵わないのではなかったのか。その道理はいったいどこへいったのか。

もしくは敵対者に僕と同じように精霊術の使い手がいるのか？

わからない。だが、確実に言えることがある。それは僕に敵対する存在が自分より強い力を持っている可能性があるということだ。そのことに僕の焦《あせ》りが増す。僕は自身が不遇《ふぐう》な状況にいることを知っている。それでも、比較的楽観的に暮らせていたのは力という側面での支えがあったからだ。

つまり、「僕には精霊術がある」という自負が、僕の精神的な支柱となっていたのである。

僕にとって、魔術を凌駕《りょうが》する精霊術の存在は大きかった。

これさえあれば、たとえ周りが敵だらけでもなんとかなるだろうという安心感。それは無意識のうちに僕が持っていた感情であり、そしてそれは特大の驕《おご》りでもあった。

「まじかー」

「？」

思わず口をついた言葉は日本語だった。シラユキが不思議そうに首を傾げる。

前世の記憶などほとんど覚えていないが、言語は魂《たましい》にでも刻まれているのか、時折出てきてしまうことがあった。こんな風に、殊更《ことさら》に焦っている時には。

……落ち着け。今考えることはそんなことではない。

ここは戦場。悠長にしている場合ではないのだから。失敗の後に大事なのはその後の行動だ。

僕は気を取り直して、次の一手の準備を始めた。

戦場において最も重要なことは何か。

それは情報だ。

例えば情報があれば、敵の戦力を把握できる。兵のいる場所がわかる。武装がわかる。

それを知るだけでも、こちらがどの程度、どんな兵を敵方にぶつければいいかがわかる。

だが、そういった情報は、本来であれば戦いが始まる前に知っておくべきことだ。

もしも、今回の襲撃の存在を知っていれば、それに対して僕らは事前に対応ができただろう。

しかし、僕らはその情報を得ることができなかった。一方で、襲撃者は僕らの情報を知っている。

これこそ、まさしく情報戦の敗北である。そして奇襲を受けた僕らは、戦術面でも敗北したといって間違いない。

だが。彼らは一つ見逃している。それは、おそらく襲撃者の前提になく、そして彼らにとって致《ち》命《めい》的な見逃しとなりうるもの——精霊術の存在である。

「スイ、お疲れ。少し休んでいてね。……それじゃあ、アイ、力を貸してくれる？」

僕の言葉に水の少女《アイ》が当然とばかりに頷いた。そして、嬉しそうに僕の左手にくっついた。触《ふ》れた手先から青い魔力が流れて、僕の元へと流れ込んでくる。

僕の透明《とうめい》な魔力と混ざり合ったそれが、水面のように周囲に広がっていった。

いつもより流れ込む魔力の量が多い。それは、この大雨が作り出した副次的な効果だ。精霊は魔力を生み、魔力は精霊を招く。溢れ集まった魔力は行き場を失い、やがて更なる水をこの世に顕現《けんげん》させる。そして、水の魔力が集まる場所では、水の精霊はさらにその力を増していく。

この一帯で一番強力な水精霊であるアイも、それは同様である。アイの魔力が周囲の雨粒に伝播《でんぱ》していく。その精霊術に導かれるように、僕の意識がこの世界に浸透していった。

まるで地上を俯瞰《ふかん》しているかのような不思議な感覚。もしも、第六の感覚器官を持ったとしたら、このような感じなのだろうなと僕は思った。空間を把握するオーソドックスな精霊術は、風の精霊術である。しかし、こと雨の世界においてはそれを凌駕する精霊術が存在する。

それが水の精霊術――〈水精の領域（Spiritus aquae recognitio）〉。

それは水を通じて世界を認識する精霊術である。この精霊術は周囲の水量が多ければ多いほど、精細にこの世界を描出《びょうしゅつ》することができる。すなわち、今の状況を把握するのにこれ以上にない精霊術だった。一挙手一投足、武装、移動手段、敵の情報が精霊術を通して直接脳に叩き込まれていく。

「っ」

あまりの情報量に、脳細胞《のうさいぼう》が悲鳴をあげた。苦しみは痛みとなって現出して、僕は思わず頭を押さえた。……だが、現状はだいたい把握できた。

僕は脳に焼き付いた情報を吟味《ぎんみ》する。

後方の部隊が相対している敵は、驚《おどろ》くことに魔物もどきと人間らしい。この二者が同時に襲ってくるというのはかなり不可解だが、事実は事実である。となると、前回の襲撃もこの人間によるものだろうか。……その可能性は高そうだ。

とはいえ、幸か不幸か、敵は統率《とうそつ》があまりとれていないらしい。襲撃者は好き勝手に動き回っている。それもあってか、こちらの後方部隊はそれなりに対応できているようだった。

問題は前方の部隊だ。後方の敵襲に比べて、相手の動きが妙《みょう》に整然としている。それに武装も後方を襲撃している敵よりも上等だ。

オスバルト率いる第一中隊はかなり苦戦しているようだ。前回の襲撃に兵を割いた影響が如実《にょじつ》に出ているのだろう。すでに半数以上が倒れていた。突破《とっぱ》されるのも時間の問題だろう。

「シラユキ、前方の部隊の援護に行く」

「はい！」

僕はシラユキの手を掴《つか》むと、闇《やみ》の精霊術で身を隠した。

スイの力を借りて、僕らは文字通り風の如く駆けた。僕とシラユキは誰にも気づかれることなく、目的地へと到着《とうちゃく》した。交戦位置から少し離れた場所。僕は前線へと目を凝らした。

土砂降《どしゃぶ》りの雨の中、東辺境伯軍は戦っていた。

既に馬を失っている兵も多い。泥濘《でいねい》の中で、彼らは懸命《けんめい》に槍《やり》や剣《けん》を振るっていた。

泥《どろ》だらけになった彼らの鎧に輝きはない。屈指《くっし》の強兵と呼ばれる東辺境伯の騎兵隊も、地上に引きずり下ろされ、嵐の中での戦闘《せんとう》となれば苦戦は免《まぬが》れない。戦場には屍が散在していた。数を減らした東辺境伯軍は前線の維持《いじ》も難しくなってきている。戦いは混戦模様だった。

待機しているはずの歩兵部隊は無論この場にはいない。

先ほどの〈水精の領域（Spiritus aquae recognitio）〉の情報で、その部隊が橋の向こうで立ち往生していることを僕は把握していた。

エルドーラ川は氾濫《はんらん》しており、その対岸を繋ぐ橋はとても渡れる状態ではない。あの川を渡るのはそれこそ自殺行為だろう。故に、彼らの援護はまず期待できない。

僕は自軍の戦いを見ながら、どうしようか悩んでいた。敵と味方が入り交じりすぎていて、援護が非常に難しい。

〈水精の領域（Spiritus aquae recognitio）〉を使えば、敵味方の区別は完璧に付けられる。だが、精霊術はかなり大雑把《おおざっぱ》な術が多く、この混戦状態で味方を攻撃せずに、敵だけを討《う》つのはそもそも神の如き腕前《うでまえ》を持っていなければ難しいのだ。正直、今の僕にできるような芸当ではない。

僕が悩んでいたその時。遠目に敵の後方部隊から魔術の兆候が見えた。

その魔術は先ほども見た〈大炎槍〉。あんなものを再び撃《う》ち込まれたら、東辺境伯軍はひとたまりもないだろう。僕が悩む間にも、戦況は刻々と変化する。決断は迅速《じんそく》に。戦地において、それは重要なことだ。刹那《せつな》の思考の末、僕は――。

「もう、いいや。やっちゃおう」

――思考を放棄した。

「死なない程度に動けなくすればいいや」

考えてみれば、今回の任務に来た軍人たちにも良い感情はないし。

とびきり痛いかもしれないけど。死ななければ、問題ない。僕は詠唱を開始した。

戦場全体を覆う精霊術。それでいてかつ、味方を殺さず敵を無力化することができる術。そんな都合の良い精霊術があるかと問われれば、そんなものは殆《ほとん》ど存在しないといえる。

精霊術は基本的に致死性《ちしせい》の高い術が多い。広範囲の精霊術は特にその傾向《けいこう》が強く、細やかな制御も難しくなる。だが、極限まで手加減をすればその限りではない術も一応は存在する。

それが、精霊術〈氷精の大檻《おおおり》（Spiritus aquae magnus glacies）〉。三年ほど前にシラユキが攫《さら》われたときに使った〈氷精の檻（Spiritus aquae glacies cavea）〉、その拡大版の精霊術である。運が悪ければ、そのまま死ぬ可能性もある。だが、敵味方入り乱れる戦場を鎮《しず》める術としてこれよりも適しているものは他になかった。

限界まで魔力を引き延ばし、戦場を囲うように――僕の精霊術は発動した。

一瞬で、世界は静寂《せいじゃく》と化した。

雨音、風音、剣戟、咆哮《ほうこう》、悲鳴。ありとあらゆる音が瞬く間に消え失《う》せた。戦場だったはずのそこで、動くものはいない。

目を細めた僕の視界に映るは一面の白。

杖《つえ》を構え、魔術を使おうとしていた男が目を見開いたまま固まっている。

精霊術により一瞬で低下した気温が細氷を生み、雨粒が固まり、砕《くだ》けて雪の如く舞った。

季節外れの雪。そもそも雪がほとんど降らないこの国において、この銀世界は殊更に異質に見えることだろう。

そんな、奇異《きい》な光景を、部隊長のオスバルトが唖然《あぜん》として見つめていた。

「……ふぅ」

戦いの音が消えたということは、敵部隊の全ての無力化に成功したということ。

僕は安堵の息を吐いた。

精霊術は上手くいった。前線の全ての戦場を、僕は凍《こお》らせることに成功していた。

ちなみに、部隊長であるオスバルトは大声で叫んでいて、かなり目立っていたから、術がかからないように配慮《はいりょ》した。

しばらく呆然としていたオスバルトだったが、直《す》ぐ無事な部下にテキパキと指示をだして味方の救出に乗り出している。この行動を見るに、彼のことは凍らせなくて正解だったと思う。

あとは残りの部隊でどうにかしてくれるだろう。人が頑張《がんば》ってもびくともしない氷をどうにかするのは骨が折れるとは思うけど。ここから先は自分たちでどうにかしてほしい。

「あとは、後方の援護とアリシア様の様子を見よう」

僕は深呼吸をする。精霊術の多用は精神的にも肉体的にもかなり負担がある。だが、ここでへばるわけにもいくまい。僕は精霊術〈水精の領域（Spiritus aquae recognitio）〉を再び発動するべく、アイの力を借りる。

その時。部隊に指示を出していたオスバルトの声が聞こえてきた。

『感謝する！　水の魔術師殿《どの》！』

その言葉に何故《なぜ》だか僕は違和感《いわかん》を覚えた。

普通に考えれば、僕を水の魔術師と勘違《かんちが》いしてオスバルトはそう言ったのだろうけど。オスバルトの語り口は、まるで知り合いにでも語り掛《か》けるような気安さがあった。名前じゃなくて肩書《かたがき》を呼ぶのはちょっと変だが。

もしかして、彼には水の魔術師の知り合いでもいたのだろうか。もしそうであれば、その人物に関しても調べるべきかもしれない。僕の精霊術を見て、彼が水の魔術師の名を出した。つまり、そいつは精霊術に匹敵《ひってき》する力を使える可能性がある。そのような危険な存在を認識できていないというのは、かなり危ないことだ。

僕の考えすぎなのかもしれない。だが、天候操作の精霊術を弾《はじ》かれた事実がある以上、ないともいいきれない。多少、心に留《とど》めておこう。僕は思考をやめて、精霊術の発動に集中した。

◇　◇　◇

グレイズラッドが敵味方共々氷漬《づ》けにする少し前。

アリシアを乗せた馬車は立往生をしていた。

理由は単純。アリシアの馬車が動かなくなってしまったからだ。

北と南からの挟撃。この状況で、アリシアを逃すべく聖金騎士団《サンオーレ・シュバリエ》がとった方針は西側への迂回《うかい》だった。

東辺境伯領東部において、南北を繋ぐ道はいわば主要な道である。東辺境伯が手を加えた道でもあり、土と石だらけとはいえ、比較的整備された道であるといえよう。一方で、彼らが選んだ西に進む迂回路。こちらは、人の手による介入《かいにゅう》がほとんどない。まさしく獣道《けものみち》のような通路であった。

その選択が結果としてこのような事態を引き起こした。雨と悪路、そしてこれまでの強行軍によって馬車は限界を迎《むか》え、アリシアたちは足止めを余儀《よぎ》なくされたのである。

とはいえ、それ以外の選択肢がなかったのも事実だった。北と南は戦地であり、東側は大森林。西の経路にしか聖金騎士団《サンオーレ・シュバリエ》の活路はなかったのだから。

「この馬車はもう限界のようです」

「……替《か》えの馬車は？」

「……ありません」

護衛の騎士とカーリナの会話が窓越しに聞こえてくる。その会話の内容があまり良いことでないのはアリシアにもわかった。グレイズラッドのおかげ隠れていた不安が、今になって顔を出してくる。降りしきる雨の単調な音がどこか不気味だった。馬車が動く煩雑《はんざつ》な音がないだけで、周囲が異様なほどに静かに感じる。

アリシアは身に纏《まと》うローブを掻《か》き抱《いだ》いた。そんなことでは、心に広がる不安はどうにもできないというのに。燻《くすぶ》る焦燥感《しょうそうかん》にアリシアの体が震える。暗雲はまだ、消えない。

「アリシア様、ここからは馬車から降りて逃げることといたしましょう」

そう言って、目の前で頭を下げるのは聖金騎士団《サンオーレ・シュバリエ》の副団長であるカーリナだった。その顔は悔《くや》し気に歪んでいて、彼女の想《おも》いのほどが伝わるようだった。

とはいえ、先ほどの会話が聞こえていたアリシアとしては是非《ぜひ》もない提案である。

そもそも、十歳の彼女にこの状況を好転させるような策など思いつくはずもない。アリシアにできるのは信頼《しんらい》できる人の言葉に耳を傾《かたむ》けること。それくらいなのだから。

「わかった」

「申し訳ありません、私が不甲斐ないばかりにアリシア様のお手を煩《わずら》わせるようなことを……っ！」

「別に、大丈夫」

アリシアの言葉に、カーリナが感極まって更に深く頭を下げた。カーリナに促されるままに、アリシアは馬車から外に足を踏《ふ》み出した。途端《とたん》に自身のローブに大量の雨が叩きつけられる。アリシアが足を入れた獣道は、今はそのほとんどが浸水《しんすい》していた。身に着けた革靴《かわぐつ》の中にまで水が入ってきて、アリシアはその不快さに顔を顰めた。……客観的な表情の変化はほとんどなかったが。

そんな折に。雨音に紛《まぎ》れて、水しぶきが飛ぶ音が聞こえてくる。それは後方——戦場の方角から聞こえてくる音だった。

誰かが来る。アリシアは緊張《きんちょう》に身を硬《かた》くした。カーリナや周囲の騎士たちも、アリシアの盾になるように剣を引き抜いて構えた。しかし、現れたのは見慣れた鎧姿――聖金騎士団《サンオーレ・シュバリエ》の騎士たちだった。味方の登場に、アリシアはほっと脱力をする。カーリナや他の騎士たちも同様だったようだ。幾分か空気が弛緩《しかん》する。

騎士たちには戦いの跡《あと》が散見された。鎧には攻撃の跡のようなものが残っている。そんな、泥だらけの騎士たちの間を縫《ぬ》うように、一人の男がアリシアの前へと馳《は》せてきた。

黄金の鎧と赤いマント。聖金騎士団《サンオーレ・シュバリエ》の象徴《しょうちょう》となる装備をした存在。そんな存在は聖金騎士団《サンオーレ・シュバリエ》には一人しかいない。

ルーカス・レーン。神殿騎士団《テンペル・シュバリエ》の元副団長であり、この騎士団屈指の実力者である。ルーカスは自身の兜を脱ぎ去ると、一瞬目を見開いた後、その場に跪《ひざまず》いた。

「アリシア様、よくぞご無事で」

「……ルーカスも、無事でよかった」

アリシアの言葉に、ルーカスが敬礼をする。その後、すぐ隣にいるカーリナへと声をかけた。

「カーリナ？　どういう状況ですか？」

「はっ！　順を追って話します。まずは東辺境伯の軍の怠慢《たいまん》により、アリシア様の馬車が破壊されました。その後、別の馬車に替えて戦場からの離脱《りだつ》を図《はか》ったところ、悪路によって馬車を放棄せざるを得なくなりました。これよりは馬車なしで、護衛を継続《けいぞく》する予定でした」

淀《よど》みなく答えるカーリナ。一方で、ルーカスは顔を顰めている。

「……馬車を破壊された、と？」

「はっ！　これも、東辺境伯軍の怠慢で――」

言い募《つの》ろうとした彼女の言葉は、ルーカスによって遮られた。

「カーリナ。馬車の護衛は主としてお前に任せていた。そこに東辺境伯軍も何もなかろう」

「……それは」

「アリシア様を危険にさらした。その点で、我々も東辺境伯軍も等しく失態である。馬車が破壊されてなお無事だった幸運に感謝こそすれ、東辺境伯軍を責める口実にはなるまい」

「……」

カーリナが何も言えずに押し黙《だま》っていると、ルーカスが小さくため息をついた。

「カーリナ、騎士団を率いて敵を討伐せよ」

「……護衛の方は」

「アリシア様の護衛は私がうけおう。そう数はいらぬ。五人ほどいれば良い」

「たったのそれだけですか⁉」

アリシアが驚愕《きょうがく》に目を見開いた。ルーカスが小さく頷く。

「後方より我らを追っているのは魔物と人間の連合だ。特に魔物の数は多い。東辺境伯の軍勢が何とか押しとどめているが、直にこちらに追いつく。こちらに遊ばせる兵力もないのでな。なるべく数を揃えて、一気に敵を殲滅《せんめつ》した方がよいだろう」

「……なるほど、わかりました」

ルーカスがカーリナの肩を叩いた。

「カーリナ、頼《たの》んだぞ」

「はっ。……アリシア様、私は責務を全《まっと》ういたします。どうかご無事で」

カーリナはアリシアに一礼をすると、馬上へと戻った。そして、騎士団の面々をまとめ始める。

「それでは、アリシア様。どうぞこちらへ」

ルーカスがアリシアへと手を差し出す。壮年《そうねん》の男性特有の皺《しわ》、頬のそれが優しい笑《え》みを作る。

だが、なぜだろうか。アリシアの不安は増していく。王国でも指折りの実力者であるルーカスがいる。それはとても安心できること。そのはずなのに。

嫌な予感がする。しかし、戦いの素人《しろうと》であるアリシアは、この状況でルーカスに意見できない。それだけの知識も心構えも十歳の少女にはない。

一瞬の逡巡《しゅんじゅん》ののち。アリシアはルーカスの手を取った。

◇◇◇

王都ルーデシア。

それは、かつての英雄アンリエット・ルーデシアの名を冠《かん》したルーフレイム王国最大の都市である。国家の中枢《ちゅうすう》と最先端《さいせんたん》の流行が集中するこの都市には多くの市民がいる。

その賑《にぎ》わいは、あいにくの天気であっても変わることはない。

雨空の下、夕方から店の開店準備をする飲食店の看板娘《むすめ》。

小汚《こぎたな》いローブで雨に耐《た》えながら、道行く人に物乞《ものご》いをする男。

商店街の屋根の下、英雄の歌を謡《うた》う吟遊詩人《ぎんゆうしじん》。

娼婦《しょうふ》街で客引きをする艶《あで》やかな女。

街の喧噪は絶えることなく、都市全体を包んでいた。

そんな王都ルーデシアにおいて、一際《ひときわ》存在感を放つ建造物がある。

それが――王城アンデルシア。この国の盟主たるルーフレイム王家がその身を置く城であった。

城下町を見下ろすように王都に君臨する城。その一角の部屋に二人の男がいた。

一人は、澄《す》んだ碧眼《へきがん》と琥珀《こはく》の髪《かみ》が特徴《とくちょう》的な青年だった。鋭《するど》い目つきと整った顔立ち。傲慢《ごうまん》そうな顔とは裏腹に、その表情には確かな怜悧《れいり》さがある。彼の名はレイナルド・ヘイス・ルーフレイム。ルーフレイム王国の第一王子だった。

もう片方は修道服を着こんだ初老の男性である。名をヘンドリータ・パーストレ・ベレトラム。王国における〈英雄教〉の司祭の地位に座する人物であった。大司祭を除けば、四人しかいない司祭の一人。王族や大司祭に準ずる地位である彼は王国屈指の権力者であった。

両者は、つい先ほどまで王国における最高議会――「中央集会」に参加して来たばかりであった。

「中央集会」とは王の意向を決定し、命を下す公式の場である。

現国王であるヴァレンティン・ラーズヴェルト・リエクス・ルーフレイムを始めとして、現王妃《おうひ》や現時点で王位継承権を持つ第一王子。ルーフレイム王国の〈英雄教〉大司祭と四大司祭。王国の東西南北をそれぞれ任されている辺境伯。そして重役につく中央貴族など。この国の重要人物たちが集《つど》うこの会合は、国の行く末を決める最高の意思決定の場として定期的に開かれていた。

そんな名だたる権力者たちの一角を担《にな》う二人ではあったが、その様子は対照的だった。

レイナルドは落ち着かない様子で、時折悪天の空を窓から見上げては、部屋をうろうろとしている。対するヘンドリータは上質な長椅子《いす》に深く腰《こし》かけて、銀のカップを傾けている。

そんな落ち着いた様子のヘンドリータに、レイナルドが我慢《がまん》しきれなくなったように話しかけた。

「アーノルドは勘付《かんづ》いていたと思うか？」

耳元で囁くように問われた質問。その意図するところを瞬時に理解したヘンドリータは、小さく首を振った。

「いえ、わかってはいないでしょうね」

レイナルドの懸念は、彼とヘンドリータの「計画」に起因するものだ。その情報の流出は文字通り、二人の立場を大いに脅《おびや》かす事態となる。表面上の態度に似合わず、小心なきらいがあるレイナルドらしい心配事といえよう。

とはいえ、彼の危惧《きぐ》するところは杞憂《きゆう》にすぎないとヘンドリータは考えていた。

中央集会の場で、老《ふ》け顔を顰めながらも悠然《ゆうぜん》としていた東辺境伯の様子を思い出してヘンドリータは苦笑する。

東辺境伯。アーノルド・ドライ・フォン・ノルザンディ。確かに彼は若くして辺境伯位を継《つ》ぎ、その突出した能力で東の領地を発展させた傑物《けつぶつ》である。軍事や統治に関しての才は王国内でも指折りの存在であることは間違いない。しかし、若さゆえにその能力に偏《かたよ》りがあることをヘンドリータは知っていた。

「彼は諜報《ちょうほう》に力をいれてはいますが、その力は中央にまでは及《およ》んでいません……。おおかた東に国境を接する聖公国や南方の小国連邦《れんぽう》に目を向けていて、そのような余裕《よゆう》はないのでしょう。現在の彼には中央の企《たくら》みごとについてこれるだけの力はありませんよ」

地方の領主は王権周囲の状況に疎《うと》くなるものだ。というのも、情報にとって距離《きょり》というものは最大級の障害だからだ。それに辺境伯とは多忙《たぼう》な立場でもある。普通なら自領と隣接《りんせつ》する他国に意識を向けるだけで精一杯《せいいっぱい》なのだ。アーノルドには能力があるとはいえ、今の若さでは遠方から中央のいざこざに介入するのは難しいだろう。

と言っても、あと十年もすればそうではなくなるだろうが。そんな言葉を呑み込んで、ヘンドリータは再び銀のカップを傾ける。紅茶の芳醇な香りと苦みが口内に広がって、心地よい風味が喉《のど》を通り抜けた。茶が生み出す幸福感。聖公国産の茶葉はやはり格別であった。お茶を楽しみ、余裕綽々《よゆうしゃくしゃく》といった様子のヘンドリータ。そんなヘンドリータにレイナルドは渋《しぶ》い顔をする。

「……そうか。それならば良いのだが……」

レイナルドはそう言うと、再び雨に濡れた窓を眺めた。しかし、彼から感じるのは言葉とは真逆の感情である。不安に近い精神の揺らぎをヘンドリータは感じていた。

ヘンドリータは小さくため息をついた。自身の半分も生きていないレイナルドに、泰然自若《たいぜんじじゃく》とした姿を求めるのは酷であろう。だが、それにしてもこの芯《しん》の揺らぎはどうにかならないものか。これもかの王女が生まれた故の弊害《へいがい》か。忌むべき黄金を思い出してヘンドリータは眉間《みけん》に皺を寄せた。

「……怖気《おじけ》づいたのですかな？」

「……」

「実の妹を手にかける。そのことを後悔《こうかい》しているので？」

「……いや、そうではない。元々あまり会ったことも話したこともないからな。あいつの死に思うところはない」

淡々《たんたん》と語るレイナルドの言葉に嘘はない。むしろ、そうなってほしいという思いが彼からは伝わってくる。それもそうだ。なにせ、アリシアの死を望んだ故に、レイナルドはヘンドリータの手をとったのだから。愚問《ぐもん》だったか、とヘンドリータは思った。

この国では基本的に正妃の長男が王位を継ぐが、英雄の後継者が同じ時代に存在するとなると話が変わってくる。王家の血を継ぐ英雄は王位継承権を持つ。それはこの国の慣例の一つである。事実この国の歴史では、金眼を持つ者が正妃の子を差し置いて王位に即《つ》いたことがあった。正妃の長男であるレイナルドにとって、彼の王位を脅かす唯一《ゆいいつ》の存在が第三王女。その排除《はいじょ》を喜びこそすれ、憂《うれ》うのならば、ヘンドリータは彼をとっくに見限っているだろう。

ならば何を恐《おそ》れているのか。ヘンドリータが顎《あご》に手をやると、レイナルドは大仰《おおぎょう》に肩を竦《すく》めた。

「ただ、成功するか不安でね。それだけだ」

「……心配することはないでしょう。東辺境伯の騎兵といえど、魔術の前では赤子も同然。一番の脅威と言えるアーノルドは王都にいますからね。戦力という面での失敗はまずありえないでしょう」

貴族の領主は魔術師として能力に秀《ひい》でている場合が多い。戦力として脅威となる。もしも、第三王女の王族辺境訪問にアーノルドが随行していたとしたらヘンドリータは計画の実行をためらっただろう。だが、今回は僥倖なことに、王族辺境伯訪問と中央集会の時期が被《かぶ》ったのである。さらに、王族側は何を考えているのか、あの忌み子を代表者として指名するという不思議なことをしている。

かの忌み子は魔術を使えないという話を聞いている。それが欺瞞《ぎまん》である可能性はなくもないが、忌み子の情報を隠す利点がある者はこの国にはいないだろう。

つまり、今回の護衛に向かう東辺境伯の部隊はこれ以上ないほどに御しやすい状況にあるのだ。その上で、ヘンドリータたちは東辺境伯の部隊や護衛経路についての情報を掴んでいた。この国の中柩に入り込んでいる教会にとって、この程度の情報を得るのはたやすく、造作もないことであった。

ヘンドリータは笑みを浮かべる。今の状況はまさに転がり込んできた幸運だった。

ヘンドリータが憂う二つの事柄を同時に解決できる舞台《ぶたい》を神は調《ととの》えてくれたのである。

まさしく千載一遇《せんざいいちぐう》の機会。この状況をものにしない手はヘンドリータにはなかった。

「アーノルドのことは心配することはありませんよ。部隊の編制も護衛の経路もこちらには割れているのですから。懸念の一つは、おそらくこの雨で潰すことができたのではないかと思いますし」

「……ああ、それも聞きたかったことだ。半信半疑だったが、まさか雨を本当に降らせるとはな。それも護衛地の近くで雨を降らせたのだろう？　それが王都にまで影響するとは。ここまでの広範囲の天気を変えるなど、一体どうやったんだ？」

レイナルドの言葉にヘンドリータは薄く笑った。

「さあて。教会の秘術ですよ。魔術のようなものです」

「魔術でこのようなことができたら苦労はしないのだがな」

レイナルドがヘンドリータに胡乱《うろん》げなまなざしを向けてくる。が、これといって追及《ついきゅう》する気はないようで、小さくため息をついてヘンドリータの向かいの長椅子に腰をかけた。

「心配せずとも、待っていれば果報が来るでしょう。アーノルドがどう動いても、すでに勝敗は決しているのですから」

ヘンドリータは紅茶の残りを流し込む。鼻を抜ける幸福に頬を緩《ゆる》ませながら、ヘンドリータはカップを木机に置いた。そして、正面で腕を組むレイナルドに視線を向ける。

「それよりも、レイナルド様は北辺境伯のことを考えた方が良いですよ」

「……北辺境伯か？」

「ええ。アーノルドはまだしも、彼は注意が必要です。辺境伯をだてに長くやっていませんからね。中央の事情にもかなり詳しい」

北辺境伯ゲオルク・ヒーア・フォン・エーデルシュタイン。

辺境伯の中でもっとも厄介な人物はこの北辺境伯だろう。父を早急に引きずりおろし、長く北の領地を支配してきた彼の経験は煮詰《につ》まった紅茶のような深さを持つ。その権謀術数《けんぼうじゅつすう》は巧《たく》みの一言であり、北の大国である帝国《ていこく》との国境を任されるに足る人物だと言えた。彼が唯一恵《めぐ》まれなかったのは子供くらいなものだ。生まれる子供は女ばかりで、嫡男《ちゃくなん》が生まれるまでに随分と時間がかかった。故に今のゲオルクは途轍《とてつ》もない子煩悩《こぼんのう》だとの話もあるが、そんな話をするほどの親交はヘンドリータにはなかった。唐突《とうとつ》に出てきたゲオルクの名前に、レイナルドが訝《いぶか》しげな顔をした。

「ゲオルク殿が優《すぐ》れているのは知っているが……。何故、今その名を？」

「……今回の王族辺境訪問に関わっている可能性がありますから。今回の中央集会が北辺境伯の進言で行われたという話もありますし」

「……目的は？」

「さあて。わかりませんね。少なくとも我々とは異なるものでしょう」

ゲオルクが介入してくるとなれば、それは捨て置けない懸念となる。彼の深謀は恐ろしい。もしも、彼の目的がヘンドリータと真っ向から対立するものだとしたら、自分たちの計画に支障が出る可能性が高い。

「……大丈夫なのか？」

「……今から我々ができることはありませんからね。それに、私の予想ではありますが、ゲオルク殿の目的は我々の計画を阻害《そがい》するものではないと思いますし」

「……確かに、ゲオルク殿からすれば他人の生き死になどどうでもよいことか」

「そういうことです」

ふぅ、と息をついたヘンドリータは乾《かわ》いた喉を潤《うるお》そうとして、カップが空になっていたことを思い出した。そろそろ潮時か。ヘンドリータは静かに席を立った。

「……帰るのか？」

「ええ。あまり長居して疑いをかけられるのも面白《おもしろ》くありませんし」

「……それもそうだな」

「吉報《きっぽう》ののちにお会いしましょう。では、失礼いたします」

最上級の礼をして、ヘンドリータは部屋を後にした。

窓越しの日の光は赤く染まり、街にしたたる水音はいまだに消える様子はない。

赤色の絨毯《じゅうたん》を踏みしめたヘンドリータはそんな空を見上げて小さく呟いた。

「大司祭は英雄を重要視しすぎている。アンリエットの言葉など、そう一字一句従うことも無かろうに」

それで一つ手間が増えてしまった。かつて大司祭の決定――忌み子を生かす決定――を聞いた時、ヘンドリータは苛立ったものだった。だが、その手間もまた今回の一件で解決される。

第三王女と忌み子。

ああ。まさか、二つの標的が王都から離れた位置で相まみえるとは。それも新米騎士団と脆弱《ぜいじゃく》な東辺境伯軍しかいない状況下で。

ヘンドリータの煮《に》えたぎる思いが、歓喜となって全身を震わせた。

神はいる。この世の全ては、その尊き存在によって成り立っている。でなければ、このような都合のよい状況が生まれるはずがない。これは神が用意した試練だ。ここまでお膳立《ぜんだ》てをされて、神の意図に気づけぬほどヘンドリータは愚鈍《ぐどん》ではない。

英雄などまがい物にすぎぬ。人に与えられし奇跡は、すべて神による思し召《おぼめ》しだ。

ヘンドリータは自分の信仰《しんこう》こそが正しいのだと確信していた。

神は言っているのだ。人類の敵を――金眼を持つ者を滅《ほろ》ぼせ、と。

この夜が彼女たちの最後の時。少なくとも、この時代において化け物が人の国を牛耳《ぎゅうじ》ることはなくなるだろう。唯一の懸念は北辺境伯のことだが。きっと彼がなんとかしてくれるはずだ。神殿《しんでん》騎士の中でも指折りの実力者であった男を思い出して、ヘンドリータは笑みを浮かべるのだった。

第六話　幼少期編　金眼

「うーん、いないな」

精霊術《せいれい》〈水精の領域（Spiritus aquae recognitio）〉が認識《にんしき》する範囲《はんい》。

そこにアリシアがいないことに気が付いて、僕《ぼく》は思わずそう言った。

暴雨下での〈水精の領域（Spiritus aquae recognitio）〉は広大な範囲を持つと共に、その範囲内の物体を詳細《しょうさい》に認識することができる。そんな〈水精の領域（Spiritus aquae recognitio）〉がもたらす大量の情報を吟味《ぎんみ》してなお、アリシアの存在を確認できないということは、彼女《かのじょ》が術の範囲外に逃《のが》れたことを意味していた。

南北の戦場を円状に把握《はあく》していた僕は、アリシアの逃《に》げた先に真っ先に見当がついていた。

それは西の方角である。雑木《ぞうき》林と獣道《けものみち》しかない、険しいルートだ。

馬車で逃げるには不向きな経路ではあるが、聖金騎士団《サンオーレ・シュバリエ》が西に逃げるという選択《せんたく》を取ったのを僕は納得《なっとく》できていた。北部と南部が戦場であることを考えれば、妥当《だとう》な選択だ。彼《かれ》らも、まさか南方での戦いが既《すで》に終結しているとは思いもしなかっただろうし。

さて、どうしようか。後方で行われている魔物《まもの》と人間の連合との戦い。そちらの援護《えんご》に行くか、あるいはアリシアを追うか……。

〈水精の領域（Spiritus aquae recognitio）〉が戦況《せんきょう》を教えてくれる。

淡《あわ》い水の波動が雨を伝う。情報は巡《めぐ》り、僕の元へと集《つど》う。精霊術が伝えた戦況は――自軍の不利だった。敵方の人間の数はさほどでもないが、いかんせん魔物の数が多い。

陸戦において数は重要だ。特に平原ともなればその優劣《ゆうれつ》は如実《にょじつ》に表れる。

現在交戦している東辺境伯《へんきょうはく》軍は百にも満たない騎兵《きへい》部隊だ。氷漬《づ》けにした部隊を合わせても、今の東辺境伯軍は全体で二百ほどしか騎兵が存在しない。残り二百の騎兵を一挙に失ったとは考えづらい。おそらく最初の襲撃《しゅうげき》の殿《しんがり》となったため、別行動をしているのだろう。殿となった別動隊が現在どうしているかはわからないが、彼らの参戦を悠長《ゆうちょう》に待つ余裕《よゆう》はなさそうだ。その部隊に関しても、魔物との戦いでかなり消耗《しょうもう》している可能性があり、戦力的にはあまり期待できない。

「聖金騎士団《サンオーレ・シュバリエ》は……いないか」

僕は得心していた。聖金騎士団《サンオーレ・シュバリエ》は魔物たちとの交戦を東辺境伯軍に任せたようだ。あくまで彼らの任務はアリシアの護衛。妥当な判断と言える。ならば、今のアリシアは聖金騎士団《サンオーレ・シュバリエ》に保護されている、と考えてよいはずだ。

（それなら、まずは自軍の救援かな）

僕がそう決意したその時だった。

〈水精の領域（Spiritus aquae recognitio）〉が感知した報《しら》せが、僕の動きを止めた。

術範囲の西側から続々と人の気配が増えていく。それは整然と並ぶ騎兵の集団だ。東辺境伯軍とは異なる装備で身を固めた、かの王女に仕えるべく結成された騎士団。そのほぼ全軍が戦場へと駆《か》けていく。先陣《せんじん》を駆ける騎士はあの女騎士カーリナ。声を張り上げて魔物へと突貫《とっかん》していく姿は実に勇猛果敢《ゆうもうかかん》である。

だが、アリシアはどうした？

聖金騎士団《サンオーレ・シュバリエ》の第一の目的は王女の護衛だ。前線を維持《いじ》する部隊がいないのならばまだしも、東辺境伯の軍がこちらにはいる。聖金騎士団《サンオーレ・シュバリエ》がわざわざ加勢をする理由はない。むしろ、王女の周辺が手空きになるという点でマイナスしかないだろう。唐突《とうとつ》な状況の変化に困惑《こんわく》しかない。いったい彼らは何を考えているのか。

とりあえず、今の僕がわかることは聖金騎士団《サンオーレ・シュバリエ》がこの場にいるということ。そして、アリシアの側《そば》が間違《まちが》いなく手薄《てうす》であるということだけだ。

王女に何かがあれば、それは任務の失敗を意味する。それは、すなわち僕の断罪へとつながり、ひいては僕を嫌《きら》う者を喜ばせる結果となる。それはなんとも虫唾《むしず》が走る出来事だった。

それになによりも。僕はアリシアには無事でいてほしい。それは金の眼《め》を持つ同胞《どうほう》ゆえの思いか、あるいは彼女の人となりの影響《えいきょう》か。そのどちらもありそうだ。

「シラユキ、アリシア様の元へ行く」

「畏《かしこ》まりました」

僕はシラユキの手を取る。

向かうは西へ。姿を隠《かく》し、空を駆ける術を紡《つむ》ぐ。僕とシラユキは、宙へと身を躍《おど》らせた。

空を駆ける僕は眼下をくまなく探していた。姿を隠し、空を舞《ま》う僕に、現状でもう一つの精霊術を使う余力はない。だが、逃げる経路には大体のあたりが付いている。

西の経路は獣道ばかりだが、おおよそ一本道である。その道中に何かしらの痕跡《こんせき》はあるはずだ。

再び〈水精の領域（Spiritus aquae recognitio）〉を使うのも良いが、あれは他の術に比べても発動までに時間がかかる。王女のいる場所にあたりを付けてから発動しても、遅《おそ》くはないだろう。

そして僕の予想はあたった。

乗り棄《す》てられた馬車が、泥濘《でいねい》の中にあったのだ。周囲に人がいないことを確認して、僕とシラユキは静かに馬車の側へと降り立った。開けっ放しの扉《とびら》の中には誰《だれ》もいない。

シラユキが整った鼻先をひくひくと動かした。

「王女様の匂《にお》いがします」

獣人族《じゅうじんぞく》の五感は人間の比ではない。シラユキの言葉は信用できる。

「車輪が嵌《はま》って動けなくなったのか」

泥水《どろみず》に溢《あふ》れた地面ではわかりづらいが、動物の足跡《あしあと》のようなものが西側へと続いている。馬車を捨て、ここからは馬のみで移動したようだ。足跡の数は多くはない。やはり、護衛は手薄らしい。

「術を使って、位置を探《さぐ》る」

足をつくのも躊躇《ためら》われる汚泥《おでい》の道。このような道では馬も脚《あし》を取られうる。ならば、ここからはそう離《はな》れた位置にいないはず。僕の呼びかけに応じてアイが、僕の肩《かた》へとその小さな手を置いた。

暖かな青の輝《かがや》き。全身から藍色《あいいろ》の波動が周囲に伝播《でんぱ》して、僕の認識範囲が徐々《じょじょ》に広がっていく。だが、先ほどのような明瞭《めいりょう》さが今回の〈水精の領域（Spiritus aquae recognitio）〉にはなかった。精霊術の多用による疲労《ひろう》。それが今になって如実に出てきたらしい。

先ほどよりも集中力を欠いているのが自分でもわかる。また西の経路は木々に囲まれている場所も多いため、それも〈水精の領域（Spiritus aquae recognitio）〉の足枷《あしかせ》となっていた。

木々を俯瞰《ふかん》することは簡単にできても、その緑の傘《かさ》の下は非常にわかりづらい。

雨水の経路が複雑になり、その把握が難しくなるからだ。現に僕の脳にはモザイクがかった景色が映し出されている。それがとてももどかしかった。結局、僕の実力がまだまだなのだ。精霊術の発動はできても、その精度は粗削《あらけず》り。ルディの領域には遠く及《およ》ばない。

自然と僕の体に力が入る。自分自身を叱咤《しった》する。

もっとうまく。感覚をもっと鋭敏《えいびん》にして。精霊術が捉《とら》える情景は視覚を通じたものではない。しかし、人の身を超えられぬ僕の感覚では、自然体でその受容器を受け入れることができない。

目を凝《こ》らすように。気づけば僕は自分の瞳《ひとみ》に集中していた。

アリシアの場所を知る。それさえわかれば。

そして――視界が明滅《めいめつ》した。

「……は」

両目を襲《おそ》う違和感《いわかん》。この感覚を僕は知っている。

細胞《さいぼう》が引き攣《つ》れる。瞳孔《どうこう》が開き、目の血管が膨《ふく》らむ。ピリピリと目を覆《おお》う予兆。

これは。この感覚は。昔、僕の目がおかしくなった時の――。

「――っ」

声を出す間もなく。灼熱《しやくねつ》が僕の両目を襲った。視神経ごと目をえぐるような痛み。叫《さけ》びそうになるのを、僕は必死に我慢《がまん》した。

今度は何だ？　何が起こった？

もはや術を維持する余裕もない。両目をきつく結んで、僕は自身の目を手で押《お》さえた。

自分の瞳を貫《つらぬ》く強烈《きようれつ》な痛みは、電撃《でんげき》のように脳天を貫いた。痛みは頭部全体にまで波及《はきゆう》していく。

そのあまりの苦痛に、僕は思わず膝《ひざ》を折った。

「ご主人様⁉」

僕の異常に気が付いたシラユキが心配そうに声を上げるが、僕に返事をする余裕はない。

ただ、遠のきそうになる意識に必死に手を伸《の》ばす。真っ白に染まった視界。

その中心が深淵《しんえん》の如《ごと》く落ちくぼんだ。そして、ついに暗黒がすべてを呑《の》み込《こ》んだ。


目の前には男がいた。

金色の鎧《よろい》を身に着けたその男の手には、赤く染まった刃《やいば》がある。

その切っ先が向けられているのは自分自身だった。男の双眸《そうぼう》から感じるのはまさしく殺意である。

僕はその身をよじろうとする。だが、体は一向に動かない。動く気配がない。自分の体が自分のものでないような違和感。自身の脳とこの視界が持つ体の器官が繋《つな》がっていないのだろう。何故《なぜ》かそんな荒唐無稽《こうとうむけい》な確信が、僕の中にあった。ただ、目だけはまるで僕の目そのもののように。異様なほどにリアルな映像を映し出していた。

突如《とつじょ》として、視界が宙を浮《う》いた。どうやら、僕の体を誰かが持ち上げたらしい。

ここにきて、僕は周囲に他の人間がいることに気が付いた。だが、人相がわからない。視界は目の前の金の鎧へと固定されている。映画の中の一場面を見ているかのような不可思議な感覚。ひどく現実味のない映像だ。だが、一つわかっていることがある。

それは、この視線を持つ存在がとてつもない恐怖《きょうふ》を感じていることだ。

恐《おそ》れは水が染《し》み込むように伝播して僕の心にまでも浸食《しんしょく》してくる。

驚愕《きょうがく》、絶望、嫌悪《けんお》、恐怖。そして視界が濡《ぬ》れて、ぼやけていき――。

「っ」

目を見開いた僕の視界に映っていたのは、雨に濡れた大地だった。息が詰《つ》まる感覚。それが徐々に消えていって、自然と呼吸が速くなる。強い土の香《かお》りと生臭《なまぐさ》い雨の臭《にお》いに僕はせき込みそうになった。苦痛、恐怖心の全《すべ》ては露《つゆ》と消え去った。

目の前の景色は確かに、僕が見ているもので。先ほどの不思議な映像ではない。

夢でも見ていたのだろうか。あの映像はなんだったのだろうか。僕の疑問に答える者はない。ただ、漠然《ばくぜん》とした焦燥感《しょうそうかん》が僕を包んでいる。理屈《りくつ》はない。ただ、このままだと手遅《ておく》れになる。

「ご主人様……？　大丈夫《だいじょうぶ》ですか？」

心配そうなシラユキの言葉に僕は小さく頷《うなず》いた。

「急ごう。アリシア様が危ない」

自然と溢れた言葉は無意識だった。

僕は自分の言葉に驚《おどろ》く。なぜ、アリシアの名を出したのか自分でもわからなかった。

だが、妙《みょう》な確信が僕の中にはある。アリシアが危険な状況にいて、そして助けを求めている。そんな不思議な確信が。僕は深く息を吐《は》く。視界が暗転する直前に、僕の心に響《ひび》いた感情を思い出す。

今度はもっとうまくやってやる。

【水精の領域（Spiritus aquae recognitio）】

両目に、すでに痛みはなかった。

◇　◇　◇

アリシアは悪意を知らない。

周囲の人は基本的にアリシアに対して優《やさ》しく接してくれる。本来なら忌《い》むべき黄金の瞳も、英雄《えいゆう》と祀《まつ》り上げられる彼女にとってはむしろ象徴《しょうちょう》ともいえるものだった。精霊のことを口に出さなくなってからは、アリシアは周囲に褒《ほ》められこそすれ、嫌われることはなかった。

だから、アリシアは気が付くことができなかった。自身に対する害意を。その衝動《しょうどう》を。

部隊を先導していたルーカスが突如としてその歩みを止めた。

隊の長《おさ》の行動、それは隊員への命令と同義である。アリシアが相乗りをしていた女性騎士がルーカスに倣《なら》うように、手綱《たづな》をとって馬を減速させる。アリシアの周囲を追従していた三人の騎士もまた、同様に足を止めた。騎士の一人が、ルーカスの元へと駆け寄る。

「団長、どうかしまし――」

しかし、彼が問いかけた言葉は、最後まで紡がれることはなかった。

「……え？」

呆《ほう》けた声は誰のものだったのだろうか。

あまりにも唐突に――騎士の兜が宙を舞った。

振《ふ》りぬかれた剣先《けんさき》に滴《したた》るは鮮《あざ》やかな赤い液体。残った胴体《どうたい》に首はなく。ただ、断面からおびただしい量の血があふれ出る。頭を失った騎士の体はそのまま馬上から落下して、ぐしゃり、と嫌《いや》な音が響いた。唐突な味方の幕切れに、残った騎士たちが呆然《ぼうぜん》としている。

自分たちが敬愛する隊長の凶行《きょうこう》に、誰一人としてとっさに動くことができなかった。そして、その隙は騎士たちにとってあまりにも致命的《ちめいてき》だった。ルーカスの凶刃《きょうじん》が別の騎士を襲った。目にも留まらぬ速度で振るわれた剣は、鮮紅《せんこう》の軌跡《きせき》を描《えが》いて今度は別の首を撥《は》ね飛ばす。

鎧と兜の僅《わず》かな隙間を的確に縫《ぬ》う斬撃《ざんげき》は彼が凄絶《せいぜつ》な剣技を持つ証《あかし》。だが、そんな妙技《みょうぎ》も神殿騎士団《テンペル・シュバリエ》の元副団長であるルーカスにとっては、造作もないことだった。

「っ⁉」

立て続けに仲間を二人殺された騎士の一人が声にならない叫びをあげながら、ルーカスへと突貫する。しかし、冷静さを失った彼に勝機はなかった。ルーカスは自身に振り下ろされた剣を容易《たやす》く弾《はじ》くと、流れるような動作でその騎士の首を刺《さ》し貫いた。

残るはアリシアと女騎士の二人のみ。

ルーカスの突然の反逆に動揺《どうよう》した女騎士の選択は——逃亡《とうぼう》だった。背を向けて駆ける女騎士。しかし、その命はそう長くは続かなかった。敵に背を向ける騎士に勝機も機運もない。

ルーカスは容赦《ようしゃ》なくその背後を取ると、そのまま頸部《けいぶ》を斬《き》り裂《さ》いた。断末魔《だんまつま》の叫びと共に女騎士の首が折れて落ちた。頸動脈から溢れる血液がアリシアのローブを濡らして、生々しい鉄の臭いが馬上に充満《じゅうまん》した。屍《しかばね》が地に落ちるのに引きずられて、アリシアの乗る馬がのたうって暴れた。

その揺《ゆ》れと衝撃《しょうげき》に耐《た》えられず、アリシアの体は宙へと投げ出された。浮遊感《ふゆうかん》も束《つか》の間に。アリシアの全身を衝撃が走った。それでも彼女が何とか意識を保てていたのは、地面が泥水に濡れ、柔《やわ》らかくなっていたから。これがもしも乾《かわ》いた大地だったとしたら、アリシアの全身の骨が砕《くだ》けていたかもしれなかった。

「これが新米騎士。軟弱極《なんじやくきわ》まりないですね」

耳元にそんな言葉が聞こえたかと思うと、アリシアの体が強引《ごういん》に持ち上げられた。

「う、ぐ」

「暴れられると厄介《やつかい》ですね」

ルーカスの声と共に口を何かでふさがれる。何とも言えない臭気《しゆうき》がアリシアの鼻腔《びくう》を侵食《しんしよく》した。

徐々に朦朧《もうろう》としていく意識。体に力が入らない。

「ど……、て……」

どうして。アリシアの言葉は発されることはなく。そんなアリシアをルーカスは担《かつ》ぐと再び、馬に乗り走り出した。

「仕事が増えてしまいましたね。本当にあの阿呆《あほ》共は」

苛立《いらだ》たし気にそう呟《つぶや》いたルーカスの言葉を最後に、アリシアの意識は暗くなった。

濃厚《のうこう》な土と草木の匂いで目が覚めた。

瞼《まぶた》を開けた先には土と汚泥ばかり。顔を覆う不快な感触《かんしよく》はおそらくこの泥によるものだろう。舌先にざらつく砂利《じやり》の感覚。苦みと吐き気に襲われて、アリシアは泣きそうになった。口元に流れる泥水を飲み込まないように体をよじらせようとして、アリシアはそれができないことに気が付いた。体に力が入らない。それはまるで四肢《しし》の全てが自分のものではないかのようだった。

それでいて全身がひどく痛む。心なしか呼吸も苦しい。アリシアにとって今までに経験したことのない苦痛。死の訪《おとず》れを感じさせる体の変調に、アリシアは底知れぬ恐怖を抱《いだ》いた。

「……起きてしまいましたか。せめて苦痛がないよう終わらせようと思ったのですが」

冷たい男の声が聞こえて、アリシアは背筋を凍《こお》らせた。

ルーカスの声だ。いつもは安心感さえある彼の声が、いまや別人のようにアリシアには聞こえた。

「やはり、ロクロの実の催眠《さいみん》効果は薄い。ほんの少し移動しただけでこれとは」

動けなくするのにはとても便利なんですがね、とルーカスは誰にともなく呟く。

「……ぅあ……ぅ」

「ああ。話そうとしても話せないでしょう？　これはそういう薬なんですよ」

淡々《たんたん》と語るルーカスが恐ろしかった。

アリシアにはわからなかった。なぜ、彼がこのようなことをするのか。味方の騎士を殺して、今のルーカスはアリシアさえもその手にかけようとしている。何か彼を怒《おこ》らせるようなことをしたのだろうか。アリシアはルーカスのことをあまりよく知らない。父とヘンドリータ司祭の推薦《すいせん》で自分の騎士団《シュバリエ》の仮の団長になった。その程度の認識だった。

会話をあまりしなかったのが良くなかったのだろうか。わがままを言って、グレイズラッドの馬車に同乗したのが良くなかったのだろうか。

必死にアリシアは考える。だが、まだ齢《よわい》十歳《さい》のアリシアには思いつくはずもなかった。世俗《せぞく》から離れ、王宮で蝶《ちょう》よ花よと育てられたアリシアには到底《とうてい》思いつかぬものがこの世にはたくさんある。

「……っぁ」

動けないアリシアにはルーカスの様子がわからない。雨音に紛《まぎ》れた物音をアリシアは本能的に探した。幾分《いくぶん》か弱い雨の音の元であれば、雑多な音を聞き取れるかもしれない。不自由な体と視界の代わりに、アリシアは耳を使ってルーカスの動きを探ろうともがいた。

必死なアリシアとは対照的に。ルーカスは動いていなかった。土を蹴《け》る音も、甲冑《かっちゅう》がこすれる金属音も聞こえてはこない。まるで何かを待つように、ただじっとしている。

その静寂《せいじゃく》が、アリシアにとっては不気味だった。

そして唐突に。雨と水の流れる音しかない世界に変化が訪れる。泣きそうになりながら耳を澄《す》ませていたアリシアは——その音を聞き取った。アリシアが背を向けている方角から、草木を静かに踏《ふ》みしめる音が聞こえる。

(誰か、来た……？)

他の騎士か。あるいは東辺境伯の軍人か。あるいは、もしかしたら、グレイズラッドの可能性もあるかもしれない。

アリシアの心に一筋の希望が灯《とも》る。

物語において、お姫様《ひめさま》の窮地《きゅうち》にはいつだって騎士が駆けつける。それは、物語の鉄板であり、お約束の展開だろう。騎士は姫を助け出し、物語は大団円を迎《むか》える。アリシアが読んだ童話の多くはそうして良い結末を迎え、一方で悪は滅《ほろ》びることとなる。

アリシアは知らない。現実は物語ほど甘《あま》くはないことを。生まれて間もない彼女に、現実を全て理解せよというのは難しいことだろう。それに、たとえ知っていたとて。恐怖心はその人の現実を歪《ゆが》ませるものだ。人は苦しみから目を逸《そ》らし、自身の心の安寧《あんねい》を保つ。

十歳のアリシアにとってもそれは例外ではない。むしろ、今まで苦痛を知らなかった彼女にとって、この状況はあまりにも酷《こく》だった。だからこそ、なおさらに、アリシアは縋《すが》る。縋ってしまう。まだ幼い彼女は希望を求めてしまう。だが、この世はアリシアが思うよりもずっと醜《みにく》いものだ。

アリシアの耳に聞こえてきたのは。

「おいおい、なんだか楽しそうなことをしてるじゃねぇか」

邪悪《じゃあく》な笑いと共に訪れた——もう一つの悪意だった。

それは、聞き覚えのない男の声だった。低く、粘着質《ねんちゃくしつ》な声音《こわね》はとても耳障《みみざわ》りで、アリシアは本能的な嫌悪を感じた。

「……やっと出てきましたか。先ほどからずっとこちらを盗《ぬす》み見して、私はとても不快だったのですが」

「はは！　そりゃあ悪かったなぁ。……つったってよぉ？　急に味方を斬り殺す騎士とかフツー警《けい》戒《かい》しねぇ？　オレたちも巻き添《ぞ》えで殺されたくはねぇしよぉ？」

苛立たしげな様子のルーカスに対して、男はおちゃらけた態度でくつくつと嗤《わら》った。

それは、明らかに悪に分類されるであろう手合いだった。物語で姫を救う騎士のような存在ではない。アリシアは一縷《いちる》の光が消えていく様を幻視《げんし》した。

息が詰まる感覚。速くなる呼吸。だけど、逃げることは叶《かな》わない。今のアリシアには息を潜《ひそ》めていることくらいしかできないのだから。

「……他の方々は出てこないのでしょうかね？」

「はぁ。なんだ、わかってんのか。——おい、お前ら。この騎士サマにはお見通しのようだぜぇ」

男が声を張り上げると、幾人《いくにん》もの男たちが木々の合間から姿を現した。

草木の隙間から見える男たちは、統一感のない装《よそお》いだった。服の質も違ければ、手に持つ武装も異なる。曲刀や直剣、短剣など。各々《おのおの》が別の得物を構えていた。

皆《みな》が皆、下卑《げび》た笑《え》みをその顔に浮かべながら、じりじりとルーカスとアリシアを囲んでいく。

「それで？　あなた方は何者なのでしょう？」

「ああん？　んなこと馬鹿《ばか》正直《しょうじき》に言うわけねぇだろうがよ。そんなことよりも、だ！」

男の声が間近で聞こえたかと思うと、突如としてアリシアの頭が持ち上げられた。

乱暴に掴《つか》まれた頭が痛い。だが、もがこうにも体が動かない。強引に上向いたアリシアの視界を、浅黒いひげ面《づら》の男が覗き込んできた。アリシアの顔を確認した男が顔を顰《しか》めた。

「金の眼、か。聞いていた通りだなぁ。だが、忌み子は男だったはず。……まさかとは思うが、こいつ例の王女か？」

男が胡乱《うろん》げな眼をルーカスへと向ける。

「おい、騎士サマ。忌み子とその従者はどこにいる？　あんたなら知ってるんだろう？」

「さぁ？　私は知りませんね。こんな状況ですし。既にどこかで野垂れ死んでいるのでは？」

「……はぁ。やれやれ、だな。これじゃあ張った甲斐《かい》がないってもんだ」

はずれもはずれだな、と残念そうに男は言う。そして、やる気なさげに男はルーカスに問いかけた。

「それで？　騎士サマよう、こいつ王女だろ？　いいのかぁ？　守んなくてよぉ？」

ずいっと、アリシアの顔をルーカスに向けながら男が言うと、ルーカスは静かに首を振った。

「もとより殺すつもりでしたから問題はありませんよ」

「随分《ずいぶん》な騎士サマだねえ。王女サマも可哀《かわい》そうによ」

まったくそうは思っていない様子で、くつくつと男が嗤う。

「それよりも、さっさと消えてはくれませんか。仕事の邪魔《じゃま》ですので」

「……おいおい騎士サマよ。こっちの人数が見えてねぇのか？　随分と腕《うで》に自信があるようだが、あの新米どもよりはオレらの方がよっぽどできるぞ？　あまり挑発《ちょうはつ》しない方が身のためだぜぇ」

男がせせら笑う。周囲の男たちもそれに倣って嘲笑《あざわら》った。その瞬間《しゅんかん》だった。

ルーカスの目が剣呑《けんのん》な色を帯びる。周囲の温度が急激に冷えていくような気がした。

ルーカスから放たれる冷たい殺意に、半笑いだった男たちが身構えた。

順繰《じゅんぐ》りに、男たちをねめつけたルーカスが静かに言葉を発した。

「……ただの野盗《やとう》にしては構えも、装いも上等すぎる。それなりの組織の人員、と考えるのが自然」

「……」

「王国内にはいくつか裏組織がありますが、辺境伯の軍や騎士にまで刃を向ける存在はそうはありません」

ルーカスが剣を構える。

「暗部組織〈愚者の果て《ナーレリア》〉、でしょうか」

「……ま、流石《さすが》にわかるか」

肩を竦《すく》める男には、先ほどまでの余裕はない。冷や汗《あせ》をかきながら、ルーカスに視線を集中している。男の肯定《こうてい》にルーカスが得心したように首を振った。

「ルーフレイム王国内で最大の裏組織が絡《から》んでいるとなると、二度の不自然な魔物の襲撃にも納得がいきます。裏取引の販路《はんろ》に事欠かないあなた方であれば、魔物の理性を奪《うば》う【第一級危険指定】の植物や薬を手に入れることも難しくはないでしょうし」

場の緊張感《きんちょうかん》とは裏腹に、ルーカスは淡々と言葉を並べ連ねる。

「襲撃の目的は……、あなたの言葉から察するに、忌み子とその従者の獣人ですか。……しかしながら、忌み子を欲《ほ》しがる理由は……あまりなさそうですね。とすれば、あの白い獣人族が本命ですか？」

「……」

「沈黙《ちんもく》は肯定、でしょうかね？　それでも、この東辺境伯軍と我々の騎士団を襲うには少々物足りない動機のような気もしますが……」

「……今回のあんたらは襲いやすかった。ただそれだけのことさ」

男はそれだけ言うと、アリシアを地面に落とした。幸いなことに、泥濘が衝撃を吸収する。さらに泥だらけにはなるが、痛みはなかった。男はルーカスを見据《みす》えると、口火を切った。

「……とりあえず、自己紹介《しょうかい》といかないかい？　ま、あんたの正体はおおよそ見当がついているがな。ちなみにオレはセブン。騎士団の所属なら名前くらいは聞いたことがあるかもしれねぇな？」

「……セブンですか。〈愚者の果て《ナーレリア》〉の幹部〈数持ち〉にあった名前ですね」

「そういうことさ。それで、あんたの名は？」

ルーカスの返答は無言。そんなルーカスに対して、男もといセブンが呆《あき》れたようにため息をついた。

「あんたの立場をかんがえりゃあ、言いたくないのはわかるがな？　ただ、新星の聖金騎士団《サンオーレ・シュバリエ》でその鎧の持ち主はわかりやすすぎるだろうに。……それともオレに言ってほしいのか？」

「……随分と詳《くわ》しいのですね？」

「そりゃあ、詳しくなけりゃあ、あんたらに自ら関《かか》わることはないさ。オレたちはあんたらが思うよりずっと軍や騎士団を恐《おそ》れている」

セブンの言葉にルーカスが冷笑《れいしょう》した。

「……幹部の一人が死んだだけで、大人しくなる組織の言葉は説得力がありますね。納得です」

「……あれは、想定外に想定外が重なっただけだ。軍とか騎士団は関係ねぇよ。……結局犯人も特定できてねぇし、そうなりゃ慎重《しんちょう》にならざるを得ないだろうが……」

吐き捨てるセブンの声には苛立ちが混じっている。

「……ちなみに『水の魔術師』ってのに聞き覚えは？」

「……ああ。あの詩ですか。御伽噺《おとぎばなし》を信じている手合いですか？」

「いや……。……まぁ、いい。今聞くことじゃあなかったな」

咳払《せきばら》いをしたセブンは改めて、ルーカスに向きなおった。

「それで？　名前は？」

「そこまで知っているのなら、わざわざ私が言う必要もないでしょう」

「ちっ。面白《おもしろ》くねえ野郎《やろう》だな」

つまらなそうにセブンが唾《つば》を吐く。ルーカスが剣先を揺らした。

「それで、いったい何の用なんです？　わざわざ絡んでくるあたり、何かあるのでしょう？」

「そうだなぁ、騎士サマ。……いや、もういいか。ルーカス・レーン。オレはあんたに提案がある」

「……提案？」

ルーカスが首を傾《かし》げる。

「一時的な共闘《きょうとう》、だ。東辺境伯軍は思っていたより粘《ねば》り強いし、執念深《しゅうねんぶか》い。逃げる時間を確保するのに、なるべくやつらを痛めつけておきたいのさ。そのために、味方は多い方が良い。簡単な話だろう？」

「……」

「……ああ、もちろん。あんたのお仲間ってのは騎士団の方じゃないぜ？」

「……本当に、良く知っているのですね」

男の言葉にルーカスは諦《あきら》めたようにため息をついた。

「文句なら、あんたの上司に言ってくれよなぁ。そっちが間抜《まぬ》けなんだからよぉ」

「……」

「ああ、そうだ。ついでにあんたを逃がす手伝いもしてやろうか？　王女サマを殺した後にどうするつもりだったのかは知らないが。……その様子だと、今の状況はあんたにとっても想定外なんだろう？」

逃がす、という言葉にルーカスがぴくり、と反応する。

「……信用できませんね」

「そりゃあ、そうだ。オレたちも何も親切心で言ってるわけじゃあない。その代わりに、あんたにお願いがあるのさ」

「……何でしょう？」

「白い獣人族の確保。その手伝いをお願いしたい」

セブンの言葉にルーカスがしばし考えて、静かに頷いた。

「……まぁ、良いでしょう。今さら私が何をしようと、この国にいられないことに変わりはありませんしね」

「ま、そうだろうな？　あんたらは派手にやりすぎなのさ」

他人事《ひとごと》のようにセブンがそう言う。押し黙《だま》るルーカスを横目に、セブンは手を叩《たた》いた。

「交渉《こうしょう》成立だな。んじゃ、頼《たの》むぜぇルーカスさんよ」

「……その前に、ソレを殺すのでどいてはくれませんか？」

ルーカスが剣先でアリシアを指し示す。彼の言葉に、セブンが驚いたような顔をした。

「おいおい。もう殺すのかよ？　どうせなら、遊んでから殺そうぜ？」

「……遊ぶ？」

意地悪そうな顔でセブンは嗤った。

「女で遊ぶっつったら一つしかないだろう？」

セブンの言わんとすることを理解したルーカスが呆れたように嘆息《たんそく》した。

「女、ですか。まだ十の小娘《こむすめ》ですが……」

「何歳だって女は女だよ。どうせ殺すんだから、別に良いだろう？」

下卑た嗤いを浮かべるセブンとその取り巻きの男たち。ルーカスが頭痛を堪《こら》えるように頭に手をやる。

「……程度の低い連中の考えることは、色々と理解できませんね」

「……おい。喧嘩《けんか》売ってんのか？」

「売ったつもりはありませんが。……一応ここは戦場なんですよ？」

「はん。戦場だろうがオレたちはやりたいようにやるだけさ。なんなら、ここは主戦場からだいぶ離れてるし、問題ねぇだろう？　……それとも、戦いが終わるまで殺すのを待っててくれるのか？」

「……それは許容できませんね。……はぁ、面倒《めんどう》なのに絡まれてしまったものです」

ルーカスの言葉には苛立ち混じりの諦念《ていねん》があった。彼は、鋭《するど》い視線をセブンとその取り巻き、そして——彼らの背後へと向ける。そして大仰《おおぎょう》に肩を竦める。

それを許可と捉えたセブンは地面に伏《ふ》すアリシアの頭を掴むと、乱暴にその体を持ち上げる。彼の動きに合わせて、周囲の男たちが寄ってきて、そのうちの二人がアリシアの手を拘束《こうそく》した。

「う……ぁ」

アリシアの喉《のど》からしぼり出た声は掠《かす》れていた。体は相変わらず動かない。たとえ動いたとて、大の大人の力には抵抗《ていこう》することはできなかっただろうが。磔《はりつけ》のような姿になったアリシアの視界に黄金の鎧が映る。

「……何かあれば即座《そくざ》にソレを切りますので」

「死体を犯《おか》す趣味《しゅみ》はねぇからそいつぁ勘弁《かんべん》してほしいなぁ？」

おちゃらけたセブンの声がアリシアのすぐ後ろから聞こえた。粘ついた声音。その言葉に含意《がんい》された意図をアリシアはくみ取れない。ただ、生理的嫌悪と耐えがたい怖気《おぞけ》がアリシアを支配した。

「うう……」

アリシアの心は限界だった。唐突に訪れた命の危機に思考は追いつかず。過酷《かこく》な環境《かんきょう》と、動かぬ体は、彼女の気力を摩耗《まもう》した。ままならぬ呼吸は彼女の意識を朦朧とさせていて、降りやまぬ雨と地を浸《ひた》す泥水がアリシアの体温を奪っていた。

ルーカスは動く気配がない。ただ、騎士の血に汚《よご》れた剣を構えてアリシアを見つめるのみ。

怖《こわ》い。怖い。怖い。疲《つか》れ切ったアリシアにはもはや考える余力すらなかった。

「うう」

限界を超えた心は歪みを生んで、涙《なみだ》となって頬《ほお》を伝う。視界は霞《かす》み、ぼやけていく。現実は物語のようにはいかない。騎士は姫を救えない。だが、幼い彼女は、その存在に必死に縋った。

「あ、……え」

誰か、助けて。助けて。心の声、は虚無《きょむ》へ、見えぬ闇《やみ》へと溶《と》けていく。

そして。その声に応《こた》えるように――翡翠《ひすい》の風《ふ》が吹いた。

アリシアの体が浮く。

手を締《し》め付ける圧迫感《あっぱくかん》が消えて、押さえつけられていた頭部が解放された。支えを失った体は大地へと引き寄せられていく。落ちる。落ちていく。

しかし、その浮遊感は、アリシアにとって決して不快なものではなかった。

「な、っ⁉」

男たちの驚愕の声が頭上から聞こえた瞬間、アリシアの景色が変化した。

空を木の葉が鬱蒼《うっそう》と茂《しげ》っている。その狭間《はざま》から落ちる冷たい雨が頬にぶつかった。

そして、優しく抱き留められた。

アリシアの視界に映るのは黄金の双眸。アリシアにとって、その目を持つ人間は、この世に他に一人しかいない。グレイズラッド・ノルザンディ、ただ一人だ。

「う、え……お」

引き絞《しぼ》られた心の緊張がほぐれていく。薄氷《はくひょう》の上に保たれていた意識が徐々に遠のいて。緑の光がアリシアの視界を埋め尽《つ》くした。最後に瞬《またた》いたアリシアの眼に、優しく微笑《ほほえ》んだグレイズラッドの顔が映る。もう、アリシアの心に恐怖はなかった。

◇ ◇ ◇

激情に身を任せた振りは、容易に男の腕を両断した。初めて経験した肉と骨を断《た》ち切る感触。それは存外に不快で、見えない烙印《らくいん》を両の掌《てのひら》に押されたような、そんな違和感を僕は覚えた。

「な、っ！」

腕を斬られた男の叫び声。耳元で大声を出されると非常にうるさい。

剣を振りきった僕は体勢を変えると、そのまま男の腹を思いっきり蹴り飛ばした。

風の精霊術で加速をつけた僕の蹴りは、男の体をゴム玉のように吹き飛ばした。男の体は草花を割って巨木《きょぼく》の幹へと激突し、地に伏した。

あれで暫《しばら》くは動けないだろう。ちらりと、右方に目をやれば。アリシアの左手を拘束していた男の頸動脈をシラユキが掻《か》き切っていた。鮮血《せんけつ》が噴《ふ》き出す。男がどう、と崩《くず》れ落ちた。

アリシアの頭を掴んでいた男は、既に後方へと飛びすさっていた。

状況判断が無駄《むだ》に早い奴《やつ》だ。

空中で自由となったアリシアが落ちてくる。精霊術で落ちる速度は調節できる。僕は彼女が怪我《けが》をしないように、素早《すばや》く横抱《よこだ》きに抱《かか》えた。ぐったりとして動かないが、アリシアは生きている。そのことに安堵《あんど》すると共に、僕の中に暗い焔《ほのお》が燃え滾《たぎ》っていた。

涙と泥で濡れたアリシアの顔。僕は胸が締め付けられるような感覚を抱く。

「う、え……お」

アリシアは上手《うま》く言葉を発することができないようだ。なにか薬でも盛られたのかもしれない。

だが、彼女を案じる余裕が今の僕にはない。

僕はアリシアに対して微笑むと、瞬時に風の力を呼び覚ました。

右後方に迫《せま》る気配。それは、あまりにも速い剣の軌跡である。完全に避《よ》けるのは難しい。

僕はトワイライトを右手で握《にぎ》りなおすと、アリシアを抱え込んだ。

直上から袈裟《けさ》がけの剣閃《けんせん》が飛来する。目で知覚するより早く、僕はトワイライトを地面へと突《つ》き立てた。直後——右腕を衝撃が襲った。

剣の腹で受け止めた斬撃の威力《いりよく》。十歳の子供である僕にとってはあまりにも重すぎるそれを、僕は渾身《こんしん》の力で耐え続けた。金属音と共に鋼《はがね》を滑《すべ》る敵の剣は、汚泥へとその切っ先を沈《しず》めた。アリシアごと切り裂こうとでもしたのか、随分と力が入っていたようだ。それが彼の追撃を遅《おく》らせてくれた。重い一太刀《ひとたち》を防ぎ切った僕は、即座にアリシアを抱えて間合いから離れた。

そして剣を構えたまま、今度は正面から黄金の騎士——ルーカスを見据えた。

ルーカスは自身の攻撃《こうげき》を防がれたことに驚いたらしい。彼の息を呑む気配がした。

僕は彼の動きに警戒しながら、第六の感覚である精霊術へと意識を向ける。僕らを囲む人間は多い。風の精霊術が教えてくれる情報では、ルーカスと謎《なぞ》の男たちが十人以上。

この状況は、くしくも僕が先ほど映像として見た景色と非常に似通っている。

まさしく、アリシアの視点であれば、あのように映ったかもしれない。そんな状況だ。

あの映像はなんだったのか。仮に彼女の状況を映していたとしても、時間にズレがある。あれがもしもリアルタイムの映像だったとしたら、僕はおそらく、間に合っていなかっただろう。

そこまで考えて、僕は自身の思考を強制的に終了《しゅうりょう》した。

今はそれどころではない。この状況を脱《だつ》することを最優先にしなければならない。ルーカスと謎の男たちの関係もその目的も、僕はなにもかもわかっていない。だけど、彼らは敵である。それだけはわかっている。こちらの戦力は僕とシラユキのみ。加えて、アリシアという護衛対象を抱えている。彼女を守りながら多人数と戦うのはかなり荷が重い。だが、やらなければならない。

いつの間にか僕と背を合わせていたシラユキに、僕は指示を出した。

「ルーカスとアリシア様は僕がどうにかする。だから、他をお願い」

「かしこまりました」

僕の命令を受け取ったシラユキが驚異的《きょういてき》な跳躍《ちょうやく》で木に飛び移った。

その様子を精霊術を介して確認しながら、僕は改めてこちらに迫る黄金の騎士を注視した。

鎧を着ているとは思えぬ身軽さ。常軌を逸《いっ》した剣速。

この目がなければ、僕は彼の剣を追うことすら困難だったであろう。

神殿騎士は騎士の中でも限られた実力の者しかなることができない存在だ。その中で副団長という地位にまで上り詰めたルーカスの実力は、騎士としてこれ以上ないほどの高みにある。

ルーカスの姿がブレる。一瞬の踏み込みで、放たれる神速の突き。幾人もの命を葬《ほうむ》ってきたであろう彼の絶技。だが、僕は存外に穏《おだ》やかな心地《ここち》で、それを眺《なが》めていた。

本来ならば、まだ十歳の子供である僕が敵《かな》うはずの無い相手だ。それも、アリシアを庇《かば》いながら戦うとなればなおさらである。

身体能力の差。剣術の差。間合いの差。あらゆる差が僕とルーカスの間にはある。そして、その溝《みぞ》は到底埋まるものではない。ルーカスもおそらくは、そう思っていることだろう。

だけど、僕には。僕には、普《ふ》通《つう》の子供が本来持たない武器がある。

精霊術。人知を超えた力が。その力を貸してくれる存在が、僕にはいるのだ。

緑光が舞う。常人には見えない光が僕の全身を包んでいく。能力差は補えばいい。足りぬものは足して埋めればよい。そして、敵の力、その悉《ことごと》くを凌駕《りょうが》してしまえばよい。

――精霊術には、それができるのだから。

翡翠の魔力が右腕を伝っていく。指の先を超えて、その輝きはトワイライトまでもを包み込んだ。

【風精の輪舞《りんぶ》（Ventus spiritus rotae saltante）】

風精霊の加護。肉体の限界を超えるための力が、僕を覆いつくした。

右手に構えたトワイライトとルーカスの突きが交差した。火花散る甲高《かんだか》い音と共に、僕の顔に刃《は》先《さき》が迫る。普段の僕ならば絶対に避けられない一撃。だが、精霊術〈風精の輪舞（Ventus spiritus rotae saltante）〉はそれを可能とする。

全身を覆う風の力が、脳の指令を受け取るよりも早く僕の体を動かした。片手で扱《あつか》うには重いトワイライトも、スイの力が後押ししてくれる。ルーカスの剣が揺れる。予想外の力によって、ルーカスの突きが本来の軌道から逸した。

僕の顔のすぐ横を、彼の剣が通り抜けていく。ルーカスから伝わる気配は動揺。まさか一度ならず二度までも、自身の剣が防がれるとは思っていなかったのだろう。

その隙を見逃《みのが》す気は、僕にはない。素早くしゃがみ込んだ僕は、持てる力を振り絞って、今度は思い切り剣を振り上げた。風を纏《まと》うトワイライトの一撃がルーカスの剣を弾く。

「っ！」

体勢を崩すルーカス。その懐《ふところ》へと、僕は踏み込んだ。

狙《ねら》うは足だ。ルーカスが身に着けている騎士鎧は金属製の全身装備であり、剣による攻撃が非常に通りづらい。有効打を与《あた》えるには、鎧の隙間を縫うような斬撃や刺突《しとつ》が必要となる。そのため、騎士という存在は致命傷《ちめいしよう》を与えるのが非常に難しい。

だが一方で、脚部《きやくぶ》は比較的脆《ひかくてきもろ》いという特徴《とくちよう》がある。特に関節部は継《つ》ぎ目であるため無防備に近い。機動力は近接戦の要である。足を潰《つぶ》すだけで、騎士の戦闘能力は大きく低下する。

一撃で殺せずとも、戦闘不能にできればよいのだ。アリシアを抱えながらの、横なぎの一閃《いつせん》がルーカスへと迫る。筋力的にも技術的にも難しいそれを、〈風精の輪舞（Ventus spiritus rotae saltante)〉が補助してくれる。剣が加速する。風を纏う剣撃がルーカスの膝へと迫った。

しかし、ルーカスもまた騎士の頂点に近しい者。そう易々《やすやす》と斬らせてはくれなかった。

ルーカスは弾かれた剣を手放すと、その勢いのままに空中へと躍り出た。鎧を身に着けていると

は思えぬほどの跳躍力でルーカスは後方へと体を弾《はず》ませる。

そのあまりに軽快な動作に僕は瞠目《どうもく》した。

まさかの後方転回である。どんな身体能力してるんだ。このおっさん。

絶句する僕を尻目《しりめ》に、ルーカスは何事もなかったかのように着地をする。そして、手袋《てぶくろ》についた泥を不快そうに払《はら》った。追撃はしない。今の攻撃が外れた時点で、一度仕切り直しだ。

下手な攻撃は相手に隙を与えることになる。アリシアを抱えている以上、その隙は致命的なものになる可能性があった。剣を構えたまま、僕はルーカスの行動を注視する。

居心地の悪い静寂。それを破ったのはルーカスの方だった。

「……まさか、邪魔をしてくるのがあなたとは思っていませんでしたよ。グレイズラッド・ノルザンディ」

その声の響きにあるのは驚きと困惑だった。

「忌み子であるあなたのことはある程度は知っていました。子供とは思えぬほどに聡明《そうめい》で、剣の腕にも長《た》けている。他の分野も軒並《のきな》み優秀《ゆうしゅう》だと」

「……」

「ですが、いかに優秀だと言っても所詮《しょせん》は十の子供。そう思っていたのですがね……」

反応のない僕に構うことなく、ルーカスは一人語る。その声が徐々に低くなっていく。

「……人一人庇いながら、二度も私の攻撃を防ぐ？　それも、こんな子供が？」

彼から伝わってくるのは憎悪《ぞうお》と怒り。

「あまりにも、あまりにも異質すぎる。あなたの体で私の攻撃を弾くなど、常識的に考えれば不可能。そのはずなのですが……」

ルーカスの鋭い怨嗟《えんさ》の瞳が、僕とアリシアを射貫《いぬ》く。

「……やはり、金眼の保持者は危険すぎます」

ルーカスの言葉には僕だけでなく、アリシアに対しても悪意がある。〈英雄教〉はアリシアを英雄と崇《あが》めているのではなかったのか。神殿騎士団《テンペル・シユバリエ》に所属していたルーカスが忌み子である僕を嫌うのはわかる。だが、彼がアリシアまでも殺そうとするのはいったいなぜなのか。それだけが、僕にはわからない。

「……僕を殺そうとするのはわかる。だが、なぜアリシア様までも殺そうとする？」

僕の言葉にルーカスが冷笑した。

「金眼は人ならざる存在です。それを英雄と崇めることこそ異質なのですよ」

ルーカスの言葉に迷いはなく。ただそれが当然とでも言うような自然さ。

言葉を失う僕に、ルーカスが冷たく宣言する。

「人の世界に、あなた方は必要ない」

それが絶対的な正義であると。そう断言したルーカスが、再び僕との距離《きより》を詰めてくる。

戦いは始まったばかりだった。

◇　◇　◇

シラユキにとって人間は悪である。人の世界に囚《とら》われてから数年の月日が流れても、それはシラユキの中で変化しなかった。唯一《ゆいいつ》の例外は主人であるグレイズラッドただ一人。

シラユキの人生の中で、あれほどシラユキを受け入れてくれた人間は他に存在しない。

獣人族に対する偏見《へんけん》を持たない彼は、人間の世界では得難《えがた》く、極《きわ》めてまれな存在であった。

そんなグレイズラッドもまた、この人間の世界では嫌われている。それがなおさらに、シラユキの人間嫌いを加速させていた。

故《ゆえ》に。グレイズラッド以外の人間はすべて敵である。シラユキがそう考えるようになるのは、もはや必然であった。グレイズラッドへと向かう悪感情も、自身を苛《さいな》む心無い言葉も。すべて人間への憎《にく》しみとして変換《へんかん》した。そして唯一の拠《よ》り所であるグレイズラッドへと、自身の心を預けた。

そうして、シラユキは自分の心を守った。だからこそ。シラユキにとってグレイズラッドの言葉は何よりも甘美《かんび》なものだった。それが自分自身を頼《たよ》るものであれば、それは至福ともいえる響きを持つ。シラユキの心の歓喜《かんき》は凄《すさ》まじかった。

喜びは電撃の如く全身を駆け抜けていく。快感にも似たその心地に、シラユキは身を委《ゆだ》ねた。

ああ。なんて、良い日なのでしょう。主人に頼られて、信頼《しんらい》されて。

その上で自身の仇をこの手で屠《ほふ》れるなんて。

短剣に付着した血の臭いに誘《いざな》われるように。白銀の獣は、戦場へと身を躍らせた。

◇　◇　◇

標的である白い獣人族。それがこの地に現れた時、セブンはそれを嘲笑った。

仲間を一人やられたのは痛いが、それでもこの場には他に多くの組織の人員がいる。

そんな中で、ノコノコとその標的はやってきたのだ。阿呆か間抜けか。はたまた、ただの馬鹿か。

セブンも仲間たちも、誰しもがそう思った。しかし、彼らはすぐにその考えを改めることになる。

なぜならその標的は一瞬にして木々を飛びまわり、瞬く間に仲間の一人を斬り殺したのだから。

あまりにも速く、予想を超えた動き。それはまさしく人の範疇《はんちゅう》を超えた動きであり、彼らには到底真似《まね》できないものであった。セブンが呆気《あっけ》に取られているうちに、別の仲間がその体を弾ませた。

仲間の顔面へと放たれた拳打《けんだ》が、鼻をへし折り、顔の骨を陥没《かんぼつ》させるのをセブンは見た。首が不自然なほどに後方に折れ曲がり、異常な速度で男の体が樹幹へと衝突《しょうとつ》する。

「……は？」

常軌を逸した武威に、セブンの口から呆けた声が漏《も》れた。こんなことは聞いていない。

標的は子供の獣人族。大の大人なら何とでもできる程度の存在。そのはずだったのではないのか。

セブンは知らなかった。いや、セブンだけではない。組織の誰もが知らなかった。

白毛の一族がどのような存在であるのか。セブンたちにとって、獣人族は商品でしかなく、その毛色の持つ意味を考えることはなかった。ただ、なんとなく高貴な血筋の獣人だろう。その程度の考えしかなかったのである。だから彼らはシラユキの能力を見誤った。彼女が普通の獣人をはるかに超える力を持っていることに、気が付くことができなかった。

獣人族は最も強いものが王になる。そして、獣人族にとって白い毛は「王族」の証である。

すなわち白い毛の一族は——最強の獣人族なのだ。たかが数年。されど数年。王家の血を引くシラユキに与えるには十分すぎる時間を、彼らは与えてしまっていたのだ。

「……くそが。てめぇら、なにちんたらやってやがる！」

苛立ちと共にセブンが吠《ほ》える。

「着地を狙え！　浮いてる時が奴の隙だ！」

セブンの声に、呆然としていた男たちが動き出す。そしてまさにセブンの仲間に斬りかからんとするシラユキの側面から、もう一人の男が刃を繰《く》り出した。

しかし、その攻撃は当たることはなかった。突如として光壁《こうへき》がシラユキの足元に現れたかと思うと、その壁を足蹴《あしげ》にシラユキが再び跳躍したのだから。

「なっ⁉」

空中で跳《と》ぶという、あまりに不自然な動きに対応できるはずもなく、男は剣を振りきった。その直後に、上空から短剣が降ってくる。攻撃動作を終えたばかりの男はその攻撃を避けることができない。超速《ちょうそく》の投擲《とうてき》は喉を貫くと、そのまま骨を穿《うが》ち、気管をも貫通《かんつう》した。

倒《たお》れる仲間の姿を見ながらセブンは絶句する。

「……まさか、魔術まで使える、だと？」

想定外にも程《ほど》がある。舌打ちしたくなるのを堪えながら、セブンは必死にシラユキの姿を追う。

幹を蹴り、シラユキが向かってくるはセブンのいる場所。すなわち狙いはセブン自身。

曲刀を手に、セブンはシラユキを迎え撃《う》った。

曲刀と短剣がぶつかる音。その細い腕から放たれているとは思えぬほどの膂力《りょりょく》に、セブンの頬が引き攣る。無論、セブンとしてもこんな身体能力の化け物に真っ向から立ち向かうつもりはない。

セブンはにぃっと口端《こうたん》を吊《つ》り上げる。

そんなセブンの表情にシラユキは訝《いぶか》しげな顔をした。あくまで余裕そうな表情。こっちに何かあると思わせる。それがセブンの狙い。地面へと足を着けたシラユキは、セブンの挙動を見て即座には攻勢《こうせい》に出ない。その隙をセブンは待っていた。

「ひひ！」

セブンには見えている。シラユキの左後方から放たれた味方の矢を。掠るだけで動けなくなる毒矢。これさえ当たってしまえば。

セブンはおもむろに腰《こし》の小包みへと手を突っ込んだ。大胆《だいたん》にあからさまに。背後からの攻撃を悟《さと》られぬように。そしてセブンの思惑《おもわく》にまんまとシラユキは引っかかった。

彼の動作を危険と判断したシラユキがその行動を阻止《そし》しようと動き出す。

無論、彼女の視線はセブンに固定されている。

これは避けられない。勝った。

セブンの勝利の確信はしかし、驚愕と共に覆《くつがえ》されることとなった。

「っ⁉」

シラユキを穿つはずだった毒矢は静止していた。

鏃《やじり》から毒の液体が垂れる。それが侵《おか》すはずだった肉体は健在。

あまりにも簡単に、その矢は――シラユキの手によって止められていた。それも、矢の方向を向くこともせずに。

意識は完全にセブンの方を向いていたはず。死角からの攻撃を完璧《かんぺき》に把握するなど、何をどうすればそんなことができるのか。セブンは怒号《どごう》を上げた。

「この、化け物が！」

セブンは小袋から白い球を取り出すと、シラユキへと投げつける。球の中身は粉末状のロクロの実。衝撃と共に、中身がはじけ、敵の動きを麻痺《まひ》させる薬物兵器だ。

しかし、苦し紛れの攻撃がシラユキに当たるはずもない。

軽快な身のこなしで、シラユキはそれを躱《かわ》すと。光の壁を支点に、セブンの直上へと躍り出た。

そしてわずかに、その綺麗《きれい》な顔を歪めた。

「嫌な、臭いですね」

わずかな溜《た》めののちに、放たれる腕の振り。残像すら置き去りにする速度で放たれるその拳は、生身の人間が避けられるような代物《しろもの》ではない。自身へと迫る殺意、その光景が嫌にゆっくりとセブンには映った。

細い拳がセブンの顔面へと到達する。眼窩《がんか》の骨が砕け、頭蓋骨《ずがいこつ》全体がみしみしと音を立てた。激痛に身をよじる間もなく、セブンの視界が歪んだ。

（ああ、くそったれ）

悪態は届くことなく。怨嗟に満ちた銀眼を最後に、セブンの意識は沈んでいた。

◇　◇　◇

かつてこれほどにもどかしく感じたことがあっただろうか。

自分の攻撃、その全てを悉く撥ね返されるたびに、ルーカスの苛立ちは増していった。

神殿騎士団《テンペル・シュバリエ》は選ばれし騎士の集まりだ。優秀で頭脳明晰《めいせき》、才能に溢れた者のみが入団を許される。その騎士団において副団長の地位にまで上り詰めたルーカスには自負があった。剣において自分自身を超えうる存在は、この世にそうは存在しないだろうという自負が。

ルーカスが長年の研鑽《けんさん》を経て身に付けた技能は〈剣聖《けんせい》〉にも届くと言われた。

結局、神殿騎士団《テンペル・シュバリエ》に在籍《ざいせき》している間にその称号《しょうごう》を得ることは叶わなかった。だが、それでもルーカスの実力は誰しもが認めていた。ルーカスが容易に聖金騎士団《サンオーレ・シュバリエ》の団長になることができたのも、彼が相応《そうおう》の実力を持っていたからだった。

それがどうしたことか。ルーカスの攻撃はたかが十歳の子供に防がれている。それも、手負いの人間を背負った子供に。

繰り出された剣撃はまたしてもグレイズラッドの手によって止められた。

グレイズラッドの剣はあまりにも手ごたえがない。彼の剣はまるで水のように、ルーカスの剣を避けていく。まさしく受けの剣術。衝撃を最小限にするその技術は、ルーカスから見ても舌を巻くものだった。その上で大人の剣を受けきる膂力、胆力《たんりょく》、そして見切る力。

はっきり言って、十歳の子供が身に付けていい能力ではない。

魔術が使えないからなんだというのか。これだけの剣を扱えて、さしたる脅威《きょうい》の無い子供だと。

教会も東辺境伯も何を見てきたのか。このグレイズラッドという忌み子はとんだ化け物だ。

雑木林に響く剣戟《けんげき》の音。ルーカスのあらゆる仕掛《しか》けはすべて失敗に終わっている。

グレイズラッドはルーカスの剣筋を完璧に見切っている。他の誰もができなかったそれを、幼い子供がなしているのだ。あまりにも簡単に。まるでそれが当然であるかのように。

「なんなのですか、あなたは？」

怒号と共に繰り出した攻撃はまたしても弾かれる。グレイズラッドの剣の振りに合わせて、不快な風がルーカスの頬を撫《な》でた。

彼からの返答は無い。何かを待つように、ただ淡々とルーカスの剣を捌《さば》き続けている。

その子供離れした冷静さも不気味だった。命のやり取りをしているとは思えないほどの無感情さ。元よりあまりにも大人染みていて、どこか異質だったグレイズラッドだが、この戦場においてその異常性が際立《きわだ》っている。グレイズラッドからの追撃はこない。彼は防御《ぼうぎょ》に専念することにしたらしい。だが、少しでも致命的な隙を見せれば、彼の刃がルーカスへと向かうことになるだろう。そのことをルーカスは嫌というくらいにはっきりと認識していた。獲物《えもの》を狩《か》る魔物のような狡猾《こうかつ》さがグレイズラッドにはある。

またしても追撃の一手を防がれたルーカスは、わずかに顔を顰めた。

(……予備の剣はやはり少々軽いですね。最初に主武装を弾かれたのは失敗でした)

軽い剣は取り回しがよく、絶えまない攻撃をするのには適している。

しかし一方で、グレイズラッドの守りの剣を突破するには少々力不足だった。

決定打が無い。

攻撃の手を緩《ゆる》めることなく、ルーカスは思案する。グレイズラッドはルーカスの攻撃を全て防ぎきる。力で押しても。策を弄《ろう》しても。フェイントをかけても。グレイズラッドは靡《なび》かない。

ただ不気味に輝く黄金の眼が、ルーカスの太刀筋を正確に捉えている。

それでいて、グレイズラッドは疲れる気配を見せない。

既に陽《ひ》は落ちかけている。戦闘が始まってある程度時間は経《た》った。その間休まずに攻勢を仕掛けてなお、グレイズラッドは飄々《ひょうひょう》としている。持久戦を仕掛けても効果がない。ならば、一度仕切り直して主武装である騎士剣を取りに戻《もど》るか。あるいは別の手——例えば魔術による攻撃——を考えてみようとは思うものの。

ルーカスの戦いの勘《かん》が囁《ささや》くのだ。

グレイズラッドに時間を与えてはいけない、と。それが致命的な隙になると。

長年培《つちか》った勘というものは馬鹿にならないものだ。故に、ルーカスは状況を変える一手を選択できない。本能が慄《おのの》くままに、ルーカスは剣を振るい続けるしかできなかった。

風の如き薙《な》ぎも、神速の突きも、剣閃に交えた体術も。その全てをグレイズラッドは受け流した。

躱されるたびに、ルーカスの身の内からは耐え難《がた》い怒《いか》りが迸《ほとばし》った。

お前など片手間で十分だと。王女を守りながら戦うグレイズラッドがルーカスを嘲笑《ちょうしょう》する声が聞こえてくるような、そんな気さえした。

「——っ！」

こんなことがあってたまるか。生まれて幾《いく》ばくもたたぬ子供に自分の剣が通じないなど。

ルーカスにとってこれ以上ない屈辱《くつじょく》だった。だが、ルーカスの怒りは虚《むな》しく。戦いは拮抗《きっこう》を維持したまま、ただルーカスの焦燥感だけが募《つの》っていく。

しかし、この世は忙《せわ》しなく姿を変えるものだ。万物《ばんぶつ》は流転《るてん》し、物事は常に変化を続ける。

そしてこの場においても、それは例外ではなかった。

「団長！」

唐突に、年若い少女の声が戦場に響いた。

それはルーカスも、グレイズラッドも想定していなかった新たな闖入者《ちんにゅうしゃ》だった。

ルーカスの頬が引き攣る。声を発した存在。それをルーカスは良く知っていた。

聖金騎士団《サンオーレ・シュバリエ》副団長——カーリナ・ステファン。

騎士団を率いているはずの彼女が、なぜかこの場に現れたのだった。

◇◇◇

「団長！」

声を聞いた瞬間、誰が来たのかがわかった。

カーリナ・ステファン。聖金騎士団《サンオーレ・シュバリエ》の副団長だ。

どういう経緯《けいい》で彼女が現れたのかは僕にはわからない。だが、彼女の出現はアリシアにとっては朗報だ。騎士団の副団長まで裏切者ということはおそらくないだろう。あの狂信《きょうしん》ともいえる態度を見れば、なおさらである。

カーリナの声が響いた瞬間、ルーカスの攻撃の手が止まった。彼から感じるのは動揺。ルーカスにとっても、この乱入は想定外だったようだ。そしてその一瞬は僕にとっての好機だった。わかりやすい隙。この隙を逃すまいと攻勢に出ようとして——僕は即座にそれを取りやめた。

これは好機なんかじゃない。状況をよく見ろ。カーリナがいる状況で、ルーカスを攻撃する意味。

それはすなわち、騎士団との敵対を示唆《しさ》することになる。

それに、彼女が来たということは……。

僕の予想通りに、彼女の背後から続々と人の気配が増えていく。聖金騎士団《サンオーレ・シュバリエ》の団員たち。皆一様に剣を構えて、こちらを窺《うかが》っている。

そしてここで、僕は致命的な間違いを犯《おか》した。

彼女たちが来た瞬間に、僕がやるべきこと。それは助けを求めることだった。大声で助けを呼ぶ。それだけで、ルーカスに対する疑念を抱かせることができただろう。

しかし、僕はそれができなかった。この一瞬の躊躇《ちゅうちょ》が、この場の情勢を分けることになる。

「団員が数名やられていました！　いったい何が――」

「そこの忌み子に、アリシア様が襲われたのです！」

「っ⁉」

ルーカスの言葉に、場の緊張が一気に高まった。僕は瞬時に自身の状況を悟った。

やられた。この場の騎士団すべてが今、敵になった。完全に機先を制された。

「違う！　僕は――」

「――アリシア様を解放しなさい！」

僕の反論を遮《さえぎ》るように、ルーカスの剣が再び僕を襲った。

彼の剣はその一つ一つが的確に急所を狙ってくる。チャンスがあれば王女を斬り殺そうとしてくるその正確な剣捌きを受け続けるのはかなりの集中力を要する。加えて、今の僕は身体能力の補助をする精霊術〈風精の輪舞（Ventus spiritus rotae saltante）〉と空間把握のための精霊術〈風精の小結界（Ventus spiritus limites pequen）〉を発動している。二つの精霊術を同時に発動していることも相まって、他に意識を割《さ》く余裕がなかった。

言葉を紡ぐ前に、ルーカスへと意識が引き寄せられる。風の力が上乗せされた僕の剣がルーカスの剣と交錯《こうさく》した。鋼《はがね》の刃が、甲高い音を響かせながら剣身を滑る。

ルーカスの攻撃は僕どころかアリシアをも殺そうとするものだ。しかし、辺りは陽も落ちてきており、カーリナや他の騎士たちからは良く見えないかもしれない。ただ、僕がアリシアを抱えたままルーカスに対して剣を向けている。その事実だけが、彼らの目には映っていることだろう。

「き、貴様！　まさかアリシア様を手にかけようとは、何たる不敬……！」

ルーカスの剣閃を的確に受けきった僕の耳に、怒りに震《ふる》えるカーリナの声が聞こえてくる。

その言葉が向けられているのは間違いなく僕だ。本当にくそったれだ。このまま濡れ衣《ぎぬ》を着せられるわけにはいかない。ルーカスの攻撃を必死に躱しながら、僕は叫んだ。

「違う！　裏切ったのはルーカスだ！」

ルーカスの攻撃を縫いながら口にした僕の言葉は、しかし……騎士たちに届くことはなかった。

敬愛する団長の言葉か忌み子の言葉か。どちらを信じるかと問われれば。誰もが前者の言葉を選ぶだろう。故に彼らは行動に出る。僕とアリシアにとって最悪の行動に。剣を抜き、騎士たちが向かってくるのは僕の方。

「っ！」

僕はルーカスの剣を渾身の力で弾き飛ばす。風の力に押されて、彼の体が後方へとよろめいた。

その隙に後退しようとして、僕の精霊術が警鐘《けいしょう》を鳴らす。

右方より近づく気配。僕はそちらを見ることもなく、トワイライトを薙いだ。

風の力で無理やりに動かした軌道。硬質《こうしつ》な感触と共に、僕の右腕が急激に重くなった。

「団長！　援護します！」

「っ」

アリシアを抱えていない僕の右側から、カーリナの剣技が襲い掛かる。

精霊術がなければ僕はこの攻撃を受けきれなかっただろう。無理な姿勢から防いだため、衝撃を殺しきれなかった。

カーリナだったからよかったものを、もしもこれがルーカスのものであったならば――。

ハッとするよりも早く、僕は地面を思い切り蹴った。後方へと飛びのく一歩。風の加護を受けて、僕の体は後方へと飛んだ。直後。騎士剣が地面へと突き刺さる。剣の主はルーカス。先ほど弾いた剣を手に戻ってきたのだ。

「アリシア様を放せ！」

カーリナが叫びながら、僕へと剣を繰り出す。その剣を受け流しながら、僕は必死に頭を働かせていた。

どうする。いっそのことアリシアを渡《わた》してしまうか。

彼女をカーリナに渡してしまえば、僕は枷《かせ》なくルーカスたちと戦うことができる。

だが。こんな近接戦闘の最中にアリシアを手放したら、誤って斬られてしまう可能性もある。

カーリナの剣はルーカスほど洗練されていない。あたりもだいぶ暗いし、正直やりかねない。

かといって、このままではジリ貧《ひん》だし、どうすれば良いのか。

ただ一つわかっているのは。絶対にアリシアを死なせてはいけないということだ。

彼女はルーカスが裏切ったことを知っている生き証人である。僕とシラユキが何を言おうと覆せないであろう嫌疑《けんぎ》も、彼女の一声があれば容易にひっくり返せる。もしも、僕がアリシアを攫《さら》ったり、殺したという罪を被った場合、ノルザンディ家に迷惑《めいわく》がかかる可能性が高い。クソ親父《おやじ》はどうでもよいが、コルネリアやフェリシア、ディートハルトは別だ。彼女たちに、僕はこれ以上の迷惑はかけたくなかった。

カーリナに応戦していた僕に、風が反応する。気配が近い。ルーカスの気配が。

「くっ！　うっとうしい！」

僕は苛立ちと共に、カーリナの剣を弾き飛ばすと、その鎧の土手っ腹へと蹴りを見舞《みま》う。靴底《くつぞこ》から伝わる反発。緑の光が足に纏った瞬間、カーリナの体が浮いた。

「んなっ⁉」

鎧まで身に着けた大の大人が宙を浮く。子供の蹴りでそんなことをされて、驚かない人はいないだろう。だが、そんなことはどうでもよい。僕とアリシアへと迫る一撃こそが問題だ。

ルーカスの剣は既に目前だった。無理やり引き戻した剣では、的確に攻撃を受けられない。

そして、トワイライトと騎士剣が衝突した。

瞬間。想像を絶する剣圧に僕の腕が悲鳴をあげた。

もはや痛みすら感じる重さ。まともに受けたら骨が折れる。僕は肘《ひじ》関節を折り曲げると、アリシアを落とさないように無理やり左手を動かした。真正面からでは防げない。ならば、衝撃は逃がす必要がある。剣の腹を左手の甲《こう》で押さえた僕は、風の力で以《もっ》て姿勢を調節する。

その直後、僕とアリシアの体が後方へと吹き飛んだ。

痺《しび》れる右手ではトワイライトを保持できなかった。空中で剣を手放してしまう。代わりに、僕はアリシアの体を全身で抱え込んだ。衝撃は風の力で和《やわ》らげられる。

だが、僕の精霊術は感知していた。

ルーカスが尋常《じんじょう》でない速度で僕らに追いつき、攻撃を仕掛けようとしていることを。

鎧を着こんでいるとは思えぬ速さである。身体能力が化け物すぎる。

僕は頬を引きつらせた。

風で衝撃は殺せても、完璧ではなかった。僕はアリシアを抱えて、地面を転がった。

全身を襲う鈍痛《どんつう》。石や草木が僕の体にぶつかる。そして、停止する。

迫る気配はもうすぐそこ。僕は即座に起き上がろうとして――。

「っ、……？」

腕の中のアリシアが身じろぎをした。アリシアがうっすらと瞼を開く。金色の瞳に光が灯る。

「……グレ……ズ、ラッド……？」

この状況で起きるとは、あまりにも間が悪い。だが今は、彼女に対応している場合ではない。

「口を閉じててください！」

それだけ言うと、僕は精霊術が導くままに振り返った。

凶刃はもうすぐそこまで迫っていた。暴力的な剣の振り下ろし。その刃が僕らに到達すれば、僕とアリシアはきっと真っ二つになることだろう。

ならば、防がねばなるまい。あるいは、避けなければいけない。

その選択を取ろうとして、一瞬視界がぼやけた。

「っ」

精霊術を使いすぎた揺り戻し。それが来たのだ。それも最悪のタイミングで。

そして、その隙は致命的だった。ルーカスの刃はもう既に対応できないところにまで来ている。

辛《かろ》うじて僕が避けたとて、アリシアには当たる。当たってしまう。

必死に精霊術を練り上げるも、極限状態において僕の技術は追いついてくれない。

まさしく絶体絶命。

目と鼻の先にまで、白銀の剣閃が迫った。

その瞬間だった。

——お困りのようですわね？

妖艶《ようえん》な声が森に響き渡った。


自然のざわめきは露と消えた。一つの雑音もないまっさらな静寂が訪れる。

静けさは時に、安寧よりも不安を掻き立てる。物音一つない世界は自然ではありえないのだから。

しかし、この無音の空間は、今の異常な状況のほんの一端《いったん》でしかなかった。

僕は瞠目していた。視界に映る景色に。その不可解さに。

それはあまりにも奇妙《きみょう》な光景だった。

目の前で剣を振り下ろすルーカスも。風に揺れる雑木林も。降りしきる雨粒《あまつぶ》の一つ一つも。

その全てが——完全に静止している。

僕は言葉を失っていた。先ほどまでの焦燥感が、現実との乖離《かいり》でその吐き出す場をなくしている。

しかし、不可解すぎる現象とは裏腹に、僕は存外に冷静さを保っていた。

なぜなら、僕は知っていたから。周囲の時すべてを止めるような。そんな人知を超えた状況を作り出せるであろう存在を、僕は知っていたから。

「……ヤミさん、ですか？」

「――ええ。久しぶりですわねぇ、グレイズラッドさん」

かくて僕の予想は正しく。この世界において神の如き力を有する存在。大精霊の妖《あや》しい声が、静寂を破ったのだった。

僕が気が付いたときには、そこにヤミがいた。どこからきたのか、いつからいたのか、僕にはまったく感知することができなかった。だけど、僕に動揺はなかった。なぜなら、それがヤミという存在だからだ。彼女はいつでも神出《しんしゅつ》鬼没《きぼつ》だ。彼女は僕の認識の外にいて、おそらく普段僕が意識できないどこかにその身をやつすことができるのだろう。

僕はヤミの方に向き直ろうとして、自分自身が動けることに気が付いた。

どうやら周囲の全てが止まっても、僕の体は動くらしい。僕の意思の思うままに、僕はヤミの方へと歩き出して、僕はギョッとした。なぜなら僕の体がするりと、僕の体から抜け出てきたのだから。わかりやすく表現するなら幽体離脱《ゆうたいりだつ》が適切だろう。自分の肉体を離れて魂《たましい》のみが抜け出したらこうもなろうか。現に元の自分の体は、アリシアを抱いたまま静止していた。自分の体を客観的な視点で見ることなどそうはない。なんとも言い難い不可思議な感覚を僕は抱いていた。

まったくもってめちゃくちゃな状況だけど、大精霊を相手にいちいち驚いていると身が持たないことを僕は既に知っている。僕は諦念と共に、自身の動揺を無視した。非常識は彼女にとっての常識である。華麗《かれい》なスルースキルこそ、大精霊との対話には重要なのだ。

そうして僕は、今度こそヤミの方へと視線を向けた。

いつもの漆黒《しっこく》のドレスを身に纏い、微笑みを携《たずさ》えた彼女の相貌《そうぼう》は、相も変わらず人間離れした美貌である。妖しい黄金の瞳がまっすぐに僕を見つめていた。

「えっと、久しぶり……ですかね？　なんだかつい最近も会った気がしますけど……」

「……あらぁ？　前回会ったのは……たしか二か月前くらいではなくて？　人間にとってはそれなりに長い期間かと思って言ってみたのだけれど……違ったのかしらぁ？」

「……いえ、確かに久しぶり、で間違いないと思います……」

ああ、そういえばもうそんなに前だったか……。ヤミの言葉を受けて、僕は少し遠い目をした。

大精霊と人間とではあまりにも存在としての格が違いすぎる。それは、ヤミと出会う機会が増えていくにつれて、僕が感じるようになっていったことであった。彼女が場にいるだけで生み出す圧力、存在感とでもいうべきそれが、ヤミに関しては群を抜いていたのだ。それ故か。僕はヤミと同じ空間を共有しただけで、数日分以上の濃密《のうみつ》な時間を過ごしているように感じてしまう。

別にヤミが嫌いというわけではない。だけど、どうしてもそう感じてしまう。そしてこれはおそらく生物としての本能のようなものなのだろう、と僕は思っていた。

何とも言えないバツの悪さを感じながら、僕は改めて言いたかった言葉を口にした。

「えっと助けてくれたんですよね。ありがとうございました。正直かなり危なかったので……」

「いえいえ、いいんですのよぉ。たまたまですからぁ。何やら騒《さわ》がしいと思って来てみましたら、ちょうどグレイズラッドさんが大変なことになってましたのでぇ。つい介入《かいにゅう》してしまっただけですの」

おほほ、と笑うヤミ。その胡散臭《うさんくさ》い様子を見て、僕はなんとなく嘘《うそ》なんだろうなあ、と思っていた。この大精霊、最初に会った時も僕とシラユキの戦いを観察していたし、多分最初から僕たちの戦いを見ていたのではないだろうか。

ついつい僕はヤミに半眼を向けてしまう。そんな僕の様子を見て、ヤミがニタニタと笑った。

「あらぁ？　なんだかあんまり信じてなさそうな顔ですわねぇ？」

「いや、そんなことはないですよ」

美人がしちゃいけない感じの笑い方に若干《じゃっかん》引きながら、僕は即座に否定の意を返した。

「それでヤミさん。これ、どういう状況なんです？　……時間を止めた、ってことでいいんですか？」

「時間を止める」だなんて自分でも首を傾げたくなることを言っている自覚はあるのだけど、状況的にはそうとしか説明できないのだから仕方がない。それにヤミであれば、できたとしても何ら不思議ではないし。しかし僕の問いに対するヤミの答えは、僕の予想に反するものだった。

「時間？　いいえ、違いますわぁ。わたくしは『闇の大精霊』ですのよ？　時間は専門外ですわぁ」

「…………？」

僕は周囲を見渡《みわた》す。何度目をこすっても、周囲の景色は静止画のように動かない。雨粒の一つ一つもすべて空中で静止している。

時を止めていないのであれば、僕の目に映るこの景色はいったい何だ？

頭上にはてなマークが飛び交《か》う僕。そんな僕の様子を見たヤミが微笑むと。

——唐突にテーブルセットが目の前に現れた。

「……え」

意味を持たぬ掠れた声が、僕の口から漏れ出た。机は真っ白なテーブルクロスによって装飾《そうしょく》されており、その上には白色のティーセットが置かれていた。自然あふれる木々と土の世界には到底似つかわしくないものである。それが刹那《せつな》の間に現れたのだ。

動揺から言葉を継げず、呆然とする僕にヤミが話しかけてきた。

「どうぞ、お座《すわ》りになって？」

彼女の冷静な声を聞いて、僕は遅れて気が付いた。おそらく、ヤミが何かしたのだろうと。

ヤミに促《うなが》されるまま僕が席に着くと、彼女も向かいの席に腰かけた。すると、今度はひとりでにポットが動き出した。意思をもったかのようなそれは、適切な角度に傾《かたむ》いては、カップに紅茶を注いでいく。匂いたつ湯気と共に、磁器の白色が、紅茶の色に塗《ぬ》り替《か》わっていった。

確かに、大精霊という存在は人の身では推《お》し量ることも難しいだろうとは思っていた。だが、こんな何もないところから物を生み出して。あまつさえ、物に魂を宿したかのように動かしてみせるとは想像できる範疇を超えている。あまりの全能っぷりに、僕は完全に言葉を失っていた。

(もはや神様なのでは……)

そんなふうに、僕が静かに戦慄《せんりつ》していると、ヤミが僕の心を読んだかのように話しかけてきた。

「何か、勘違《かんちが》いしているようですわねぇ？」

そう言って、ヤミが口端を吊り上げる。

「わたくしの精霊としての力は闇ですわよ？　闇の精霊術ではこんなこと、現実世界ではできませんわ？」

「……それって、どういう……？」

ヤミの言っている意味がわからず、僕は首を傾げる。

すると、ヤミは少し考えるそぶりを見せて。そして、僕にこう話しかけてくるのだった。

「ねぇ、グレイズラッドさん。あなたは、今までに『精神体《アニマ》』を見たことはありますかぁ？」


精神体《アニマ》。

それは精霊術や魔術を学ぶ上で、時折出てくる言葉である。

簡単にざっくりと説明するのであれば、「精神」あるいは「意識」のようなものを指す言葉だ。

自我のあるものにはすべて、この「精神体《アニマ》」が宿っている。僕やシラユキやルディ。虫や動物や魔物。はては精霊に至るまで。意思あるものには「精神体《アニマ》」が宿っている。それが精霊術や魔術の世界の教えであった。

「精神体《アニマ》」は特に「光」と「闇」の精霊術、あるいは魔術を学ぶ際によく出てくる。というのも、六つの属性の中でこの二つだけがこの「精神体《アニマ》」に干渉《かんしょう》できるからである。特に「闇」に関してはその傾向《けいこう》が顕著《けんちょ》だという話も聞いたことがあった。

僕が精神体《アニマ》について知っていることはこれくらいだ。闇や光の精霊術はあまり学んでいないから、それもあって特に知識が浅いんだと思う。無論、精神体《アニマ》をこの目で見たことは一度もない。むしろ見えるものなのか、とヤミの質問に驚いているくらいである。

僕が小さく首を横に振ると、ヤミはなんだか楽しそうに笑った。

そしてあたりを見回すと、今度は大きく手を広げて僕に宣言する。

「これが『精神体《アニマ》』ですわぁ」

「………………」

僕は周囲を見渡す。僕の目に映るのは、相変わらずの静止した世界。静止した現実世界である。どこにもそれらしきものはない。

……何言ってんの、この人。半眼になる僕。

そんな僕の様子が気に入らないのか、ヤミはなにやら不服そうな顔を見せた。

「反応が薄いですわぁ」

「……いや、えっと。どれが『精神体《アニマ》』なんですか？」

僕の言葉に、ヤミは不思議そうに首を傾げると。得心したように手を打った。そして、薄く笑みを浮かべながら、再び両手を頭上へと広げて彼女は告げる。

「この世界があなたの『精神体《アニマ》』ですわ」

彼女が示すものは……この止まった世界？

「…………はぁ」

なんとも実感の乏《とぼ》しい話に、鈍《にぶ》い反応を返してしまう。

ヤミは両手を上げたまま、薄い笑みを継続《けいぞく》すると、

「この世界があなたの『精神体《アニマ》』ですわ」

「あ、はい」

同じことをまた言った。

言い知れぬ圧を感じて、僕は素直《すなお》に頷いた。彼女がそう言うならそうなんだろう。この現実と見《み》

紛《まご》う景色が僕の『精神体《アニマ》』らしい。大精霊の言葉はそのまま受け取れ。僕は自身の教訓の一つを思い出す。

「グレイズラッドさんの『精神体《アニマ》』にわたくしが干渉した。そして、それをあなたが認識している。それだけのことですわよ」

別に大層なことではないとでもいうように、ヤミは言った。

相変わらず、大精霊の常識は推し量れるものではない。僕は完全な理解を諦めた。

「……『精神体《アニマ》』に干渉すると、こんな風に時間が止まったように見えるんですか？」

僕が質問すると、ヤミが小さく頷いた。

「『精神体《アニマ》』では時間の流れが歪むのですわぁ。グレイズラッドさんも夢を見たことがあるでしょう？　あれと同じです。夢の中でいくら時間が経とうとも、現実では一瞬の出来事なのですわぁ」

「……なるほど？」

「まぁ、ここまで完璧に制御できるのは、わたくしが大精霊だからというのもありますけれどもぉ」

そんなことを言いながら、彼女は白いカップを手に取った。そして優美な仕草で艶《あで》やかな口唇《こうしん》へと運んでいった。その一連の動作が異様に色っぽかった。

僕も彼女に倣って紅茶を口へと運んだ。瑞々《みずみず》しい果実の香り。喉を潤《うるお》す酸味が清々《すがすが》しい。

どうやら、精神体《アニマ》の世界でも味は感じるものらしい。

「美味《おい》しい紅茶ですね」

「それはよかったですわぁ。森の奥でしか採れない茶葉なのですけれど、上手く再現できたようですわね」

「……再現？」

「ええ。『精神体《アニマ》』の世界であれば、わたくしはなんでもできるのでぇ」

「……なんでも？」

「ええ、なんでも、ですわぁ」

妖艶に微笑むヤミ。つまり精神体《アニマ》限定で全能の力を使える、ということらしい。

「あぁ、でもぉ。完全な全能ってわけではないですわねぇ」

「……そうなんですか？」

「ええ。『精神体《アニマ》』は広いのですわぁ。その中にはわたくしの力が及ばない場所があるのです」

ヤミがそう言うと、唐突に彼女の手元に黒い傘が現れる。それを頭上へと掲《かか》げて、ヤミが続けた。

「今見ているグレイズラッドさんの『精神体《アニマ》』はかなり浅い場所ですわぁ。そうですわねぇ。『意識が介在する場所』とでもいうべき所かしらぁ？　だから、グレイズラッドさんの見たままの風景が映るのですわぁ」

「意識が介在する場所」

「ええ。もう少し深く潜《もぐ》れば、グレイズラッドさんの『無意識』ともいえる場所に行けますわよ？」

ヤミはそう言うと、傘を地面へと向ける。

つられて下を向いた僕は、目に映る光景に悲鳴を上げそうになった。視界を埋め尽くすのは漆黒の闇。その暗黒は深く深く続いていて、底は見えない。途《と》切《ぎ》れることのない深淵は恐怖を掻き立てると同時に、なんともいえない引力があった。

僕は深淵を、見えぬ奥底《おくそこ》を見つめて、そして。徐々に引き込まれて――。

「あまり見すぎないほうがいいですわよぉ、グレイズラッドさん」

ヤミの声が耳朶《じだ》を打った瞬間、僕の意識が急速に引き戻されていった。顔を上げて、ヤミの方に目を向ける。彼女は普段見せない、少しだけ真剣な顔をして僕の方を見ていた。

「グレイズラッドさんの『無意識』。そのさらに奥はわたくしの力が及びませんの。もし、そこまで行ってしまったら……助けられませんわよ」

ヤミの言っていることはよくわからない。だが、漠然と僕は自分が危ない状況にいたということを認識していた。しかし不思議なのは恐怖よりも安心感を覚えていることだ。あの漆黒の闇を僕は恐れていない。本能より理性がそれを恐れている。それはかなり不可解な感覚だった。

「……『無意識』の奥って、なんなんですか？」

「『根源』ですわ」

さらり、とヤミが言った。根源。ルディも言っていた言葉だ。金眼の保持者は根源に近い。そんなことを、彼女は言っていた気がする。

「……結局『根源』ってなんなんです？」

「『根源』は全ての源ですわぁ。この世界の全てが行きつく先。そして、この世界の全てを象《かたど》るもの」

ヤミの説明はルディの説明とほとんど同じだ。彼女たちの表現は抽象《ちゆうしよう》的で、理解が難しい。

「うふふ。また、別の機会にもっと詳しく教えてあげますわぁ。だから、今はぁ――」

ヤミは立ち上がると、「背景と化した僕」の方へと向かっていった。

「この状況をどうにかした方が良いのではなくて？」

「……そうですね」

ヤミの指し示す先には、ルーカスにまさに斬られようとしている僕とアリシアの姿がある。

彼女の話を信じるなら、この状況は何ら変化していなくて。ヤミが能力を解いた瞬間に、ルーカスの凶刃が僕とアリシアに襲い掛かるのだろう。

「とりあえずぅ、あの子たちがいないといけませんわよねぇ」

ヤミが指を鳴らすと、背景と同化していた緑の少女《スイ》と青の少女《アイ》が分裂《ぶんれつ》した。

僕が自分の体から抜け出たのと同様の現象だ。彼女たちは不思議そうに周囲を見る。静止した自分の姿、僕の姿を交互《こうご》に見ては首を傾げていた。

そんな二人の様子を微笑ましそうにヤミは見やると、僕の方へと向き直った。

「それで、グレイズラッドさん？　どうしましょうかぁ？　あなたの敵は非常に多いようですし、いっそ全員殺してしまいましょうかぁ？」

満面の笑みのまま、随分と物騒《ぶっそう》なことを言っている。

その言葉にはなんのためらいもなくて、言いようもない怖気が背筋を走った。

「……いや、その流石に皆殺《みなごろ》しはちょっと。一応、大半は味方側、ですし」

「ふぅん？」

ヤミの様子はどこか残念そうだ。

「なら、眠《ねむ》らせるくらいにいたしましょうかぁ。……精神体《アニマ》を滅《めっ》してしまえば簡単なのですけどねぇ」

ぼそりと付け足した言葉には上位者の片鱗《へんりん》があった。自然、僕の頬が引き攣る。

……聞かなかったことにしよう。精神体《アニマ》が滅ぶとどうなるのかはわからないけど、おそらくろくでもないことが起こるのは間違いない。

「術を解くのはグレイズラッドさんの意思のままに。わたくしがそれに合わせますわぁ」

「……ありがとうございます」

僕はヤミに感謝をする。どういう形であれ、大精霊たる彼女が手を貸してくれるのは非常に心強い。僕は周囲を飛び回っては、不思議そうにしている二人の相棒に声をかけた。

「スイ、アイ」

彼女たちは僕の声を聞くと、すぐに僕の元へと飛んできた。

スイとアイ。二人の魔力が僕のそれと混ざる。僕は横目にちらりと、ヤミを見やった。

「……この二人がいるということは、精霊術は発動できるということで良いんですよね？」

「ええ。実際に発動するのは術が解けてからですけれどぉ」

その答えを聞いて、僕は安堵した。

それならば、対策も容易だ。僕は、状況を打破するための詠唱《えいしょう》を開始する。

【告ぐ。大いなる水をここに（Inquam. Fontem aquae magnum）】

力を伴《ともな》ったそれが、静止した世界に響き渡る。

微笑みを浮かべたヤミの姿がぼやけて、情景の全てが徐々に崩れ去っていく。

だけど、僕の心は穏やかだった。

ヤミのお墨《すみ》付きも貰《もら》った。その上、大精霊である彼女が手助けをしてくれるときた。

もう、負ける要素はない。青い陣《じん》に包み込まれながら。

僕はゆっくりと瞼を開いたのだった。

◇　◇　◇

肉を断つ感触というのは多彩《たさい》である。男、女、子供、老人。人の中だけでもその肉質は異なり、手に伝わる感覚もまた変化するだろう。だが、何事にも限度というものがある。

「……は？」

嬉々《きき》として、グレイズラッドへと振り下ろした一撃はあまりにもあっけなくその勢いを失った。響き渡るは金属同士を打ち付けたかのような硬《かた》い音。柔らかく沈み込むはずだった騎士剣は、押せどもぴくりとも動くことはない。がら空きの胴体へと繰り出したはずの斬撃は、その体を傷つけることなく完全に静止していた。手に伝わるのは、まるで大岩へと剣を叩きつけたような感覚である。

そのあまりにも信じがたい手ごたえに、ルーカスは動揺を隠すことができなかった。

思わず剣を引こうと力を入れて、ルーカスは気が付いた。

自身の剣が全くびくともしない。

「っ」

ルーカスは思考よりも早く、その場から飛びすさった。

グレイズラッドに突き立った剣は、ルーカスが手を放しても動くことはなく。不自然にその姿を維持していた。異質すぎる様相。ルーカスの緊張が増す。

そして、ルーカスは更《さら》なる異常に気が付いた。

この場が異様なほど、寒いことに。

ルーカスの体感は正しかった。騎士剣の表面に霜《しも》が付着している。剣先から伝う薄氷は、瞬く間にルーカスの騎士剣を覆いつくした。その現象は剣だけに留《とど》まらない。周囲の雨が氷塊《ひょうかい》へと姿を変えていく。グレイズラッドの周りを細やかな氷晶《ひょうしょう》が舞うのをルーカスは見た。

「……氷の、魔術……？」

ルーカスの理解が追い付かない。

グレイズラッドは魔術が使えないのではなかったのか。仮に使えたとして、彼は風の属性を発現させていたのではなかったのか。ルーカスは自身が知るグレイズラッドの情報を反芻《はんすう》する。しかし、当然ながら答えてくれる者はいない。

焦燥と共に冷たい汗がルーカスの背筋を伝った。

そんなルーカスを、グレイズラッドは静かに見つめていた。薄暗い森に浮かぶ黄金の双眸。化け物の証たる瞳の揺らめきが、ルーカスにはより一層不気味に映った。

「……っ」

妖しい黄金から、ルーカスは目を背《そむ》けることができない。目を離せば、死ぬ。何故だか漠然とそう感じた。それはグレイズラッドへの恐れが生んだ、錯覚《さっかく》だったのかもしれない。

だが、恐怖は焦燥を生み、焦燥はルーカスの思考力を奪っていった。そして視界が暗黒に染まり、ルーカスの心が落ちくぼんで、闇に取り込まれて――。

その時、全身の毛が逆立つような感覚がルーカスを襲った。

戦場における勘が、全霊《ぜんれい》の警告を発している。思考に纏う靄《もや》を振り払うようにルーカスは叫んだ。

「光魔術〈雄大なる心《コル・フォルティア》〉」

言葉は力となってルーカスを包む。神殿騎士の多くが有する光の魔術特性。

その中でも一般的《いっぱんてき》な、自身を鼓舞《こぶ》する魔術。それが光魔術〈雄大なる心〉。

ルーカスの精神を蝕《むしば》んでいた恐慌《きょうこう》が、幾分か和らいでいく。光が生み出す高揚感《こうようかん》。

沸《わ》き立つ心のままに、ルーカスはグレイズラッドへと突貫した。予備の剣を抜き放ち、正確に放たれる一撃は神速の如く。鍛《きた》え抜かれた体躯《たいく》から放たれる剣閃はしかし。またしても、硬質な感触と共に受け止められた。グレイズラッドはルーカスの剣に目を向けてすらいない。それなのに、彼は容易く、まるで赤子の手を捻《ひね》るように、ルーカスの剣を受け止めていた。その事実が、なおさらにルーカスの矜持《きょうじ》に傷をつけている。

ルーカスの剣を防いでいるのは、ともすれば見逃すほどに薄い氷の壁だった。

氷の壁で剣を防ぐ。一見簡単そうだが、その実は違う。氷を生成したとて、剣を防ぐほどの硬度《こうど》にするには緻密《ちみつ》な魔力操作と膨大《ぼうだい》な魔力を必要とする。ルーカスの斬撃を防ぐとなれば、その要求難度は格段に高くなるのだ。それを風に吹かれれば崩れそうなほどに薄い氷壁《ひょうへき》でグレイズラッドは行っている。まさしく理解しがたい芸当だった。最高位の魔術であっても、このようなことは不可能だろう。それほどに彼の魔術は人離れしている。

「こんなこと、ありえないでしょう⁉」

戦慄と共に叫ぶルーカスはもはや確信していた。

グレイズラッドは化け物だ。知能だけではない。剣の腕は大人顔負け。さらには、剣が霞むほどの力を。黄金の目に恥《は》じぬ人外の力を、かの忌み子は持っていた。

教会も、国も知らないのだろう。

まさか忌み子が。宮廷《きゆうてい》魔術師に比肩《ひけん》、あるいはそれを超えうる魔術の腕を有していることなど。

やはり金眼は化け物だった。ルーカスの考えに、ルーカスの信じる教えに間違いはなかった。

ならばこそ。このような存在をルーカスは許すわけにはいかない。

人の世界に化け物は必要ないのだから。

「カーリナ！　そして聖金騎士団《サンオーレ・シユバリエ》の騎士たちよ！　お前たちも加勢して――」

そこまで叫びかけて、またしてもルーカスは異常に気が付いた。

騎士が駆ける音も、土砂を踏む音も、鎧が擦《こす》れる音も、何一つとして聞こえてこなかったから。

強烈な違和感に駆られて、周囲を見渡したルーカスは目を見開いた。カーリナ、そして聖金騎士団《サンオーレ・シユバリエ》の面々の誰一人残らず、地に伏している。

ピクリとも動かない者もいれば、時折呻《うめ》き声をあげる者もいる。

だが、誰一人として無事な者はいない。

思わず総毛立つ。何があった。この一瞬の間に何があった。

呆然とするルーカスに声をかけたのはグレイズラッドだった。

爛々《らんらん》とした瞳を隠すこともなく、彼は淡々と、平静にルーカスへと語り掛ける。

「彼女たちには寝《ね》てもらいました。まぁ、僕がやったわけじゃないんですけど……」

「……寝ている、ですか……？」

「むしろ、あなたが寝ていないことの方が不思議なんですけど……」

不思議そうに首を傾げるグレイズラッド。その様子があまりにもいつも通りで、それが逆に恐ろしい。言葉を失うルーカスを気にすることなく、グレイズラッドが続ける。

「……はい？　抵抗が思ったより強かった？　……えー、本当かなあ……？」

虚空《こくう》へと話しかけるグレイズラッド。明らかに「誰か」と話している様子なのに、その存在がルーカスには見えない。何も見えない。

何と話している。お前には何が見えている？　その黄金の瞳には、何が映っている？

既にルーカスに戦意はなかった。あるのはグレイズラッド、そして未知への恐怖。ただそれだけ。

何かへと声をかけるグレイズラッド。その周囲が暗く淀《よど》んだ気がした。

その直後。脳天を殴《なぐ》られたような圧がルーカスを襲った。尋常ではない重圧。本能が死を警告している。ただ漠然とルーカスは察知した。そこに何かがいる。人知を超えた化け物が、そこにいる。

グレイズラッドの傍《かたわ》ら。何も見えないはずの空間に。

「ひっ」

気が付けば、ルーカスは逃げ出していた。本能の警鐘に従って、ルーカスは全力でグレイズラッドから逃亡した。

「あ」

虚《きょ》を衝《つ》かれたグレイズラッドが固まっている。その隙を逃さず、ルーカスは走った。

走って。走って。走って。全力で走ったせいで胸が痛い。呼吸も苦しい、だが、言いようもない重圧がルーカスの体を突き動かす。

木々の隙間を縫い、目指すは森の外。止まれば死ぬ。その一心でルーカスは走って。走って。

――どれくらい走っただろうか。

ふと足を止めた。

体は呼吸を欲《ほっ》していた。肩で息をしながら、ルーカスは背後を見やる。

そこにはどこまでも続く木々しかない。グレイズラッドの姿はない。

あの化け物からは逃げ切れたのだろうか。そんなことを考えて、ルーカスは少しばかり安堵した。

そして安堵したルーカスは再び正面を振り向いて――絶望した。

「な、な、な」

声にならない悲鳴がルーカスの口から漏れた。

それもそうだろう。

なにせ、ルーカスの目の前に――グレイズラッドがいたのだから。

黄金の瞳に射貫かれて、ルーカスの恐怖はいよいよ臨界点に達していた。

「ひっ」

逃げて、逃げ惑《まど》って。しかし、逃げた先には――またしてもグレイズラッドがいた。

なんなのだ。なんなのだ。こいつは。恐慌状態のルーカスは正常な判断ができない。

【うふふふふふ】

艶やかな女の声が風に溶ける。

ルーカスは気が付かない。気が付けない。

なぜなら、闇の大精霊の幻惑《げんわく》からは逃れられないのだから。

◇　◇　◇

目の前で倒れ伏すルーカスを見て僕はほっと息を吐いた。

というのも、やはり僕としては殺さずに彼を無力化したかったから。

別にルーカスに対する同情からそんなことを言っているわけじゃない。

ルーカスは聖金騎士団《サンオーレ・シュバリエ》の団長だ。つまり王国や〈英雄教〉にとっての重要人物である。下手に僕が殺してしまうと、要《い》らぬ問題を生む可能性があった。

ルーカスにはしっかりとこの事件の犯人になってもらわないといけないのだ。

アリシアの一声があるとはいえ、事件のけじめをつける上でルーカスの生存は割と重要である。

「うふふ、やはり夢と言えば悪夢ですわよねぇ」

隣《となり》で楽しそうに微笑む闇の大精霊に関しては、僕は見なかったことにする。

ヤミの精霊術は精神に異常をきたすようなものが多いらしいから、真の意味で彼が無事でいられるかは不明である。他の騎士団の人たちも悪夢に魘《うな》されているらしい。そこかしこから、うめき声が聞こえてくる。端的に地獄《じごく》のような光景であった。その中でも、一際ルーカスが苦しそうなのは、ヤミが念入りに虐《いじ》めているからだろうか。

……………うん、考えるのを止《や》めよう。僕は思考を放棄《ほうき》すると、アリシアへと視線を向けた。

虚《うつ》ろな瞳に生気はない。息はあるが、微弱《びじゃく》で。浅くて速い。雨に濡れた四肢は冷たい。かなり衰弱《すいじゃく》している。僕は腕をまくると、アリシアへと右手を向けた。

「アイ、もう少しだけ力を貸してほしい」

僕のお願いに頷いたアイが、手の甲に触《ふ》れた。

使う奇跡《きせき》は癒《い》やしの秘術。

意外かもしれないが、魔術や精霊術の界隈《かいわい》において、医術や回復術は水属性が主である。

理由はわからないけど、体の多くは水分だから干渉しやすいのではないかと僕は考えていた。また、体を癒やすのは水属性である一方で、精神体《アニマ》を癒やすのは光の魔術あるいは精霊術である。

故に医師としての側面を持つ聖職者の多くは、〈光〉あるいは〈水〉の属性を持つ者が多い。

かつて僕を診《み》てくれた神官も、この二つの属性の人たちだったし。

藍色の幾何学《きかがく》の模様がいつものように光芒《こうぼう》を発すると、術は意味を成してこの世に現界した。

【水精の癒やし（Spiritus aquae sanatio）】

溢《い》れ出でる水色の波動がアリシアを包み込むと、彼女の体内を循環《じゅんかん》する。病的なほどに白かった肌《はだ》が幾分か温かくなり、その色を取り戻していく。しばらくすると、アリシアの顔色は見るからによくなった。彼女の瞼を閉じてやると、ほどなくして安らかな吐息《といき》が聞こえてきた。

どうやら、疲れて眠ってしまったらしい。僕が安堵するのも束の間。

「ご主人様、ご無事ですか！」

今度は鈴《すず》を転がしたような声音が耳朶を打った。シラユキの声だ。

ピンと張った耳は毅然《きぜん》としているけど、白尾《しろお》は落ち着きなく揺れている。

その顔はどこか得意げで、すっきりとしていて。僕は、彼女が求めていることを瞬時に理解した。

「ああ、なんとかね。シラユキがいなかったら大変だった。よくやってくれたね」

「もったいなきお言葉、大変恐縮《きょうしゅく》です」

僕がシラユキを労《いたわ》ると、シラユキが畏まってお辞儀《じぎ》した。その顔はすまし顔である。でも、彼女の尻尾《しっぽ》は正直だった。現に彼女の尻尾はまさしく荒《あ》れ狂《くる》うが如く、ぶんぶんと振り回されていた。あとは、返り血がわりと多くてちょっとホラーだった。猟奇《りょうき》さと愛らしさの矛盾《むじゅん》に僕は苦笑する。

ふと、空を見上げた。

木の葉の隙間から、宵闇《よいやみ》の空が垣間見《かいまみ》える。曇天《どんてん》は消え、隠れていた星々が姿を現していた。月が、残った細氷を煌々《こうこう》と照らしては、まるで宝石のように虹彩《こうさい》を放った。

いつの間にか、雨は止んでいた。

ブン
ブン

エピローグ

事の顚末《てんまつ》を語れば、王族辺境訪問を巡《めぐ》る一連の事件は存外すんなりと収束した。

魔物《まもの》との戦闘《せんとう》も、アンドリュー率いる殿《しんがり》部隊の合流と共に終結した。雨が止《や》んだことで、待ちぼうけとなっていた歩兵部隊も動けるようになり、救援《きゅうえん》活動も迅速《じんそく》に行われた。

事件の主犯格であるルーカスは拘束《こうそく》されて、再編した東辺境伯《へんきょうはく》軍の部隊によって王都へと連行されていった。その際に聖金騎士団《サンオーレ・シュバリエ》の面々がごねるかと思ったのだけど、彼《かれ》らは不気味なほどに大人しくそれを受け入れた。副団長であるカーリナも同様である。

てっきり、アリシアの殺人未遂《みすい》犯にでっちあげられるのかと思っていたから、僕《ぼく》としては少々拍子抜《ひょうしぬ》けだった。

あまりにも異様な変わりようだったから、たぶんヤミが何かしたんだとは思うんだけど。

いつの間にかヤミは姿を消していて、僕は理由を聞けずにいた。

ちなみにヤミの術の最大の標的となっていたルーカスは、それはもうひどい有様だった。死んだような瞳《ひとみ》で虚空《こくう》を見つめては、意味のない音の羅列《られつ》を呻《うめ》くばかり。目や鼻、口からは体液が溢《あふ》れ、糞《ふん》尿《にょう》まで垂れ流す始末。その姿はもはや正気ではなく、到底《とうてい》無事とはいえない様相だった。正直、見ていてかなり引いた。ヤミの幻惑《げんわく》に囚《とら》われたらこうなってしまうのかと慄《おのの》いたものである。

闇《やみ》の大精霊、怖《こわ》すぎる。

ルーカス以外の男たちに関しては、幹部らしき男の確保に成功していた。こちらも、シラユキの拳《こぶし》で顔はめちゃくちゃで到底無事とはいえなかったけど、どうにか生きていたらしい。

アリシアの証言から、この男たちは〈愚者の果て《ナーレリア》〉という暗部組織の構成員であることが発覚している。この暗部組織の名前だけは、僕も知っていた。というのも、この〈愚者の果て《ナーレリア》〉はシラユキが奴隷《どれい》となる原因となった組織だったからだ。戦いのあと、幾分《いくぶん》か清々《すがすが》しい顔をシラユキがしていたのは、仇《かたき》の一部への復讐《ふくしゅう》を思いがけずやり遂《と》げることができたからだったようだ。

〈愚者の果て《ナーレリア》〉は魔物の手引きにも関与《かんよ》している可能性があり、動機を含《ふく》めて調査するため、これまた東辺境伯軍によって連行されていった。

魔術を行使してきた敵部隊に関しても同様に捕《つか》まった。彼らの所属組織などは不明だが、高位魔術師の存在する敵対勢力がいるというのは非常に危険である。なんとか、目的含めて口を割らせることができればよいのだけど。

最終的に下手人が捕まったことで、現状明らかになったことと言えば。

今回の襲撃《しゅうげき》に三つの思惑《おもわく》が関与していたことくらいだろうか。

敵の魔術師部隊の勢力。魔物含めた〈愚者の果て《ナーレリア》〉。そしてルーカス。

ルーカスがいずれかの勢力に属している可能性もあるから、二つの勢力かもしれない。このあたりは何とも言えなかった。

それに、調査結果が僕のところにまで伝わってくる可能性は低そうだし、最終的には真実を知ることなく終わってしまいそうである。彼らが囚われるであろう王都までの距離《きょり》はあまりに遠いから、気軽に情報を盗《ぬす》みに行くこともできなそうだし。

小さく嘆息《たんそく》した僕は、車窓から外を眺《なが》めた。

快晴の空の下、赤茶色の煉瓦《れんが》造りの家々が建ち並んでいる。大通りに並ぶは、何も知らぬ大量の市民たち。楽器の音が響《ひび》いては、ノルンの街並みが歓声《かんせい》に沸《わ》いた。

屋根が取り払《はら》われたお披露目《ひろめ》用の馬車の上で、アリシアが手を振《ふ》っている。僕であれば悲鳴となる声も、彼女《かのじょ》の黄金の瞳であれば嬉《うれ》しい悲鳴となる。何が違《ちが》うのか僕にはわからないけど、民《たみ》にとってはまったくの別物なのだろう。〈英雄教《えいゆうきょう》〉に植え付けられた価値観は、この国の民の魂《たましい》の隅々《すみずみ》にまで浸透《しんとう》しているのだから。

一方で、ルーカスのようにアリシアを亡《な》き者にしようとする存在もいるから全員が全員そうではないことを僕は知っている。教義に違和感《いわかん》を持つ者もいるのかもしれない。あるいは別の教義を信条とする人もいるだろう。母のように僕の目を嫌《きら》わない人もいるから、結局のところ個人差があるのではないか、というのが今の僕の結論だった。

この国では〈英雄教〉の価値観を是《ぜ》とする人が多い。ただ、それだけのことなのだろう。

僕はあきらめにも似た心地《ここち》で再び息を吐《は》くと、ぼんやりと時が過ぎ去るのを待つのだった。

事件から約一か月。王族辺境訪問は無事に終わった。

襲撃の後、一時は訪問の中止も検討されたが、アリシアの強い希望によってその提案は却下《きゃっか》された。賊《ぞく》の襲撃でイベントを中止するようなことがあっては、王族が舐《な》められる。それも英雄の後継《こうけい》と名高いアリシアともなれば、そのイメージにまで傷が付く。幼くしてそのことをアリシアは知っていたのかもしれなかった。

そうして、若干《じゃっかん》の日程変更《へんこう》やルート変更はあったものの、王族辺境訪問は強行された。

より一層の警備体制強化の甲斐《かい》もあってか、その間には襲撃もなかった。一度だけ、寝所《しんじょ》付近でシラユキが不審者《ふしんしゃ》を捕《と》らえた時があったけど、特に被害《ひがい》はなく終わった。

民は今世の英雄を目にして大いに沸いたし、王族側もその存在を広く周知できた。東辺境伯側としては、王女を危険にさらしたというのが負い目になってしまったかもしれないけど。

しかし、一見順調なものの裏には、得てして誰《だれ》かの努力が隠《かく》れているものである。

それは………僕である。

というのも。事件のあと、アリシアは僕の側《そば》から片時も離《はな》れようとしなかった。

カーリナが言っても、オスバルトが言っても、誰が言っても、彼女は僕の側から離れなかった。

王族の言葉は絶対であり、この場には彼女に比肩《ひけん》する発言力を持った存在はいない。

結果として、王族辺境訪問の間、僕は常にアリシアと時間を共有することになった。

移動時間、仕事の時間、果ては食事の時間まで、僕はアリシアと共にいた。

初め、アリシアは僕と同衾《どうきん》までしようとしていたけど、流石《さすが》にカーリナが全力で止めていた。無論僕も止めた。前世のことわざでは男女七歳《さい》にして席を同じうせずともいう。十歳といえど、王女と一緒《いっしょ》に寝《ね》たりしたら色々と大問題になってしまう。

僕とカーリナの猛《もう》反対もあって、アリシアは渋々《しぶしぶ》諦《あきら》めた。どうやら、アリシアも男女の同衾が常識外であることは知っていたようで、そこまで食い下がることがなかった。彼女の立場上、言ったもん勝ちな面はあるにしても、わかっていたなら最初から言わないでほしかったと思う。

その時のカーリナのひどく疲《つか》れた顔が印象的だった。ただでさえ団長がいなくなって、代理の団長として聖金騎士団《サンオーレ・シュバリエ》を取りまとめているのもあったのだろう。疲労故《ひろうゆえ》か、僕へのトゲも少なくて、なんだか非常にやりづらかったのを覚えている。

そんなこんなで、僕は長い王族辺境訪問をやり遂げた。

アリシアの相手はそこまで苦ではないとはいえ、立場が上の相手と常に一緒にいるのは相応《そうおう》の心労がある。思ったよりもずっとお転婆《てんば》だった王女を上手《うま》く諭《さと》しながらこの期間を潜《くぐ》り抜《ぬ》けたのだから、それなりに褒《ほ》められてしかるべきだと思う。まあ、現実に褒められることはまずないけれど。

そんなふうに、僕がこの長かった旅を回想していると、

「ご主人様、到着《とうちゃく》いたしました」

シラユキの声が僕の耳に聞こえてきた。

王族辺境訪問の全日程は終わったけど、僕にはまだ最後の仕事が残っている。

それは王族の直轄領《ちょっかつりょう》に、無事アリシアを送り届けることだ。

僕は深呼吸をすると。隣《となり》で静かに寝入るお姫様《ひめさま》に声をかけるのだった。


「……必ず、手紙を書くこと」

「……はい」

「……カーリナも、グレイズラッドの手紙はちゃんと私のところに持ってきて」

「…………はい」

「……よろしい」

表情を変えず、淡々《たんたん》と言葉を重ねているのは第三王女ことアリシアである。

そんな彼女の言葉に粛々《しゆくしゆく》と頷《うなず》いているのは僕とカーリナだった。カーリナに至ってはなぜか僕の

横にいて、同じように頷いている。あんたのいるべき場所はそっち側なんだけど。

事の発端《ほったん》は単純である。

アリシアが僕に「手紙を書く」と言った瞬間《しゅんかん》、カーリナが猛反対したからである。

そして、それはアリシアのことを考えれば当然の判断である。王女と忌《い》み子の文通。これほど印象が悪いことも他にそうはないだろうから。

王族辺境訪問の間に、アリシアが僕と関《かか》わるのは「分け隔《へだ》てない優《やさ》しさを持つ王女」と捉《とら》えられなくもないが、文通に関しては親密さを匂《にお》わせる要因となりかねない。王女宛《あて》の手紙は検閲される場合もあるから、どこから醜聞《しゅうぶん》が漏《も》れるかわからないし。

そういった経緯《けいい》でカーリナは反対したのだけど。それが、ただでさえ少し不機嫌《ふきげん》だったアリシアの逆鱗《げきりん》に触《ふ》れてしまったらしい。アリシアはカーリナを連れて王族所有の馬車に引っ込《こ》んだかと思えば、死んだ目をしたカーリナと共に再び現れたのである。

その結果がこの現状である。僕はアリシアの決定にどうこう言うつもりは最初からないから、もうなんとでもしてくれという感じである。壊《こわ》れた人形のように頷くカーリナと僕を見て、アリシアは満足そうに首肯《しゅこう》すると。

一歩僕の方へと近づいてきた。そして僕の耳へと顔を近づけた。

「グレイズラッド、またね」

囁《ささや》くようにアリシアはそう言うと、騎士団に守られた馬車の方へと戻《もど》っていった。

風に揺蕩《たゆた》うアリシアの残り香《が》が鼻腔《びくう》をくすぐる。その花のような香《かお》りに赤面しそうになるのを隠すように、僕は貴族の礼をした。

彼らの姿が小さくなるのを見ながら、僕は思う。

今回、僕は自身の力の一端《いったん》を世間に見せてしまった。僕に対する国の警戒心《けいかいしん》は大きくなるだろう。教会の規定で生かされていた僕も、今までと異なる扱《あつか》いになる可能性がある。子供だろうと容赦《ようしゃ》なく殺しに来る可能性も否定できない。

僕は自分が薄氷《はくひょう》のように脆《もろ》い立場にいることを知っている。それでも、ずっとこの国に居たのはひとえに家族——コルネリアやフェリシア、ディートハルト——の存在が大きかった。

僕は一息に彼女たちを捨て去れなかった。そして僕自身、希望を捨て去れていないのだ。この国に受け入れられて、普通《ふつう》に生活するということを。同じ金眼のアリシアがいるのであれば、可能なのではないか。そんな淡《あわ》い期待がいまだに僕の中にある。

馬鹿《ばか》らしいとは思うけど、猶予《ゆうよ》があると人間は案外決めきれないんだと思う。故に、僕は自分の今後を決めることをずっと先延ばしにしてきた。だけど、もう残り時間も、きっと少ない。

憂《うれ》う僕の頭上にスイが舞《ま》い降りてくる。アイがおしとやかに僕の肩口《かたぐち》に手を置いた。シラユキが僕に微笑《ほほえ》みかけてくれる。

僕は、自分の今後について、もっと本格的に考える時期に来ている。だけど、まずは。初仕事を無事に終えられたことを、喜ぼう。

僕の初仕事は、こうして終わりを迎《むか》えたのだった。

あとがき

初めましての方、ならびにＷｅｂ版より本編を読んでくださっている皆様《みなさま》。作者のkotori5です。この度《たび》は「金眼の精霊術師《せいれいじゅつし》」を手に取っていただき、誠《まこと》にありがとうございます。

本編の始まりは、「金色の目ってかっこいい」なんて単純な思考でした。そこからさまざまなキャラクターを考えて、物語を考え、思いつくままに筆を走らせたのがこの作品です。それが、まさか本として世に出るとは作者自身、今なお驚《おどろ》いております。

それもひとえに応援《おうえん》いただいた読者の皆様、並びに担当のＫ様、イラストのkodamazon様、関係者の皆様のおかげです。この場を借りて深く御礼《おれい》申し上げます。

さて、本編の主人公であるグレイズラッドの物語は今後も続いていきます。一度は苦難を退けた彼《かれ》ですが、今後も更《さら》なる試練が待ち受けています。それをどのように撥《は》ね返していくのか、続巻の縁《えん》があればではありますが、楽しみにしていただければと思います。

それでは、また次回のお話でお会いできることを願って。

DRAGON NOVELS
ドラゴンノベルス

金眼の精霊術師

2024年1月5日　初版発行

著　　者　kotori5《ことりご》

発 行 者　山下直久

発　　行　株式会社 KADOKAWA
〒102-8177　東京都千代田区富士見 2-13-3
電話 0570-002-301（ナビダイヤル）

編　　集　ゲーム・企画書籍編集部

装　　丁　AFTERGLOW

D　T　P　株式会社スタジオ205 プラス

印 刷 所　大日本印刷株式会社

製 本 所　大日本印刷株式会社

DRAGON NOVELS ロゴデザイン　久留一郎デザイン室+YAZIRI

●お問い合わせ
https://www.kadokawa.co.jp/（「お問い合わせ」へお進みください）
※内容によっては、お答えできない場合があります。
※サポートは日本国内のみとさせていただきます。
※ Japanese text only

定価（または価格）はカバーに表示してあります。

ISBN978-4-04-075294-5　C0093